김현영 新무협 판타지 소설

각성 걸인

乞人覺醒
거지의 깨달음

5

걸인각성 5

김현영 新무협 판타지 소설

초판 1쇄 찍은 날 § 2002년 4월 13일
초판 1쇄 펴낸 날 § 2002년 4월 20일

지은이 § 김현영
펴낸이 § 서경석

편집장 § 문혜영
편집책임 § 권민정
편집 § 장상수 · 박영주 · 김희정 · 이종민
마케팅 § 정필 · 강양원 · 김규진 · 안진원

펴낸곳 § 도서출판 청어람
등록번호 § 제1081-1-89호
등록일자 § 1999. 5. 31
어람번호 § 제2-0080호

주소 § 경기도 부천시 원미구 심곡1동 350-1 남성B/D 3F (우) 420-011
전화 § 032-656-4452 팩스 § 032-656-4453
E-mail § eoram99@chollian.net

ⓒ 김현영, 2001

값 7,500원

ISBN 89-5505-164-6 (SET)
ISBN 89-5505-347-9 04810

※ 파본은 본사나 구입하신 서점에서 교환하여 드립니다.
※ 저자와 협의하여 인지를 붙이지 않습니다

김현영 新무협 판타지 소설

각성 걸인

乞人覺醒
거지의 깨달음

5
꿈틀대는 강호

도서출판
청어람

목차

1장 특별히 제조된 회선환 / 7
2장 닥가는 개방의 분타로 / 27
3장 몸으로 교훈을 터득케 하다 / 39
4장 역지사지 / 61
5장 같은 밤 다른 이야기 / 77
6장 점소이 옥현기 / 91
7장 기이한 의뢰 / 107
8장 자녀를 찾아 / 117
9장 장성한 자가 되어 / 149
10장 각기 자기 길로 가고 / 161
11장 교청인의 첫 번째 목욕 / 173
12장 지존의 그늘을 보다 / 183
13장 동영 최고의 고수 / 197
14장 죽음 체험 / 213
15장 천선부의 반응 / 237
16장 이인자의 한숨 / 251

단편 위대한 청부(請負) / 257
마천우 스토리 네 번째 이야기 (마강의 공포) / 270

1장

특별히 제조된
회선환

특별히 제조된 회선환

표영 일행과 당가의 수뇌급들은 당존각에 자리했다. 당존각은 당가 내의 대소사를 의논할 때 사용하는 회의 장소였다.

당존각 내에 길게 놓여진 탁자의 제일 앞자리 상석, 그곳은 언제나 당문천이 앉던 고정 좌석이었다. 하지만 지금은 허름한 옷차림을 한 표영의 것이 되어 있었다.

당존각 내에는 총 10명이 앉아 있었다. 자리의 배치는 표영을 중심으로 오른쪽으로 능파 등이 일렬로 자리했고 왼쪽으로는 당문천을 시작으로 네 명의 장로들이 앉아 있었다.

지금 이 자리는 표영이 주최한 것으로 당가의 앞으로 나아갈 바를 논하고자 함이었다.

구체적인 내용에 들어가기 전에 표영은 궁금하게 생각하고 있던 한 가지를 짚고 넘어가고자 했다.

"당문천! 네게 먼저 묻고 싶은 게 있는데 말이야…….."

표영이 당문천을 바라보며 입을 열었다. 하지만 어떻게 된 일인지 당문천을 비롯한 사대장로들은 아무런 소리도 듣지 못한 사람들처럼 그저 멍한 얼굴로 탁자만을 바라볼 뿐 어떤 대꾸조차 없었다.

"……."

표영은 듣고 있으려니 생각하고 구체적으로 물었다.

"그러니까 말이야, 아까 어린아이를 인질로 삼았던 그놈, 뭐라 했더라? 응, 그래… 갈조혁인가 하는 놈의 정체는 무엇이냐?"

표영으로서는 갈조혁이 왜 그렇게 폭주하며 장로 중 하나를 인질로 삼았는지, 게다가 뒤에는 어린아이까지 인질로 잡고 탈출하려 했는지가 궁금했다. 당가인이라면 마땅히 가주의 뜻에 따라야 할 터이고, 또한 식구로서 당가인의 어린아이를 인질로 삼는다는 것은 도무지 납득할 수 없는 부분이었던 것이다.

아무리 당가가 사파 쪽에 서 있다 해도 그런 짐승만도 못한 짓을 식구끼리 할 리는 없는 것이다. 그가 보인 행동과 말투 또한 결코 같은 식구로는 여겨지지 않는 것이 아니었던가.

"……."

하지만 표영의 질문이 나갔음에도 여전히 당문천을 비롯한 네 명의 장로들은 아무런 말도 없었다. 오히려 대답 대신 그들은 이마에서 굵은 식은땀을 뚝뚝 흘렸는데 턱 선을 따라 뚝뚝 떨어져 내리는 땀을 닦을 생각도 하지 못하고 있었다. 그저 오로지 자신들의 모든 삶은 탁자에 달려 있다는 듯 노려볼 뿐이었다.

이들은 지금 무엇을 보고서, 혹은 무슨 일로 얼이 빠져 버린 것일까. 현재 당문천을 위시한 장로들이 넋을 잃고 쳐다보고 있는 것은 탁자가 아니었다. 그럼 탁자 위에 놓인 찻잔을 들여다보고 있는 것인가?

그것도 아니었다.

그들의 시선이 꽂힌 건 찻잔 옆에 놓인 어른 주먹만한 크기의 시커먼 덩어리였다.

이 덩어리의 정체는?

그것으로 말할 것 같으면 바로 표영이 몸에서 가득 긁어낸 때였다. 하지만 표영을 제외하고 지금 이 자리에 있는 어느 누구도 그걸 한낱 사람의 몸에서 벗겨낸 때라고 생각하는 사람은 없었다. 그저…

엄청난 독.

그렇다. 무지막지한 독으로 한결같이 믿고 있었다. 덩어리는 큰 덩치를 자랑함과 동시에 칙칙한 분위기를 풍기는 것이 당장에라도 독향을 뿜어낼 것만 같았던 것이다. 가히 거지왕초로서의 때는 뭔가 달라도 다름을 보여주는 표영의 한 수가 아닐 수 없었다.

사실 이제껏 표영이 회선환을 제조함에 있어서 이렇게 크게 만들었던 적은 처음이었다. 과거 산적들이나 해적들, 그리고 수하들을 받아들이면서 늘 손가락 마디 하나 정도 크기의 회선환을 만들었었다. 그리고 어제 마지막 다섯 번째 독관문을 맞이했을 때만 해도 회선환의 크기는 변함이 없지 않았던가. 하지만 어제 만든 회선환은 갈조혁이 난동을 부리는 바람에 탁자가 엎어지고 쫓아가느라 밟고 넘어가는 사이 다 뭉개져 버려 쓸 수 없게 돼버리고 말았다.

그렇게 되자 표영이 오늘 다시금 몸을 문지르는 수고로움을 더해 급히 제조해 놓은 것이었다. 그 덕분에 지금 탁자 위에 놓인 때의 크기는 처음 것에 비해 거의 삼십 배 정도로 커지고야 말았으니 당문천 등에게는 이래저래 갈조혁이 죽어 마땅한 놈이었고, 지금 입장은 불행 그 자체가 아닐 수 없었다.

그럼 표영은 왜 이처럼 때독을 크게 만들었을까? 때독의 크기가 처음과 달리 커다랗게 변한 데는 표영의 복수심 때문이었다. 사부님의 원수를 갚는다는 명목 아래 당가인들을 때려죽일 마음은 없었던지라 이왕 새로 만들 바에 크게 만들어서 독을 복용하는 고통이라도 안겨주고 싶었던 것이다.

사실 이것을 고통이라고 할 수 있을까. 단지 몸에 좋은 환약이 비록 쓰더라도 기쁜 마음으로 먹는 것과는 달리 환약과는 비교할 수 없는 고리타분한 냄새와 독을 먹는다는 정신적 불안감이 공포스러울 뿐이리라. 하지만 정작 몸의 일부를 절단하는 것도 아니고 목숨을 빼앗는 것도 아닌 만큼 실질적 입장에서 바라본다면 되려 웃을 일일 것이다.

독의 크기는 비단 당가인들만 놀라게 한 것은 아니었다. 이미 복용한 바 있는 제갈호와 교청인도 그 크기에 놀라 눈빛에 경악이 떠오른 상태였다. 둘은 놀라기도 하고 또 한편으로는 방주가 제조한 독이 신비스럽기도 했다.

'도대체 방주는 어디에다가 독을 숨기고 다니는 것일까.'

'나는 손톱 크기만한 것을 먹고도 숨 쉬기가 곤란했는데 저걸 다 먹어야 한다면 차라리 죽고 싶을 거야. 으이그, 불쌍한 놈들.'

제갈호와 교청인도 아직까지 전혀 독의 실체에 대해 알지 못했다. 그저 독이라고만 생각했지 설마 하니 독의 실체가 표영이 몸에서 직접 벗겨낸 때일 것이라고는 생각지도 못했다. 그도 그럴 것이 표영이 실제로 독공의 고수임을 보았으니 그렇게 믿지 않을 수 없는 노릇이었다. 아마 제갈호와 교청인이 독의 실체가 독과는 전혀 관계 없는 표영의 때라는 것을 알았다면 약 한 달 동안은 식음을 전폐하고 미친 연

놈들처럼 소리치고 다녔으리라.

　이런 차원에서 당문천을 비롯한 사대장로들이 표영의 연거푸 한 질문에도 불구하고 넋이 나가 버린 것도 무리는 아니었다. 가히 독(?)덩어리의 크기는 그것이 실제 독이라고 믿는 입장에서 바라보자면 질식할 것 같은 압박을 느끼게 하기에 충분했기 때문이다.

　게다가 독덩어리의 색깔은 칙칙하기가 이를 데 없어 그저 바라보는 것만으로도 눈이 곪아버릴 것만 같았고 혈맥이 굳어버릴 것만 같았다.

　크기도 크기지만 거기에 한 수 더 뜬 것은 뭉게뭉게 풍겨나는 냄새였다. 시금털털한 냄새에 말로 표현하기 힘든 악취가 섞여 있었는데, 오죽했으면 냄새를 맡는 코를 생채로 뜯어내 버리고 싶은 충동이 일 지경일까.

　더불어 냄새가 몸을 휘감고 도는 것이 살마저 마구 부패하게 만들 것 같은 착각을 주기에 충분했다.

　이 지경에 이르다 보니 지금 당문천과 사대장로는 표영이 하는 말은 전혀 들리지도 않았고 오로지 독덩어리와 대화를 나누고 있는 황당한 상황에 빠지고 말았다.

　독:어때, 내 자태가? 멋지지 않아? 후후후후.
　당가인들:뭐, 뭐냐…….
　독:한번 먹어봐. 응? 먹어보래두~
　당가인들:이, 이럴 수가! 도, 독이 말을 하다니…… 말을 하고 있다구~!

그들은 한결같이 환상과 환청에 사로잡혀 땀만 삐질삐질 흘려댔다. 주먹만한 독덩어리는 어느새 눈을 뜨고 입까지 생겨 미소를 지으며 온갖 아양을 떨면서 먹어보라고 유혹하고 있었다. 당문천 등은 가까스로 그에 맞섰지만 황당함의 큰 바다에 빠져 허우적거리지 않을 수 없었다.

'독이 말을 한다… 말을 해……. 으으으.'

'너무 커, 너무 크단 말이야.'

'제삿날이 이렇게 빨리 다가오다니… 독들아, 제발 다른 데로 가주면 안 되겠니?'

그들이 환상과 환청에서 벗어난 것은 능파가 고함을 친 후였다. 지금 당문천 등이 심각한 상태로 독들과 대화를 나누고 있음도 모른 채 능파가 당장에 주먹을 날릴 듯 외쳤다.

"이놈들아! 지존께서 말씀하시건만 고막이 터진 거냐? 아예 손으로 귓구멍을 뚫어주랴?"

성미 급한 능파의 말에 당가인들이 화들짝 놀라며 정신을 차렸다. 다행히 독의 눈과 입 등이 사라지고 말 역시 들리지 않았지만 여전히 관심사는 독덩어리에 관한 것뿐이었다. 당문천이 얼떨떨한 표정으로 갈조혁에 대한 대답 대신 엉뚱한 질문을 던졌다.

"하, 한 가지 여, 여쭐 말씀이 있습니다만……."

표영이 고개를 까닥였다.

"뭐냐?"

"제, 제가 이걸 복용해야 하는 것이 마땅합니다만……."

당문천은 중도에 잠시 말을 멈추고 탁자 위에 놓인 독덩어리(?)를 뚫어져라 바라보았다. 그건 시선의 교차로 무언의 암시를 주어 말하고자 하는 것을 더욱 강조하려는 뜻이 담겨 있었다. 그의 말이 이어졌다.

"그게 말입니다, 그러니까 말이죠… 저… 그게……."

차마 말을 못하고 계속 질질 끄는 소리에 능파는 울화가 치밀었다. 능파는 의자에서 몸을 일으키더니 몸을 탁자 위로 쭉 빼 자신의 맞은편에 앉은 당문천의 얼굴에 주먹을 날렸다.

퍼억!

우당탕!

당문천이 의자에서 나자빠졌다.

"이 자식이 지금 장난하자는 거냐! 이분이 뉘신 줄 알고 감히 희롱하는 것이냐!"

아직 정신 상태가 온전치 못한 능파였다. 그에겐 오로지 충성과 열정만이 간직되어 있어 지존에게 무례한 행동은 참을 수가 없었던 것이다. 하지만 언제나 그랬던 것처럼 능파도 무사할 수만은 없었다.

"이 자식이~"

파악!

표영이 몸을 일으켜 탁자 위로 다리를 수평으로 벌려 능파의 면상을 날려 버린 것이다.

"으아악!"

우당탕!

"어디서 감히 주먹질이냐! 내 허락 없이 주먹을 휘두르지 말라고 말한 게 지금까지 몇 번이냐! 응? 죽고 싶냐, 능파!"

표영의 즉각적인 조치는 당문천을 아끼기 때문에 취한 행동은 결코 아니었다. 능파에게는 이럴 때마다 경고를 해줘야만 마음에 새겨질 것이고 함부로 설치는 것을 방지할 수 있기 때문이다. 자칫 마성을 제어하지 못할 상태가 된다면 지금의 표영으로서는 감당하기 힘들 것은 불을 보듯 뻔한 일이었다.
 구석지까지 날아가 처박혔던 능파가 번개같이 몸을 일으키더니 다시 무릎을 꿇었다.
 "죽여주십시오, 지존이시여."
 "일어나라. 너, 한 번만 더 그랬다간 진짜 죽을 줄 알아라."
 "속하 지존의 말씀 심장에 새겨 기억하겠나이다!"
 대답은 늘 기가 막힐 정도로 훌륭했다. 이번에는 심장에 새긴다고 했지만 그전에도 명 대답이 여러 가지였다.

 "뼈마디마디마다 지존의 말씀을 새겨 넣는 중입니다."
 "환골탈태하는 것과 같이 변화된 모습을 보여드리겠습니다."
 "저의 살과 피는 오직 지존의 뜻을 따라 움직일 준비가 되었나이다."

 도대체 어떻게 그런 말들을 생각해 내는지 함께 다니는 이들도 모두 신기하게 여길 정도였다.
 당문천이 나자빠지고 능파가 얻어터지는 상황이 벌어지자 당가의 네 장로들은 모두 퀭해져 간이 오그라들었다. 하지만 능혼 등 일행은 한두 번 본 것도 아니라서 그냥 그러려니 하는 마음뿐이었다. 이런 것도 자주 보면 면역이 되는 것이다. 되려 '아, 이 정도 시간이면 한 대 얻어터지겠군' 하는 그런 상태까지 이를 정도라고나 할까.
 "당문천! 아까 하려던 이야기를 해봐."
 표영의 말에 당문천이 힐끔 능파 쪽을 쳐다봤다. 능파는 당문천을 쳐다보진 않았지만 떨떠름한 표정을 한 채 탁자 밑으로 발을 쭉 뻗어 당문천의 발을 짓이겼다. 아까처럼 까불지 말라는 뜻이었다. 당문천은 발가락에 통증을 느끼며 입을 뗐다.

"그러니까… 제 말은 머리가 잘려 나간 갈조혁과 함께 있을 때 처음 주셨던 독 있잖습니까. 그게 어찌 된 게 그때 것보다 지금 보이는 것이 훨씬 큰 것 같습니다만… 혹시 독이 바뀐 것은 아닌가 해서 말입니다."

당문천은 마지막 말을 끝맺을 때쯤엔 눈물까지 글썽였다. 탁자 밑으로 뻗으며 짓이기는 능파의 고문 때문만은 아니었다. 그의 말에는 '독을 먹고 이렇게 허무하게 죽을 순 없습니다' 라는 뜻이 가득 담겨 있었다.

표영은 이미 이들이 눈이 풀리고 힘이 하나도 없는 것을 보고 예상했던 질문인지라 너털웃음을 터뜨렸다.

"하하하하, 짜식들. 독이 너무 커서 쫄았구나. 모두 염려하지 말아라. 그렇지 않아도 내 다 말해 주려 했었다. 사실은 처음 너희에게 내놨던 독은 잘못 만들어진 것이었다. 만약 너희가 그것을 먹었다면 지금쯤 싸늘한 시체로, 아니, 시체조차 없이 그저 한 줌의 혈수로 바닥을 타고 흐르고 있었을 것이다. 하하하!"

당문천 등의 얼굴은 떫은 감 씹은 표정으로 변해 버렸다.

'바닥을 타고 흘렀을 것이라니……'

눈을 돌려 바닥을 쳐다보며 줄줄 흘러내리는 형체를 생각하자 온몸이 흐물거리는 것만 같았다.

"하하하, 내가 너희에게 줄 독은 바로 발작을 일으켜선 안 되는 것이란다. 그렇게 하려면 일정 기간 독을 억제시킬 수 있는 약물과 혼합

해야 하는데, 내 그만 깜빡 잊고 독만 건넨 것이었지 뭐겠느냐. 하하하, 나도 참 한심하지."
　당문천을 위시한 네 명의 장로들은 속으로 중얼거렸다.
　'깜빡 잊을 것이 따로 있지, 어떻게 그것을 잊는단 말씀이십니까!'
　'장난하는 것도 아니고 이거 너무하잖아.'
　'아, 씨파… 대체 어쩌자는 건지 모르겠네.'
　'이번 것도 제대로인지 확실한 게 아니구먼.'
　표영의 말이 이어졌다.
　"하하하, 그리하여 이번에 이렇게 크기가 커진 건 실수가 없도록 제대로 혼합한 까닭이다. 그러니 아무런 염려도 하지 말아라. 하하하, 나도 이제 나이가 먹어가는지… 험험… 한 번씩 이런다니까."
　그래도 표영은 할아버지 급에 해당하는 당문천 등에게 미안했던지 태연한 가운데서도 헛기침 두 번 하는 것을 잊지 않았다. 표영이 다시 껄껄거리며 웃다가 말했다.
　"하하하, 그럼 이왕 생각난 김에 일단 먹고 시작하는 게 좋겠다. 먹는 거 앞에 두고 딴 짓 하는 것도 그리 보기 좋은 모습이 아니지. 자, 보아라. 저 독들이 어서 먹어달라는 듯 예쁘장하고 다소곳한 표정(?)으로 찻잔 옆에 둥지를 틀고 있지 않느냐."
　너스레를 떠는 소리에 교청인이 자기도 모르게 피식 하고 웃었다.
　'흣, 다소곳하게 앉아 있다고? 하여튼 약 올리는 데는 도가 텄다니까. 저런 것은 다 어디에서 배웠을까.'
　그녀 또한 이미 지난날 독을 복용했던 터라 그 매캐한 냄새는 아직도 잊지 못하고 있었다.
　'정말 끔찍했었지. 휴~ 하지만 내가 저리도 큰 것을 먹지 않게 된

건 천만다행이야. 이들은 과거에 방주에게 무슨 몹쓸 짓을 했기에 이런 곤욕을 치르는 걸까?

"자자, 어서 한입에 우겨 넣어."

표영이 다그치자 능파와 능혼이 이때다 싶어 거들었다.

"부스러기도 떨어뜨리면 안 돼. 알겠어? 티끌만큼이라도 떨구고 먹었다가는 가만두지 않을 테다."

"제일 늦게 먹는 놈은 앞날이 괴로울 줄 알아라."

연신 다그치는 말에 당문천 등이 손을 떨며 독(?)덩어리를 잡았다.

푸스스.

비록 손이 타 들어가는 이와 같은 소리가 나진 않았지만 당문천 등에게는 이보다 더한 소리가 들리는 듯했다.

'윽! 손이 썩는 것 같다.'

'젠장… 이 감촉은 대체 뭐란 말인가……'

'닿기만 해도 미칠 것 같은데 이걸 먹는다면 어떻게 될까?'

'아! 하늘이시여, 정녕 이 당경을 버리시나이까.'

'참으로 모진 목숨을 붙잡고 있는 것이 한탄스러울 뿐이다.'

각기 속으로 한탄을 머금었고 이제 서서히 손을 입으로 이동했다. 그때 표영이 긴박한 순간을 온 천하에 알리기라도 하겠다는 듯 말하기 시작했다.

"아~ 대단합니다, 대단합니다. 이제 곧 입에 들어가려 합니다. 네, 아주 긴장되는 순간입니다."

표영의 말은 가히 당가인들에게는 염장을 지르는 것이었다. 비장미을 드러내며 먹어도 시원찮을 판에 장난을 치고 있다니… 하지만 곧 능파가 맞장구를 치며 가세하고 나섰다.

"정말 긴장됩니다, 지존이시여~ 어찌나 독이 큰지 저놈들은 앞으로 삼 일 낮 삼 일 밤 동안 밥을 먹지 않아도 든든할 것 같습니다요."

북 치고 장구 치고 놀려대는 가운데 당문천 등은 몸을 한번 부르르 떨었다. 하지만 그래 봤자 선택의 여지는 없었다.

'그래, 씨발… 먹자, 먹어. 죽기밖에 더하겠냐. 쌍!'

갈조혁이 몸은 온데간데없고 목만 덩그러니 들려오던 것이 떠올랐다. 괜히 반항했다간 갈조혁처럼 처참하게 죽게 될 것은 뻔한 일이 아닌가. 그럴 바엔 그나마 살아날 가망성 높은 쪽이 독을 복용하는 것이라 할 수 있었다.

와그작… 와그작…….

다섯이 각기 한입 가득 베어 물었다.

"네~ 드디어 입에 들어갔습니다. 대~단합니다~ 믿어지지가 않는군요."

표영의 긴박함에 담뿍 담긴 해설을 들으며 당가인들은 처참하게 떼를 우겨넣었다.

"우우욱… 욱……."

이루 형용할 수 없는 시큼함과 매캐함이 입 안을 가득 채웠다. 표영이 다시 이 광경을 보고 열을 올렸다.

"오호~ 훌륭합니다. 훌륭합니다. 바로 그겁니다. 자자, 이젠 되도록이면 꼭꼭 씹어먹는 게 중요하죠~ 그래야 독을 억제하는 약효가 많이 살아나거든요. 그 이치가 가장 중요한 관건입니다~"

표영의 말을 들으며 당가인들은 씨발씨발을 연발하면서도 우걱우걱 씹어댔다. 그것은 그저 지켜보는 것만으로도 가히 처참함 그 자체였다.

이윽고 때독이 뭉개지며 입술에 묻어나고 땟구정물이 길게 입 가장자리를 타고 턱을 따라 흘렀다. 하지만 더욱 마음을 답답하게 하는 것은 크게 베어 문다고 물었지만 아직도 대여섯 번은 더 베어 물 수 있는 덩어리가 남아 있다는 점이었다.

우적우적.

입 안에 감도는 맛과 처절함은 어떻게 표현할 길이 없었다. 급기야 그 처절한 맛에 당문천을 비롯한 사대장로는 눈에서 눈물을 주르르 쏟아냈다. 그러면서도 그들은 씹고 또 씹었다.

'어찌하여 하늘은 당문천을 나게 하고 또 한편 다른 독공의 고수를 세상에 나게 하셨단 말인가.'

'정말 이렇게까지 해가면서 살아야 하는 것일까. 콱 그냥 죽어버릴까.'

'이런 씨발… 흑흑흑……. 아직도 많이 남았잖아. 이걸 언제 다 먹냔 말이야.'

'여러 독을 보고, 혹은 맛을 봐왔지만 이런 맛을 가진 것이 세상에 또 어디 있겠는가.'

그들은 각기 속으로 한탄하면서 꾸역꾸역 때독을 삼키고 또 삼켰다. 가히 그 모습은 지옥이 따로 없었다. 심지어 거지무공을 수개월간 연마한 능파와 능혼, 그리고 제갈호와 교청인 등도 꾸역꾸역 피어나는 냄새에 치가 떨릴 지경이었다.

우적우적 먹어대면서 침이 범벅이 되고 하다 보니 침이 흘러나오면서 시커먼 땟구정물이 입 가장자리에서 나와 턱 밑으로 뚝뚝 흘러내리자 지켜보며 속으로 중얼거렸다.

'뭐, 뭐냐… 이 땟구정물은. 독 중에서도 정말 추잡스런 독이로구나.'

'저놈들도 대단하다. 삶에 대한 집착은 세상에 그 어떤 것도 이루지 못할 것이 없구나.'
 '서, 설마, 내가 먹은 것도 저런 것은 아니었겠지.'
 '거지무공 중 영약 복용의 과정을 수련하지 않았다면 이렇게 보는 것도 힘들었을 거야.'

 이렇게 보는 것만으로도 경악스럽다면 현재 직접 먹고 있는 당사자들의 심정은 어떻겠는가. 먹는 자나 지켜보는 자나 모두들 한마음으로 처절함을 느낄 때 당존각 내에서 유일하게 미소를 띠고 있는 이는 표영뿐이었다. 표영은 흡족하다는 듯 고개까지 끄덕이며 연신 격려를 아끼지 않았다.

 "너희들이 자랑스럽다. 자자, 좀 더 힘을 내라. 이제 끝이 멀지 않았어. 좀 더, 좀 더~"

 표영은 힘차게 격려하며 속으로는 이렇게 중얼거렸다.

 '이놈들아, 너희는 과거 한낱 보잘것없는 거지라며 사부님과 나를 업신여기고 죽이려 했지 않았느냐. 이젠 어떠냐? 바로 너희들이 멸시하던 그 거지의 때를 먹고 있지 않느냐. 세상사 돌고 도는 것. 작은 자라도 업신여긴다면 언젠가는 갑절로 보응을 받게 되는 법이다.'

 또 한 편으로는 이런 생각도 들었다.

 '이렇게 때독을 먹이는 일이야말로 당가인들에게 가장 적절한 복수라 할 수 있겠구나. 이들은 이제껏 독으로 많은 사람을 살상했지만 실제로 독에 의해 고통당해 본 적은 드물 것이다. 독을 복용하는 기분이 얼마나 비참한 것인지 모르고서야 어찌 독을 제대로 사용할 수 있겠는가. 지금 독에 당했으니 앞으로 독을 사용함에 있어서 그 당하는 자의 기분도 어느 정도 이해할 수 있겠지.'

역지사지(易地思之)라 했다. 입장을 바꿔놓고 상대의 입장에서 바라본다면 쉽게 다투거나 괜한 시비가 일어나지 않는 법. 그런 관점에서 표영은 이들에게 나름대로의 교훈을 주고 있는 셈이었다.

'앞으로 육체의 고통과 부끄러움에 대한 교훈을 준 후 걸인도로 보내야겠다.'

일 다경(약 15분)이 지났다. 그사이 당문천 등은 꾸역꾸역 그 큰 때독을 다 먹어치웠다. 입가에 새까맣게 때가 덕지덕지 묻고 치아 사이사이로 때가 새까맣게 파고든 것이 가히 보는 것만으로도 참혹스럽기 그지없었다. 거의 비몽사몽의 지경에 처한 당문천 등이 이젠 끝났구나라고 생각할 때 표영이 꺼져 가는 불씨에 기름을 끼얹었다.

"이놈들! 이 독들이 내가 얼마나 어렵게 모은 것들인 줄 모르는 모양이로구나. 입가에 묻은 것과 잇사이에 낀 독들을 남김없이 먹어치우도록 하라."

다시 얼마간의 짧은 시간이 지나고 당문천 등은 매끈하게 남아 있던 때독들을 혀를 사용해 낱낱이 먹어치웠다. 아마도 당문천 등이 거울을 앞에 두고 입을 벌려봤다면 평생 동안 우울증에 시달렸을지도 모르는 일이었다.

하지만 여기에서 끝난 것은 아니었다. 때독이 비록 독극물은 아니었지만 그 자체가 그리 이로운 음식은 아니잖은가. 몸에서 나온 노폐물들과 외부에서 낀 먼지가 쌓여 때가 되는 것인만큼 그걸 먹고 속이 좋을 리가 없었다.

때들은 뱃속에 들어가자 부글부글 끓어오르며 위와 내장에서 이상 반응을 나타내기 시작했다. 그때 장로 당경이 배를 움켜쥐며 뭔가를 참는 듯하더니 결국 참지 못하고 소리를 토했다.

"꺼억~"

장대한 트림 소리였다. 위에 남아 있던 여러 음식 찌꺼기들과 혼합된 때독이 부글거리다가 소화가 되면서 위쪽으로 공기가 배출된 것이었다. 그 냄새는 가히 상상을 초월했다. 내전 안의 공기가 심각하게 오염되었고 정면에 있던 제갈호와 교청인은 황급히 손을 들어 코와 입을 막아야만 했다. 단련될 대로 된 제갈호와 교청인이 코를 틀어막아야 할 지경이었으니 정작 트림을 한 당경은 어떠하겠는가. 그는 엄청난 냄새에 순간 뇌가 마비되는 듯한 충격을 받고 그 자리에서 고개를 떨구고 혼절해 버렸다. 자기가 뱉은 트림에 스스로 기절해 버린 것이다. 당가의 가주 당문천과 남은 세 명의 장로들도 각기 밀려드는 역겨운 냄새와 몸 안에서 부글부글 끓어오르는 증상에 몸을 부르르 떨다가 거센 트림을 품어냈다.

"커억~"

"커억~"

먼저 가주 당문천과 사장로 당추가 연이어 트림을 하고 자신의 냄새에 충격을 받고 혼절해 버렸다. 그 뒤로 오장로 당운혁과 이장로 모천호도 크게 트림을 발했다.

"쿠허헉~"

"꺼어억~"

그중 오장로 당운혁은 트림에서 그치지 않았다. 그는 트림을 한 후 뱃속에 가득 담겨진 혼합 고체 및 액체를 정면을 향해 폭포수처럼 뿜어냈다. 한결같이 트림을 하고 쓰러진 터였기에 그것은 어느 누구도 예상치 못했던 것이었다.

그로 인해 불그스름한 토사물들은 고스란히 앞쪽에 있던 능혼의 얼굴로 쏟아지고 말았다.

"으아악! 이게 뭐냐… 이 더러운 놈들!"

신법에 통달한 능혼일지라도 이 갑작스런 기습(?)에는 속수무책이었다. 소리없이 날아드는 암기도 수월하게 피해내는 능혼이었지만 이 황당무계한 상황에 정신이 혼미해진 터였고, 설마 자신에게 토를 발하리라고는 생각지 않았던지라 그만 토사물을 뒤집어쓰게 된 것이다.

고스란히 뒤집어쓴 능혼은 머리와 얼굴에 뜨거운 김을 풍기며 분노의 주먹을 날리려 했다. 하지만 주먹을 날릴 필요조차 없었다. 어느새 둘 다 탁자 위로 상체를 기댄 채 쓰러져 버렸기 때문이다.

결국 당가의 가주 당문천과 네 명의 장로들은 때독의 후유증을 견디지 못하고 모두 정신을 잃고 말았다.

그렇게 처참한 결과가 나타나게 되었을 때 표영이 벌떡 자리에서 몸을 일으켰다. 그리고 쓰러져 있는 다섯을 바라보더니 두 손을 천천히 들고 장엄한 표정을 지으며 박수를 치기 시작했다.

짝짝짝짝!

"장하다, 정말 장하다. 역시 독공의 고수들답구나. 너희들이 바로 이제 나의 수하라고 생각하니 든든하기 그지없다. 마치 천하를 얻은 듯하구나. 하하하!"

그러자 능파와 능혼이 일어나 박수 갈채를 보냈다. 지존이 박수를 치는데 앉아서 멀뚱거린다는 것은 있을 수 없는 일이었다.

짝짝짝짝!

"진개방의 앞날은 점점 밝아오고 있습니다."

"진개방 만세~ 만세~"

제갈호와 교청인은 세 명이 일어나 박수를 치며 난리를 떠는 모습이 어이가 없었지만 그냥 뚱하니 앉아 있을 수만은 없었다. 둘도 떨떠름한 표정으로 일어나 마지못해 박수 갈채를 보냈다. 교청인은 박수를 치며 연신 훌륭하다고 칭찬하는 방주 표영을 바라보며 속으로 중얼거렸다.

'음… 방주는 아무래도 정상이 아니야. 암, 그렇고 말고.'

하지만 그런 그녀의 중얼거림에는 뭔지 모를 정이 담겨 있었다.

표영이 박수를 끝내고 고개를 쳐들고서 다시 비장한 어조로 말했다.

"오장로 당운혁은 오늘 먹은 독을 모두 다 토해 버렸으니 아무 소용도 없게 되었구나. 비록 독이 소모되는 것이 아깝긴 하지만 저놈은 내일 다시 복용토록 해야겠다. 그렇지 않으냐?"

표영의 말에 능파와 능혼, 그리고 제갈호와 교청인은 서로의 얼굴을 바라보며 어색한 웃음을 지었다.

"아하하… 지당하신 말씀이십니다……."

혼절한 당운혁이 들었다면 아마 영원히 깨어나고 싶지 않았으리라.

2장
당가는 개방의
분타로

당가는 개방의 분타로

혼절했던 당문천과 네 명의 장로들은 하루가 꼬박 지나서야 깨어났다. 그들은 한바탕 꿈을 꾼 것이려니 치부하며 애써 어제의 일을 아무것도 아닌 것으로 스스로에게 최면을 걸고, 혹은 잊으려 했다.

'그래, 모든 것은 추억인 셈이지. 나중에 되돌아보면 다 아름다운 법이다.'

고통스런 추억이 훗날 이야깃거리가 되고 떠벌릴 이야기가 된다고는 하지만 그것을 또다시 겪겠냐고 묻는다면 백이면 백 모두 고개를 마구 저을 것이다.

하지만 안타깝게도 그들 중 당운혁에겐 또다시 추억에 새겨질 하루가 더 남아 있었다.

"이봐, 당운혁! 어제 것은 다 무용지물이야. 그렇게 쏟아냈는데 무슨 의미가 있겠어? 자, 다시 시작하자."

표영의 말에 당운혁은 게거품을 문 채 울고불고 난리가 아니었다. 나머지 사람들은 크게 한숨을 내쉬며 얼마나 가슴을 쓸어 내렸는지 모른다. 그리고 모두들 하늘에 감사했다.
'하늘이시여~'
당운혁은 자신의 연약한 위장을 저주하며 결국은 다시 때독을 복용했다. 이번에도 속이 뒤틀거리는 것은 여전했지만 그는 이제껏 삶 속에서 연마해 온 모든 인내심을 끌어내 참고 또 참아 혼절하는 것으로 끝을 보았다. 사실 넘어오는 것을 얼마나 다시 삼키고 삼켰는지 모른다. 연속 삼 일 간을 그리 보낼 수는 없는 일이 아닌가 말이다.

회선환의 복용이 마무리 짓게 된 후 다시 표영 일행과 당가의 수뇌들이 당존각에 모였다. 표영으로서는 회선환도 복용시켰겠다 이젠 본격적으로 당가의 미래에 대해 이야기할 시간이 된 것이다.
표영이 그제 질문을 던졌으나 답을 얻지 못했던 갈조혁에 대해 다시 물었다.
"밖에 목이 걸린 놈은 어떤 놈이냐?"
갈조혁의 목은 어느새 당가의 외벽에 걸려진 상태였다. 당문천을 위시한 네 명의 장로가 혼절한 이후 가내총관인 당호가 찾아와 부탁한 것 때문이었다.
당호는 인질로 잡혔던 아이의 아버지로 분노에 불타 갈조혁의 머리를 외벽에 걸어놓도록 허락해 달라고 했었다. 그 말에 표영이 고개를 끄덕이며 허락한 것은 당연한 일이었다.
표영의 물음에 당문천이 충성스런 부하의 얼굴로 답했다. 이제 그는 독약도 복용했겠다 체면이고 뭣이고 차릴 것도 없게 된 것이다.

"그놈은 독운신군(毒雲神君)이라는 자로 이름은 갈조혁이라고 합니다. 약 20년 전 독공의 고수로 강호에 이름을 떨쳤는데 돌연 은거에 들어갔었습니다. 그런데 어찌 된 일인지 갑작스럽게 모습을 드러내 당가에 들어오겠노라며 찾아온 것입니다. 처음엔 무슨 꿍꿍이가 있을 것이라는 의심도 가졌지만 그놈이 애지중지 다룬다는 청향미주를 바치는 바람에 진심이라 믿고 받아들이게 된 것입니다. 당가에는 다섯 명의 장로가 있는 바 갈조혁을 장로로 임명해 육대장로 체제로 나가려고까지 생각했었습니다. 그런데 그놈은 잘해준 것은 생각지도 못하고 오만방자하고 배은망덕하게도 그런 일을 저지르다니 백 번 죽어 마땅합니다."

표영이 고개를 끄덕이며 침음성을 흘렸다.

"음……."

명확하게 무엇인지는 모르겠지만 그 정도로는 갈조혁의 행동에 대한 의문점을 풀기엔 적절치 못했다.

'뭔가가 있어… 뭔가가…….'

만성지체를 타고난 표영의 직관적인 감각이 그런 느낌을 안겨주었다. 하지만 아직 부족한 정보로 인해 안개처럼 뿌옇게 가려진 상태였다. 제일 좋은 방법이야 당사자에게 물어보는 것이겠으나 이미 저세상 사람이 되지 않았던가.

'이제껏 지켜본 당가 내에서도 특이점을 발견하지 못하였다고 하니 당장에 알아낼 수 있는 것은 아닐 것이다.'

표영은 일단 갈조혁 사건에 대한 것은 마음에 접어두고 원래 어제부터 하고자 했던 본론적인 내용으로 들어갔다.

"이제 내가 하는 말을 잘 들어라. 당가가 앞으로 나가야 할 향방을 알려주도록 하겠다."

당문천 등이 침을 꿀꺽 하고 삼켰다. 왕만두보다 두 배나 더 큰 독(?)을 복용토록 한 사람이지 않은가. 대체 무슨 말이 튀어나올지 심히 염려스럽기 그지없었다.

"…결론부터 말하자면 당가는 앞으로 진개방에 귀속된다. 앞으로 이곳은 진개방의 섬서분타로 남게 될 것이다."

쿠궁!

당문천 등의 심장이 튀어나와 벽에 부딪치고는 다시 원래대로 돌아왔다. 설마 그럴 리는 없을 것이라 생각했던 최악의 각본이 적용된 셈이다. 그들에게 있어 표영의 말은 이런 식으로 들렸다.

—흐흐흐… 앞으로 너희도 거지다. 내 차림을 보아라. 이것이 바로 진개방의 표준 옷차림이다.

당문천을 비롯한 네 명의 장로의 얼굴이 삽시간에 새까맣게 변해 버렸다. 그들에게 있어 이건 가히 절망이라 할 만했다. 표영은 당문천 등의 얼굴이 검게 변하든 노랗게 변하든 신경 쓰지 않고 이야기를 이어갔다. 당문천 등은 한마디 한마디가 귓가에 들릴 때마다 옆에서 누군가가 큰 망치로 머리를 내려치는 듯한 충격에 휩싸였다.

대충 표영이 말한 당가의 미래는 이러했다.

첫째, 당가의 현판은 그대로 두고 마음으로 진개방의 일원임을 숙지한다.

표영은 개방의 운영에 대해 아는 것은 없었지만 굳이 진개방 섬서분타라고 써놓을 필요는 없다고 생각했다. 거지에게 문패가 무슨 소용이 있겠는가라는 뜻이라 할 수 있었다.

둘째, 당가의 모든 식솔들이 진개방으로 활동하는 것은 아니다. 가주 당문천과 다섯 명의 장로, 그리고 십영주와 그 밑 심복 등으로 구성된 정예 오십여 명만이 구체적으로 활동토록 한다. 현재의 당가는 가내총관인 당호에게 맡겨 부녀자와 아이들을 돌보도록 한다.

이 문제에 대해서 표영은 모든 사람들을 다 거지로 만들 필요는 없다고 생각한 터였다. 어차피 언젠가는 당가가 그 본래의 모습으로 돌아가야 할 것이기에 정예만을 뽑아 진개방의 수하로 쓰고 강호를 위해 이바지할 수 있으면 되는 것이다.

셋째, 가주 당문천은 앞으로 진개방의 섬서분타주로 명하고 오대장로는 섬서분타에 속한 각 지타주로 명한다. 그 밑으로 십영주는 오결제자가 되고 그 이하는 사결제자가 된다.
넷째, 이들 오십여 명은 당가에 거주하지 않고 주변 야산에 터를 잡고 실제 걸인의 삶을 살아간다.

이건 당연한 것이라 할 수 있었다. 거지는 거지답게 살아야 한다는 것이 표영의 행동 지침이었으니 말이다.

다섯째, 당가의 활동은 10년 동안 제한한다. 10년이 찬 후 가주를 비롯한 모두의 마음을 점검하여 당가로 복귀시킬지 여부를 결정한다.

당가는 당가일 뿐 언젠가는 돌아가야 한다. 하지만 사악한 마음을 버리지 않는 이상은 허락하지 않을 셈이었다. 10년! 10년이면 강산도 변한다고 했으니 그 시간 동안 지켜볼 작정이었다.

표영이 긴 설명을 매듭 지을 때 당문천과 장로들의 얼굴은 검은색을 뛰어 넘어섰다. 지극함이 다하면 초월해 버린다고 했던가. 검게 변했던 얼굴은 이제 눈이 부실 정도로 하얗게 질려 버렸다. 일말의 불안한 낌새를 느낀 것은 사실이지만 이렇듯 삽시간에 거지가 될 줄은 몰랐던 그들이었다. 모두는 너무나 큰 충격에 식은땀 흘리는 것조차 잊어버렸다. 표영이 희번덕거리는 얼굴들을 쳐다보며 말했다.

"진개방의 일원으로 살아감에 있어서 가장 중요한 것을 알려주도록 하겠다."

방금 전까지와는 달리 실실거리는 웃음기는 찾아볼 수 없는 모습과 말투였다.

"진개방에 존재하는 한 가지 규범은 목숨을 걸고 지켜야 한다. 그것은 바로 '의를 숭상하라' 이니라."

표영의 이번 말은 천음조화를 시전하며 건넨 말이라 당문천을 비롯한 장로들의 귀에 박히듯이 꽂혔다. 너무도 진지한 모습에 심지어 여유롭게 앉아 있던 능씨 형제와 제갈호, 교청인까지 긴장될 지경이었다. 하지만 능파와 능혼의 생각과 제갈호와 교청인의 생각은 판이하게 다른 방향으로 표영의 말을 받아들였다.

능파와 능혼은 모든 것을 철저히 마교천하에 뜻을 두고 있었기에 내심 지존의 깊은 심계에 감탄했다.

'역시 지존이시로구나. 내 마음에까지 의를 숭상하라는 말이 와 박힐 정도라니… 이 어찌 놀랍지 않은가. 이미 자신마저도 속일 수 있는 단계에 이르신 게로구나. 하하하! 천하여, 기다려라. 너희는 마지막 대반전을 맛보게 될 것이다!'

그들은 표영이 깊이 웅크린 범과 같이 몸을 낮추고 세상을 속여 끝날에 그 마교의 모든 것을 드러낼 것이라 생각했다. 그러나 제갈호와 교청인은 있는 그대로 표영의 말에 감동했다.

'의를 숭상하라… 의를 숭상하라……'

'방주의 마지막 말은 마음을 자극하는 힘이 있구나. 어찌 거짓으로 꾸며 이렇게 말할 수 있겠는가.'

이렇듯 당존각 안에 자리한 모두의 마음에 '의를 숭상하라'라는 말을 심은 것은 천음조화의 공능도 있겠으나 근본적으로 마음 깊은 곳에서 체득된 깨달음이 없이는 천음조화가 효력을 발휘할 수 없는 것이라 할 수 있었다.

묘한 기운이 당존각 내부를 휘감고 돌자 잠시 내전은 침묵에 잠겼다. 약간의 시간이 지났을 때 갑작스럽게 입을 연 것은 당문천이었다.

"도저히 받아들일 수 없습니다."

표영을 비롯한 모두의 시선이 황당하다는 듯 당문천에게 꽂혔다. 능파와 능혼은 감히 지존에게 항변하는 말에 눈꼬리가 올라갔다.

'저것이 지금 간덩이가 부어도 단단히 부었군.'

'죽을 때가 되면 자기도 모르는 소리를 하게 마련이지.'

하지만 장로들은 속으로 탄성을 발했다.

'역시 가주님은 달라도 다르구나.'

'어찌 우리가 일언반구의 말도 없이 거지가 될 수 있단 말인가. 그

래, 이건 있을 수 없는 일이지. 아무렴.'

'가주님, 힘을 내십시오! 우리는 거지가 될 수 없다고 어서 말씀하세요.'

장로들의 마음속 성원을 듣기라도 했는지 당문천이 비장한 표정으로 다시 말했다.

"강호의 체면이 있지… 어떻게 제가……."

그는 이제 거의 씩씩대는 수준에 이르렀다. 장로들도 손에 힘을 주었다.

'그렇죠. 다음 말을 어서 하십시오, '어떻게 제가 거지가 된단 말입니까? 라고. 아주 훌륭하십니다, 가주님!'

당문천이 절규하듯 외쳤다.

"어떻게 제가… 고작 분타주를 한다는 겁니까? 저에게 진개방의 장로 직은 주셔야 합니다!"

퀭~

당가의 장로들의 얼굴이 참혹하게 일그러졌다. 가슴을 절절하게 울리는 항변을 기대했었다. 하지만 정말이지 이건 해도 해도 너무한 것이 아닌가.

'가주 맞어? 진짜 왜 이러는 거냐구.'

'씨발… 콱 한 대 때려 버릴까 보다.'

그에 반해 한 방 날릴 것처럼 주먹을 만지던 능파와 능혼 등의 얼굴은 확 풀렸다.

표영은 활짝 웃으며 고개를 끄덕였다.

"좋다. 당문천, 너를 진개방의 장로로 삼도록 하겠다. 그러나……."

그러나? 당문천이 장로 직에 미련을 떨치지 못하고 침을 꿀꺽 삼켰다. 표영의 말이 이어졌다.

"그러나 네가 장로가 되려면 먼저 능파와 겨루어 그 정도의 실력을 보여야 할 것이다. 자, 그럼 연무장으로 나가 멋진 결투를 구경하도록 할까?"

표영이 손으로 능파를 가리키며 하는 말에 능파가 이게 웬 떡이냐는 표정으로 기뻐했다. 하지만 당문천의 안색은 핼쑥하게 변해 버렸다. 거기에 다시 당문천은 번개보다 빠르게 화사한 미소를 지으며 손을 마구 휘저었다.

"아하하… 아하하! 진개방의 섬서분타주 당문천, 방의 규범인 '의를 숭상하라' 는 뜻을 목숨을 다해 지키겠습니다."

제갈호와 교청인은 실소를 머금었고 네 명의 장로들은 그런 얍삽한 반응에 다시금 고개를 떨구지 않을 수 없었다.

3장
몸으로 교훈을 터득케 하다

몸으로 교훈을 터득게 하다

표영과 당문천과 장로들은 밀실로 향했다. 이 밀실은 당가의 고문실로 쓰기도 하고, 또 필요에 따라서는 비밀리에 누군가를 숨겨야 할 상황이 생겼을 때 이용되기도 했다. 횃불로 어두운 통로를 밝히며 지날 때 당문천 등은 은근히 마음 한구석이 불안해졌다. 이들로서는 마음에 켕기는 구석이 있었던지라 전전긍긍하지 않을 수 없었던 것이다.

그것은 바로 과거 오극전갈 사건이었다.

당문천은 장로들과 함께 여러모로 그때 일을 상기하며 진정 당시 젊은 거지가 방주인지를 의논했었다. 그리고 내린 결론은 '확실하다'였다.

도대체 오극전갈에게 물리고 어떻게 살아났는지는 몰라도 현실은 현실인 것이다. 하루하루 지나면서 보복이 있지 않을까 노심초사하고 있었는데, 방주가 느닷없이 밀실로 가자고 말을 꺼낸 것이다.
 당문천이 어렵게 입을 열었다.
 "저, 방주님… 무슨 일로 밀실을 찾으시는지……."
 표영이 씨익 웃어주었다.
 "분타주도 성격이 꽤나 급하군. 하하, 들어가서 차분히 이야기하자구."
 당문천이 어색한 웃음을 지으며 머리를 긁었다.
 "아하하… 제 성격에 좀 그런 면이 있죠. 아하하……."
 이윽고 밀실 앞에 이르러 안으로 들어가자 퀴퀴한 냄새가 코를 자극했다. 정방형으로 이루어진 석벽이었는데 빛이라곤 전혀 들어오지 않아 횃불이 없이는 고수라도 사물을 분간하기 힘들 것이 분명했다.
 표영이 당경으로부터 횃불을 받아 들고 입을 열었다.
 "내가 오늘 이렇게 너희들을 보자고 한 것은 묵은 과거사를 해결하고자 함이다."
 아니나 다를까 불행히도 당문천 등이 예상했던 일이 터지고야 말았다. 표영의 말에 모두는 덥석 무릎을 꿇었다.
 "방주님, 그때는 제가 오극전갈에 눈이 멀어 어리석음을 저질렀습니다. 용서해 주십시오!"
 "용서해 주십시오!"
 "죽을죄를 지었습니다!"
 "다른 사람이 다 주먹을 휘두를 때 저는 손을 쓰지 않았습니다."
 "저도 그렇습니다. 저 이래 봬도 괜찮은 놈입니다."
 각기 나름대로의 논리로 용서를 구하는 말을 쏟아냈다. 표영은 힐끔 보고 씨익 웃더니 다른 질문을 던졌다.

"당운각은 언제쯤 온다고 했지?"

당운각은 당가의 삼장로로 과거 표영을 처음으로 만났던 바로 그 사람이었다. 죄로 따지자면 당운각이 가장 크다 할 수 있었다. 하지만 당운각은 표영이 당가에 왔을 때 오행문의 문주 설충의 초대로 자리를 비운 상태였다.

"삼장로… 아니, 당운각 지타주는 며칠 내로 돌아올 것입니다."

"음… 그래, 그놈은 그때 보기로 하고. 한 2년 정도 지난 것 같구나. 아! 그때가 좋았지. 네놈들만 오지 않았어도 사부님께서 몇 년은 더 사실 수 있었을 텐데. 그날 사부님께 발길질한 놈이 누구였더라?"

당사자인 당문천이 온몸으로 땀을 흘렸다. 어떻게 인생이 이렇게 돌고 돌아 이런 상황이 될 수 있단 말인가.

"그래그래, 누군가가 중요한 것은 아니지… 다 똑같은 놈들이니까 말이야. 음… 너희가 후려 팼던 노인이 누구였는지 아느냐?"

당문천 등의 머리가 고속으로 회전했다.

개방, 거지, 노인, 무공…… 여러 가지가 머리에 떠오르며 연결되었다가 흩어지고 다시 연결되길 거듭하면서 한 사람이 떠올랐다.

천상신개 엽지혼.

'으윽! 그렇군. 그때 우리가 잘못 본 게 아니었어.'

'그런데 왜 엽 방주는 미친 노인처럼 행세했을까?'

누군지를 짐작하고 많은 의문을 가졌지만 섣불리 말할 수가 없어 고개만 숙이고 있을 때 표영이 말했다.

"12년 전쯤 행방 불명되었다던 개방의 방주인 천상신개이시다."

당문천 등이 마음속으로 '역시나'를 부르짖었다.

"만일 사부님께서 몸이 온전하셨다면 감히 그런 행동을 하진 못했겠지. 하지만 일개 미친 노인이라 여겼기에 그 생명을 소중하게 여기지 않은 것이 아니더냐. 사람의 생명이란 부득불 패역무도한 자를 벌할 때를 제하고는 어떤 경우라도 보물처럼 여겨야 하는 법이다. 그것이 바로 개방의 뜻이요, 근본 하늘의 뜻인 것이다. 원래대로 하자면 너희의 껍질을 벗기고 죽여도 시원찮겠지만 이제 모두들 한식구가 되었고 내 입으로도 생명이란 소중한 것이라 했으니 어찌 목숨을 앗을 수 있겠느냐."

그 말에 당문천 등은 속으로 안도의 한숨을 내쉬며 후회가 가득한 어조로 말했다.

"감사합니다, 방주님."

"방주님의 은혜는 하해와 같습니다."

"앞으로는 오직 방주님의 뜻을 쫓아 훌륭한 무림인이 되도록 하겠습니다."

한마디 한마디가 가슴에서 절절히 우러나는 말이었지만 속마음은 사실 달랐다.

'이렇게 훈계 정도로 끝날 수 있을 것 같구나. 별거 아니었구먼.'

'흐흐… 괜히 쫄았잖아.'

아직까지 회개할 상태에 이르지 못한 당문천 등은 의외로 일이 잘 풀려가는 것 같자 기분이 좋아지기 시작했다.

'이럴 것 같으면 뭐 하러 밀실로 우리를 데려왔을까. 하하하, 방주는 괜히 폼을 잡아볼 요량이었나 보구나.'

'그나저나 방주의 사부가 엽지혼이라면서 왜 개방에 있지 않고 뜬

금없이 진개방을 만들었을까?'
이젠 거의 끝났겠거니 생각하고 다른 잡스러운 생각들을 떠올렸다. 다들 겉과 속이 다른 상태임을 아는지 모르는지 표영의 말은 계속 이어졌다.
"안심해도 좋다. 지난 일은 모두 흘러간 물과 같아 결코 다시 이끌어 올 수 없으니 내 너희들을 두들겨 패는 일은 없을 것이다."
당문천 등이 쾌재를 불렀다.
'옳거니! 잘 나가는구나.'
'바로 이거지.'
"…하지만 한 가지 명심해야 할 것이 있다."
"말씀하십시오."
당문천 등은 속마음과는 달리 진중한 목소리로 답했다.
"모름지기 지도자란 지도자의 입장에서 수하들을 잘 다스려야 하고 수하들은 수하들대로 지도자를 잘 보필할 수 있어야 하는 법이지 않느냐?"
"지당하신 말씀입니다."
연신 당문천이 신나게 맞장구를 쳤다.
"그중 경중을 논한다면 당연히 지도자의 역할이 무엇보다 중요하겠지?"
표영의 말에 기다렸다는 듯이 당문천이 적절하게 말했다.
"다 저의 불찰입니다. 앞으로는 지도자로서 훌륭한 모범을 보이도록 하겠습니다."
"좋다. 바로 그런 마음이 우리 진개방을 발전시키는 원동력이 되는 것이지. 자, 그런 의미에서 당문천, 너는 수하들을 잘못 가르친 대가를 지불해야 하지 않겠느냐?"

"방주님의 말씀 백 번 옳으신 말씀이십니다."

표영이 무슨 말을 하려고 하는지도 모르고 당문천은 맞장구치기에 바빴다.

"좋다. 역시 넌 분타주의 자격을 가질 만하구나. 그러면 오늘은 과거를 청산하고 새로운 나날을 맞는 의미를 기리도록 하겠다. 당문천!"

"네, 방주님."

"너는 앞으로 오 일 간에 걸쳐서 네 명의 지타주들에게 오백 대씩 맞도록 하여라."

쿠궁!

날벼락이었다. 일이 슬슬 잘 풀리는 줄로 알았건만 오 일 간에 매일 오백 대씩을 맞으라니… 그것도 수하들에게!!

"방주님! 아까 말씀하시기에는……."

당문천은 말을 중도에 끊었다. 원래 하려고 했던 말은 '아까 말씀하시기에는 내가 너희를 때리는 일은 없을 것이다라고 하셨잖습니까?' 였다. 하지만 생각해 보니 수하들이 때리는 것이니 그 말에는 하자가 없는 것이 아닌가. 당문천은 하늘이 무너지는 것만 같았다.

"방주님! 용서해 주십시오! 앞으로는, 다시는, 절대로, 결단코, 무슨 일이 있더라도 훌륭한 지도자가 되겠습니다!"

"안 돼!"

표영이 한 손을 쭉 뻗으며 단호하게 말했다.

"이건 나의 사사로운 묵은 원한 때문이 결코 아니다."

전혀 비장한 얼굴도 아닌데 비장한 것처럼 하는 말에 당문천은 기가 막히기까지 해서 땅이 꺼져라 탄식했다. 그 뒤쪽으로 매일 오백 대씩을 패야 하는 장로들의 얼굴도 결코 밝지 않았다.

가주를 패야 한다는 것은 그리 쉬운 일이 아닌 것이다. 하지만 속으로는 안도의 한숨을 내쉬면서도 은근히 기쁨이 뭉게뭉게 피어 오르는 것은 어찌할 수가 없었다.

솔직히 까놓고 표현하라고 한다면 이들은 펄쩍펄쩍 뛰며 환호성을 내지르고 싶을 지경이었다.

'역시 대장은 쉬운 일이 아니지.'

'아! 내가 당가의 가주가 아니라 장로였음이 이렇게 기쁠 수가……!'

'이 기회에 가주에게 얻어터졌던 걸 갚을 수 있겠구나. 삼장로 당운각이 이 자리에 참여하지 못한 것을 두고두고 아쉬워하겠는걸.'

'흐흐흐… 오백 대라… 때리는 데만 해도 시간이 상당히 걸리겠는걸.'

네 명의 장로들은 잠시 상상 속으로 들어갔다. 어디를 어떻게 두들겨 팰 것인지 그려보는 것만으로도 은근히 기분이 좋았다. 하지만 이런 상황일수록 시기에 적절한 말이 나와야 한다는 것을 이들은 잘 알고 있었다.

먼저 당경이 입을 열었고 그 뒤를 이어 모두 한마디씩 내뱉었다.

"어찌 저희들이 분타주님께 손을 댈 수 있겠습니까. 결단코 그런 일은 있을 수 없습니다. 차라리 저희를 벌하여 주십시오."

"분타주님께는 아무런 잘못이 없습니다. 저희의 어리석음이 일을 그르치게 한 것이니 모든 죄는 저희에게 있습니다."

"어느 조직에서든 앞서서 이끌어가는 입장은 매우 힘든 일이 아닐 수 없다고 생각합니다. 모든 것이 저희가 보필을 잘 못해서 생긴 일이니 저희가 도리어 맞아야 되는 것이 옳습니다."

"그렇습니다. 분타주님께서 오백 대를 맞으신다면 저희는 천 대를 맞아도 부족할 것입니다."

충정에 가득 찬 목소리로 연이어 뱉어내는 말에 표영의 얼굴이 감동으로 젖어들었고 눈망울이 흔들렸다.

"오! 참으로 훌륭하구나. 너희의 마음이 이 정도까지 와 있으리라고는 생각지 못했다."

그 말에 네 명의 장로들은 고개를 숙인 채로 웃음을 참느라 진땀을 빼야만 했다.

'역시 나의 연기력은 탁월하다니까. 당추 장로도 의외로 말을 잘하는걸?'

'아예 이 길로 들어설까나? 흐흐흐……'

'저 감동하는 꼬락서니를 보라구.'

'원래 정파인들은 충성된 말과 신의를 지키는 말에는 언제나 약하단 말씀이야. 그게 바로 약점이지.'

표영이 왔다 갔다 하면서 한 발자국 한 발자국 뗄 때마다 짙은 신음 소리을 내며 매우 감동하고 있음을 알렸다.

"음… 음……."

그러다 다시 걸음을 멈추고 당문천을 바라보았다.

"당문천! 너는 참으로 행복한 사람이로구나."

고개를 쳐든 당문천의 마음에 한 가닥 희망의 빛이 비추었다.

'저 녀석들이 말을 그럴싸하게 한 것이 마음을 움직인 게로구나. 고마운 녀석들.'

표영의 말이 계속됐다.

"이런 고운 마음씨를 가진 수하들과 함께한다는 것은 어떤 보배보다 더 값진 것이라 할 수 있지."

표영은 이번에는 무릎 꿇고 있는 네 명의 장로를 바라보며 말했다.

"너희 같은 수하들과 함께 강호를 활보할 걸 생각하니 내 마음이 한량없이 기쁘구나. 그래, 좋다. 내 너희들의 갸륵한 정성을 보아……."

'보아?!'

일제히 장로들과 당문천의 귀가 쫑긋 세워졌다.

"너희의 뜻대로 오 일 간에 걸쳐 오백 대씩 맞도록 해주겠다."

"네?!"

당경 등 모든 장로들의 눈이 길게 찢어졌다. 이렇게 돼서는 안 되는 것이 아니던가. 원래대로 하자면 '내 너희들의 갸륵한 정성을 보아 모두 용서해 주겠다' 라고 말해야 하는 것이다.

'뭐, 뭐냐… 대체!!'

'아니야, 뭔가 잘못됐을 거야. 이럴 리가 없어. 내가 환청을 들은 것이겠지.'

'암, 이건 아니야. 아니라구!'

'괜히 잘난 척하다가 이 무슨 봉변이란 말인가.'

모두가 탄식에 잠길 때 표영은 신바람을 냈다.

"자자, 어서 하자, 어서 해. 하루가 그리 긴 것만은 아니거든. 먼저 방법을 알려주마. 어떻게 하냐면 말이야, 처음에 당문천이 누구든지 한 명을 골라서 쳐. 그러면 너희 중에 또 누가 나와서 한 대 치고 이렇게 해서 서로 오백 대를 교환한 후 하루를 끝내도록 하는 거야. 만약에 말인데 살살 때리거나 거짓으로 때리는 척하는 놈은 그놈만 오백 대를 맞게 해주겠다. 알겠지?"

거기까지 말한 표영은 횃불을 들고 밀실 벽 쪽으로 걸어가더니 바닥에 주저앉았다.

"자, 시작하자. 찬물도 위아래가 있는 법이니 먼저 당문천부터 시작해라."

당문천은 일어서서 장로들을 바라보았다. 눈을 바라보고 있자니 더더욱 주먹을 날릴 수가 없었다. 그 모습에 표영이 타구봉을 꺼내 들고 바닥을 두들기며 다그쳤다.

탁탁탁.

"다섯 셀 동안 움직이지 않으면 너는 그냥 맞기만 해야 할 거야. 하나, 둘, 셋……."

당문천은 미안한 마음이 없는 건 아니었지만 어쩔 수 없었다. 어쨌든 수하들도 주먹을 날릴 것이 아닌가. 그는 눈 딱 감고 중앙에 있는 당추를 향해 주먹을 날렸다.

퍼억!

복부에 정확히 꽂혔는지 묵직한 타격음과 함께 당추가 배를 움켜쥐고 허리를 숙이며 바닥으로 허물어졌다.

"으윽."

표영이 그 정도면 흡족하다는 듯 고개를 끄덕였다.

"좋아, 좋아. 제대로 맞았구나. 자, 그럼 이번엔 지타주들 중에 한 명이 나서라."

하지만 그들 중 선뜻 나서는 이는 없었다. 아직 배를 움켜쥐고 있는 당추를 제외한 세 사람 당경, 당운혁, 모천호는 서로의 눈치만 살필 뿐이었다.

"이것들 봐라? 좋다, 내가 정해주마. 당경, 너부터 해라."

당경도 결국 이 자리를 피할 수 없음을 잘 알고 있었다.

'어차피 해야 할 것이라면 먼저하든 나중에 하든 크게 상관이 있겠는가.'

당경은 마음을 정하고 주먹을 말아 쥐었다. 그 모습에 당문천이 똑바로 쳐다보며 전음을 날렸다.

"살살 쳐야 한다. 내 오른쪽 볼따구를 쳐라. 그러면 내가 크게 넘어지는 시늉을 하도록 하겠다."

당경도 전음을 듣자 기발한 생각이라 여겼다.

'역시 가주님이시로구나. 오른쪽이라고 하셨지?'

밀실은 횃불이 있긴 했어도 약간 어둡기에 박자만 제대로 맞는다면 적당히 속일 수 있을 것도 같았다. 그때였다. 당경의 귀로 이번에는 표영의 전음이 꽂혔다.

"당경! 이번에 네가 주먹을 날린 후에 진짜로 때렸는지 확인할 테니 알아서 해라. 만약 수작을 부린 것이라면 넌 오늘 죽을 줄 알아. 알겠지?"

당경이 흠칫해서 표영을 바라보자 표영이 씨익 웃으며 횃불을 살짝 추켜들며 흔들었다. 당경의 안색이 핼쑥해졌다.

'이런, 제길. 물 건너갔구나. 방주가 이렇게까지 노골적으로 나오는데 내가 속이기는 틀린 것이 아니겠는가. 이런, 어쩐다……'

당경은 입술을 깨문 후 당문천에게 말했다.

"죄송합니다. 용서하십시오, 분타주님."

당문천은 당경이 완전범죄를 이루기 위해 하는 말인 줄로만 알고 속으로 은근히 기뻤다.

'역시 머리가 좋은 놈이라니까. 오른쪽 볼따구를 때리라고 했으니 당연히 왼손을 날리겠지. 그러면 난 주먹이 얼굴에 닿으려는 찰나 신속히 머리를 운동하는 방향으로 돌려 쓰러지면 되는 것이다.'

당문천은 앞으로도 이런 식으로 하면 그다지 문제될 것은 없다고 여기고 불행 중 다행이라 여겼다. 일순 당경의 주먹이 날았다.

'으억! 이게 아닌데… 당경 이놈이……!'

퍼억!

"커억!"

당문천은 괴이한 비명 소리를 지름과 동시에 왼쪽 뺨에 주먹을 얻어맞고 바닥에 나뒹굴었다. 원래 왼쪽 주먹이 날아와야 하건만 오른쪽 주먹이 날아온 것이다. 그 덕분에 당문천이 받은 충격은 그냥 맞은 것보다 두 배는 더 컸다. 그것이야말로 왼쪽으로 머리를 틀 준비를 하고 있었다가 그쪽으로 되려 주먹이 날아들자 '딱 걸려 버린 셈'이었던 것이다.

"으윽… 끄응……."

턱이 부서질 것처럼 아파 당문천은 바닥에 손을 짚고 부들부들 떨며 일어섰다. 비록 내공을 실어 날린 것은 아니었지만 아픔은 대단했다.

'이, 이 새끼가 나를 배반하다니! 그래, 오냐! 너희들이 한번 해보겠다 이거지……!'

다리를 후들대며 일어선 당문천은 애써 아무렇지도 않은 듯 웃음을 날렸다.

"하하하… 잘했다, 잘했어."

그의 입은 칭찬을 내뱉었고 입가는 미소를 띠고 있었지만 눈에서는 분분히 살기가 흘러넘치는 것이 살벌하기 그지없었다. 당문천은 연신

'잘했다'라고 말하다가 일순간 몸을 날렸다. 그는 오른쪽 무릎을 살짝 구부려 그대로 당경의 명치를 찍어버렸다. 지금의 상황은 정식 대결을 펼치는 것이 아니라 그저 때리는 대로 맞고 쓰러져야 하는지라 당경은 강력한 타격에 숨을 쉬기조차 힘들었다.

"커억~!"

그대로 주저앉아 무릎을 꿇고 입을 벌리고 숨을 들이키려 했다. 하지만 그저 꺼억꺼억 숨넘어가는 소리만 내뱉을 뿐 전혀 공기를 마실 수 없었다. 그는 양팔을 휘저으며 곧 죽을 듯이 고통스러워했다.

"꺼어억~ 꺼헉~"

당경이 얼굴을 시뻘겋게 달군 채 신음했지만 표영은 이 정도로는 생명에 지장이 없음을 잘 알고 있었다. 표영은 그저 다음 차례만을 재촉하기 바빴다.

"자, 자, 다음은 당운혁 차례지? 인정사정 볼 것 없어. 알겠지? 괜히 허튼짓을 하다 걸리면 가만두지 않겠다."

표영의 말에 당운혁이 뺄쭘하게 나서며 당문천에게 머리를 조아렸다.

"분타주님, 저의 본심이 아닙니다. 이해하십시오."

당운혁은 얼굴 가득 미안한 표정을 짓고 머리를 숙였다. 하지만 그가 머리를 들었을 때는 이미 발이 허공을 가르고 있었다. 방금 전까지 머리를 조아리며 이해를 구하는 말과는 너무도 판이한 발차기가 아닐 수 없었다. 그 기세를 표현해 보자면 '가히 살인적이다'라고 불러도 과언이 아닐 지경이었다.

쉬익~

어찌나 세찬 발차기인지 바람을 가르는 소리가 장난이 아니었다.

"퍼억!"

이 소리는 당운혁의 전각퇴법이 허공을 가르며 당문천의 머리를 날려 버리며 나온 소리였다.

"으아악~!"

처절한 비명이 당문천의 입에서 터져 나왔다. 철퍼덕 하는 소리와 함께 바닥을 나뒹군 당문천은 큰 충격에 의해 한동안 자리에서 일어나지도 못했다. 그의 머리로 지난날 생사를 같이했던 멋진 추억들이 물거품처럼 사라지는 듯했다.

잠시 후 힘겹게 일어선 당문천은 젖은 입가를 소매로 훔쳤다. 일렁이는 횃불에 비춰보니 검붉게 보이는 것이 선혈이 분명했다. 그의 입에서 짐승의 울부짖음이 새어 나왔다.

"으으아악~!"

한 마리의 야수가 저러할까. 피를 본 당문천에겐 논리나 정분, 기본 상식적인 생각들은 남아 있지 않았다. 한마디로 보이는 것이 없는 지경에 이른 것이다.

"이런… 개새끼를 봤나! 가만두지 않겠다!"

그가 막 몸을 날리려 할 때 표영이 나지막한 음성으로 끼어들었다.

"명심해. 내공을 사용해서 때리면 안 돼. 아직도 치고 받을 대수가 많이 남았으니까 말야."

천음조화를 시전하여 보낸 음성인지라 비록 당문천이 야수같이 변해 버린 상태였지만 무슨 뜻인지는 충분히 숙지했다. 물론 그렇다고 분노까지 가라앉은 것은 아니었다.

"크르르릉~"

당문천은 늑대가 울부짖듯 부르짖으며 두 다리를 쭉 뻗어 쌍영각으로 당운혁의 머리와 가슴을 연속타로 가격해 버렸다. 한 대를 때려서는 속이 후련하지 않을 것 같아 아예 연속기를 사용한 것이었다. 어찌 보면 반칙에 해당하는 것일 수도 있겠으나 표영은 그냥 넘겨주기로 했다. 어쨌든 지금 상황은 당문천에게 절대적으로 불리한 것이 사실이었으니 말이다.

퍼퍽!

"으아… 어억……."

당운혁의 몸은 뒤로 날아가 밀실 뒷벽에 세게 부딪쳤다가 땅바닥으로 고꾸라졌다. 당문천은 숨을 헐떡거리며 의기양양한 표정으로 당운혁을 바라보았다. 이렇게 세게 나가야만 장로들이 보복이 두려워 힘을 줄일 것이라 생각했기 때문이다.

하지만… 그것은 아주 큰 착각이었다. 장로들은 그와 반대로 생각하고 있었던 것이다.

'내가 공격할 때 확실하게 기절시켜 버려야 한다. 그래야만 다시 일어나지 못할 것이 아닌가.'

이렇듯 서로는 내력을 사용하지 않는 가운데서 최선을 다하려 노력했다. 그리고 그 모습은 표영의 마음을 흡족하게 하기에 충분했다. 이번 차례는 모천호였다. 모천호로서는 아직 맞지도 않고 때려보기도 처음이었기에 각오가 남달랐다.

'여기에서 끝을 보는 게 낫겠다. 가주님은 두 대를 연거푸 맞았으니 그만큼 충격도 컸을 것이다.'

모천호가 어떻게 끝장을 내버릴까 고민하는 모습은 당문천에겐 다른 모습으로 해석되었다.

'모천호, 너만큼은 그래도 양심이 있구나. 너만 믿는다.'

하지만 정작 모천호는 당문천을 위해서라도 자신의 주먹에 큰 힘을 실어야 한다고 다짐하고 또 다짐했다.

'아예 깨어나지 못하도록 하는 것이 관건이다.'

모천호는 두 주먹을 불끈 쥐고 힐끔 표영을 바라보았다. 그것은 일견 표영에게 달려들어 주먹을 휘두를 것 같은 기세였다. 그 모습에 표영이 손에 든 횃불을 살짝 들어 보이며 씨익 웃었다. 모천호의 몸이 당문천 쪽이 아닌 표영에게로 향했다. 아주 찰나적인 순간이었지만 당문천의 얼굴에 기쁨이 스쳤다.

'엇, 역시⋯ 넌 된 놈이⋯⋯.'

하지만 당문천의 생각은 끝을 맺지 못했다. 모천호가 다시 옆으로 휙 꺾으면서 방심하고 있는 당문천의 뒤통수를 손날로 쳐버렸기 때문이다.

"크아악~!"

당문천은 뜻밖의 기습에 그대로 얼굴을 땅에 처박고 쓰러졌다. 이번의 통증은 아까 당했던 것들보다 훨씬 컸다. 긴장이 확 풀리는 듯한 상태에서 몸이 미처 대응할 수 없었기 때문이다. 모천호는 생각대로 공격이 제대로 먹힌 것 같자 속으로 간절히 기원했다.

'설마 이 상태에서 또 일어날 순 없겠지.'

언뜻 모천호의 계획은 성공한 것처럼 보였다. 하지만 그것은 말 그대로 언뜻일 뿐이었다. 당문천이 두 발을 움찔거리는 것을 시작으로 서서히 온몸을 꿈틀대며 일어서려 한 것이다. 당문천은 비칠비칠대며 두 팔로 일어서려다 쓰러지고 일어서려다 쓰러지길 서너 번 반복한 끝에 결국 일어서고 말았다. 모천호의 얼굴이 분을 칠한 듯 하얗게 질려 버린 것은 당연한 일이었다.

"모… 천… 호……."

한 자 한 자 느리게 말하던 당문천이 벼락같이 외쳤다.

"모천호~!"

그러더니 몸을 날려 모천호에게 다가가 어깨를 잡고 이로 물어뜯어 버렸다.

"으으으……."

호랑이가 사냥한 짐승의 목숨을 끊어놓으려 할 때 이빨로 잡고 머리를 흔드는 것처럼 당문천의 지금 모습은 영락없이 호랑이였다. 모천호는 이 해괴망측한 공격에 치를 떨며 괴로워했다.

"으아아악!"

잠깐이었지만 이에 물리고 있는 시간은 모천호에겐 억겁의 시간으로 여겨질 정도로 고통스럽기 짝이 없었다. 비명 소리가 어찌나 실감 나던지 얻어맞고 간신히 정신을 차린 세 명의 장로들의 등줄기를 서늘하게 만들 지경이었다.

잠시 후 박아 넣은 이빨을 뽑아낸 당문천의 입가엔 홍건한 피가 묻어 있었다. 그 피의 주인은 말하지 않아도 누군지 알 수 있는 것이었다. 모천호가 처절한 신음 소리와 함께 자리에 드러눕자 제일 먼저 얻어맞고 쓰러졌던 당추가 괴성을 지르며 달려들었다.

"으아아악~ 간다~!"

처음에 미안해하고 이해를 구하며 조심스럽던 모습은 흔적조차 찾을 수 없었다. 그는 발의 힘을 극대화하기 위해 신형을 벽으로 날려 한번 박차고 꺾어 당문천의 머리를 날려 버렸다.

퍼억!

"크악~!"

어찌나 세찬 발길질이었던지 당문천은 그 자리에서 한 바퀴를 회전하며 바닥에 널브러졌다. 일이 이 지경에 이르자 상황은 최악으로 치달았다. 이젠 지도자고 수하를 떠나 어떻게든 서로에게 더한 고통을 안겨주느냐에 초점이 맞춰져 있을 뿐이었다. 순간순간 괴성과 이를 바드득 가는 소리, 그리고 타격음만이 밀실 안을 메웠다.

이런 판국이 되자 표영도 이제 거의 할 일이 없었다. 처음에는 '다음은 누구?' 등등의 말이 필요했지만 이젠 억지로 시키지 않아도 자동으로 알아서 잘해주고 있는 것이다. 거의 서로 간에 오십여 대가 교환되었을 때 표영은 이제 보는 것도 지겨워지기 시작했다. 처음이야 실감도 나고 오호~ 하는 감탄사도 나오는 것이지만 계속 보다 보니 그것이 그것으로 보였던 것이다. 표영은 처음에는 앉아 있다가 횃불을 벽에 세워두고 옆으로 드러누워 구경했다.

"잘하고 있어. 아주 훌륭하다."

표영의 말대로 서로는 너무나도 잘하고 있었다. 밀실 안에는 한 대씩 치고 또 자빠졌다가 비틀대며 주먹을 날리고 한바탕 난리가 아니었다.

퍽!

"윽!"

퍼퍽—

"어억!"

퍼억!

"까악~"

시간이 지나면서 비명 소리만 들리던 밀실 풍경이 이젠 고함과 호통 소리까지 난무했다.

"죽어라, 당경~"

"정말 이러실 겁니까!"

"개새끼들… 다 죽여 버릴 테다!"

"가주고 뭣이고 간에 나도 못 참는다! 받아라!"

표영은 옆으로 드러눕다가 이젠 아예 치고 받는 것은 보지도 않고 등을 깔고 누웠다.

"아~ 슬슬 잠이 오네."

당문천과 네 명의 장로는 표영이 잠을 자든지 뭔 지랄을 떨든지 그런 것은 아예 관심도 없었다. 그들에게 있어선 주먹과 발길을 날리는 일에만 신경을 써도 부족한 상황이었던 것이다.

표영은 흘깃 싸움판을 보며 생각했다.

'이 녀석들은 그동안 강호밥을 먹으며 무수히 많은 사람들을 때려 보았을 것이다. 하지만 이렇게 제대로 맞아본 적은 드물겠지.'

표영이 이처럼 서로를 치고 받게 한 데는 나름대로 깊은 뜻이 숨겨져 있었다.

'사람이란 자신이 겪어보지 않고서는 그 아픔을 이해하기 힘든 법이다. 암, 그렇고 말고. 실컷 맞고 패보아라. 육신의 고통이 무엇인지 알게 되면 괴로움을 당하는 자의 설움도 깨닫게 될 테니까 말이다.'

표영이 밀실에 이들을 데리고 온 건 이러한 가르침을 주기 위함이었다. 무공을 익힌다는 것은 근본 자신을 보호하고 지키기 위함이고 더 나아가서는 가족을 지키고 이웃을 지키고자 함이다. 하지만 강한 힘을 갖춤이 자신보다 약한 자를 괴롭히고 위협하기 위함이라면 그 자체가 이미 어그러진 길이 아닐 수 없다. 과거 당문천과 다섯 장로들이 온전치 못한 사부에게 발길질한 모습은 영락없이 무공을 제대로 사용할 줄 모르는 이들의 모습이었다. 지금 표영은 그때의 복수를 함도 있었지만 그보다 더 큰 뜻은 이들에게 당하는 자의 설움을 가르치고 싶었다. 그들을 온전히 돌이키는 것이야말로 진정한 복수라 생각했다.

'사부님도 이들을 죽이는 것보단 돌이키는 것을 바라시겠지?'

만약 제갈호와 교청인이 혹여 잘못을 했다면 이런 식으로는 하지 않았을 터였다. 하지만 지금 이들에게만은 이 방법이 옳다고 여겼다. 마음이 편해진 표영은 고함 소리를 잔잔한 자장가 삼아 잠에 빠져들었고 급기야 코까지 골았다.

"드르릉— 드르릉—"

그런 와중에도 난투극은 멈출 줄 몰랐다. 이젠 표영의 강압에 못이겨 억지로 하던 것은 이미 지나 버린 과거였다.

"간다~"

"받아라~"

"죽고 싶냐~"

"쌰… 다 죽여 버리겠다~"

말이 오백 대지, 사실 이건 장난이 아니었다. 표영의 코 고는 소리와 격타음, 그리고 처절한 비명은 자정이 되어야 끝을 맺었다.

4장
역지사지

역지사지

　밀실의 난타는 연일 계속되었다. 당문천과 장로들은 잠자는 시간과 배달되어 온 음식을 먹느라 잠깐 쉬는 시간을 제외하곤 오백 대를 채우기 위해 날마다 고군분투했다. 거기에다 그들은 체력을 보충하기 위해 신옥환을 두 알씩이나 복용하기까지 했다.
　신옥환은 내력을 돋우고 피로를 몰아내 주며 내상을 입었을 때도 상당한 효험을 발휘하는 영단이었다. 굉장히 소중한 것이라 어지간해서는 품에서 나오지 않을 신옥환이었지만 서로들 아까운 줄 모르고 먹기 바빴다. 어쨌든 힘이 있어야 주먹을 날려 더 큰 타격을 입힐 테니까 말이다.
　그렇게 삼 일이 지나고 사 일째가 되었을 때, 이들은 비로소 서서히 두려움을 느끼기 시작했다. 어쩌면 죽을지도 모른다는 생각이 고개를 쳐든 것이다. 하지만 이젠 자존심의 문제가 걸려 누가 나중에 때리겠다며 양보한다는 말은 아무도 꺼내지 못했다.

공방 오 일째.

나흘 동안 불굴의 의지를 발휘해 투견판의 개처럼 서로를 후려 패던 당문천과 장로들은 마지막 오 일째가 되어 장소를 옮기게 되었다.

그들이 지금 마주 선 곳은 당가의 연무장 중앙으로 그들 주변엔 빙 둘러 원을 그린 채 약 삼백여 명에 달하는 당가의 무사들과 가솔들이 지켜보고 있는 중이었다.

중앙에 선 가주와 장로들을 바라보는 당가인들의 눈에는 짙은 의혹과 함께 연민이 가득했다. 그럴 법도 한 것이 지금 당문천과 장로들의 얼굴은 팅팅 부어 있었고, 옷도 여러 군데가 찢어지고 피가 군데군데 묻어 있는 것이 도무지 이해할 수 없었기 때문이다.

당가인들은 그런 모습을 보며 작은 소리로 서로 수군거렸다.

"저기 서 있는 사람이 정말 가주가 맞나?"

"그렇다는군. 장로들도 보게나… 하나같이 골병든 모습이 아닌가."

"대체 누가 저런 짓을 했을까?"

"누구긴 누구겠는가. 저기 옆에 서 있는 젊은 거지… 아니, 이제 방주시지. 방주가 손을 본 것이겠지."

"휴우~ 강호를 울리던 당가도 이젠 정녕 안녕이로군."

어느덧 당가인들은 어느 누구 할 것 없이 당가가 진개방의 수중으로 들어갔음을 인정하고 있었다.

중앙에 있던 표영이 손을 번쩍 치켜들며 말했다.

"조용조용!"

그 말에 웅성거리며 수군대던 소리가 뚝 하고 멈췄다. 순간 대낮인데도 밤의 정적마냥 사방은 고요함에 휩싸였다. 표영의 손짓과 말 한 마디의 위력은 그만큼 대단했다. 이렇듯 당가인들이 표영의 동작과 말에 극도로 예민하게 반응하는 이유는 표영이 독존으로 불려지며 공포 그 자체로 받아들여졌기 때문이다.

당가인들은 독에 대해 많이 알고 있는 만큼 독공의 고수에 대한 두려움도 컸다. 두려움도 뭘 알아야 제대로 겁도 먹는 법이다. 그들은 하나같이 당가의 보물인 무형지독을 병째로 마신 자에게 대항한다는 것은 있을 수 없는 일이라고 생각하고 있었다.

주변이 고요해지자 표영이 입을 열었다.

"자, 모두들 잘 들어라. 험험… 우선 너희들은 당문천과 네 장로가 왜 저런 모습으로 서 있는지 궁금하겠지?"

그 말에 당가인들은 마치 궁금하게 여겼던 터라 귀를 쫑긋 세우고 주목했다. 하지만 당사자인 당문천 등은 수백 마리의 벌레들이 몸을 기어다니는 것만 같은, 말로 표현하기 힘든 곤욕에 빠져 있었다. 그럴 수밖에 없는 것이 지금 이 자리에는 각자의 부인과 자식들도 지켜보고 있는 중이 아니던가. 거기에다 그 외의 모두도 그동안 하나같이 존경 어린 마음으로 섬겨주던 가솔들이다. 그들이 지금 퀭한 눈동자로 바라보고 있는 것이다. 이런 당황스럽고 황당한 경우에 처할까 봐 아까 밀실에서 마지막 오 일째를 보내겠노라며 울고불고 난리가 아니었 었다.

'조금 더 버텼어야 하는 건데… 흑흑흑……!'

'아무리 예상은 했지만 이렇게 다 불러 모을 줄이야…….'

'아들 녀석이 보지 않았으면 좋으련만.'

'이 무슨 수치스러운 일이란 말인가.'

'내 이제껏 많은 사람들 앞에서 누군가를 때려보긴 했지만 내가 이렇게 수모를 당하게 될 줄이야…….'

그들의 눈 밑으로 조그맣게 물기가 어렸다. 눈물을 흘리지 말아야 한다고 생각했지만 자꾸만 마음먹은 대로 되지 않았다.

그들이 상념에 사로잡혀 있을 때 표영의 말이 이어졌다.

"이들이 모두 얼굴에 멍이 들고 핏자국이 난무한 까닭은 지난날을 돌이키고 새롭게 거듭나고자 노력한 결과라 할 수 있다."

아직까지 영문을 알 수 없는 말에 잠시 장내가 술렁였다.

"당문천은 그동안 당가를 이끌며 자신이 지도자로서 부족한 점이 많다고 여겨 그 대가로 수하들인 네 장로들에게 얻어맞기로 작정했다."

때마침 당문천의 눈에서 눈물이 주르르 흘러내렸다. 시기도 적절한지라 모든 당가인들은 진짜로 뉘우치는 줄로 착각했다. 하지만 사실 당문천이 눈물을 흘린 건 표영의 말 중 '네 장로에게 얻어맞기로 작정했다'라는 말 때문이었다. 그동안 얻어터진 것이 불현듯 떠올라 서러움이 가슴 가득 밀려든 것이다.

'나쁜 새끼들… 그렇게 세게 때릴 수 있더란 말이냐.'

표영의 말은 계속되었다.

"또한 네 명의 장로들도 마땅히 수하로서 진정 어린 충언을 올려야 함에도 불구하고 그 사명을 다하지 못한 것에 죄스러움을 느끼고 당문천에게 맞기로 했다. 이리하여 이들은 그동안 아무도 없는 곳에서 약 나흘에 걸쳐 서로에게 맞으며 다짐하고 또 다짐하기에 이르렀다. 진정 앞으로는 지도자로서, 혹은 수하로서 최선을 다하겠노라고 말이다. 어떠냐? 장하지 않느냐?"

하지만 그 자리에 있는 어느 누구도 표영의 말을 액면 그대로 믿는 사람은 없었다. 모두들 아직까지도 표영이 두들겨 패고서 둘러대고 있고 저리도 뻔뻔히 시치미를 떼는 것이라 생각할 뿐이었다. 그들이 알고 있는 당문천과 네 장로는 그렇게 단순무식한 사람들이 아닌 것이다.

"하지만……."

각기 상념에 잠겼던 당가인들이 정신을 퍼뜩 차렸다.

"하지만 놀랍게도 이들은 나흘 간의 시간에도 부족함을 느꼈던 모양이다. 이들은 나에게 하나같이 입을 모아 말했다."

모두의 시선이 눈도 깜박이지 않고 표영에 입을 바라보았다.

"닷새째는 당가인들을 다 모아놓고 회개하겠노라고 말이다."

쿠궁!

당문천과 네 장로의 얼굴이 처참하게 일그러졌다. 하도 얻어터져서 일그러질 것도 없는데도 불구하고 더 일그러진 것이다.

'씨발… 내가 언제 그런 말을 했단 말이냐.'

'정말 미치고 환장하겠네.'

'차라리 날 죽여라, 죽여!'

'어무이!'

표영은 감동에 젖은 얼굴로 잠깐 하늘을 바라보다가 말했다.

"나 또한 여러 날 강호를 다녔지만 이런 마음을 가진 사람들은 이곳이 처음이다. 필시 하늘조차도 당가를 축복할 것이다. 자, 그럼 지난 나흘 간 열심히 해주었던 것처럼 오늘도 마찬가지로 열심히 해주길 바란다."

뭘 열심히 해주라는 것인지 아직까진 긴가민가한 당가인들이 어리

둥절한 표정으로 당문천 등을 바라보았다. 하지만 그에 대한 의문이 풀리는 데는 그리 오랜 시간이 필요치 않았다.

"자, 시작!"

표영이 말을 함과 동시에 당문천을 노려봤다. 당문천은 떫은 감 씹은 표정을 지었다. 하지만 선택의 여지는 없었다. 버텨봐야 더욱 욕만 보게 될 것이 자명한 터였다.

'에라이, 모르겠다.'

당문천이 오른쪽에 있던 모천호에게 날라치기로 발길질을 가했다.

"헉!"

"이런……"

여기저기서 경악성이 터졌다. 설마설마 했었건만 이런 해괴한 일이 진짜로 벌어질 줄은 꿈에도 생각지 못한 당가인들이었다.

이미 모천호는 철퍼덕 소리와 함께 바닥을 뒹굴었다.

"으윽."

모천호는 맥없이 나자빠지며 간신히 기어드는 목소리로 말했다.

"수하로서 책임을 다하지 못한 점… 맞아 죽어도 쌉니다."

이제까지 나흘 간에 걸쳐 맞고 때리고를 반복할 때와는 달리 지금은 잘못을 시인하는 말을 내뱉었다. 이 자리에 나오기 전 표영이 반드시 한 대씩 맞을 때마다 그렇게 하라고 단단히 일러둔 덕분이었다. 모천호가 '맞아 죽어도 쌉니다'라고 내뱉은 말이 끝나기가 무섭게 이번엔 당경의 발이 땅을 스치며 당문천의 다리를 걸어버렸다.

스슥.

흙먼지가 일며 후려가는 당경의 발길에 당문천은 다리를 채이고 공중으로 붕 솟아올랐다. 그 모습은 지켜보는 이들의 눈엔 정지된 화면

이 천천히 움직이는 듯 보였다. 그만큼 믿어지지 않았고, 생각해 보지 못했던 모습이었던 것이다. 공중에 잠시 뜬 당문천의 몸이 땅으로 곤두박질쳤다.

철퍼덕.

"으아악!"

비명에 이어 당문천도 모천호처럼 다 죽어가는 목소리로 말했다.

"더 세게 쳐라. 모든 것이 나의 부덕함이다……."

아까 들었던 말들은 모두 사실임이 분명했다. 하지만 사실이라고 해도 있는 그대로 바라보기엔 너무도 충격적인 모습이 아닐 수 없었다. 당가인들 중엔 눈을 비비고 다시 보는 이가 있는가 하면 또 어떤 이는 허벅지를 꼬집어보고 꿈인지 생시인지를 확인하는 이도 있었다.

'정말 이런 일이 가능하단 말인가!'

당가인들이 의문이 가득한 표정을 짓고 있는 중에도 여전히 장내에는 주먹과 발길질이 거듭됐다. 그때마다 엄청난 주먹질이 교환됐지만 하는 말마다 모두 무슨 큰 죄를 짓고 회개하는 사람들마냥 좋은 소리만 골라서 했다.

"모든 것이 나의 죄다. 으악!"

"죽여주십시오. 까아악~"

"꺼억… 이제껏 나는 헛살았다."

"으윽! 더 세게 때려주십시오."

그렇게 오십 대씩을 서로 주고받았을 때, 어느덧 힘이 빠진 당문천과 네 명의 장로들의 동작은 현격히 느려져 있었다. 가히 일어서는 것조차 힘든 지경에 이르른 것이다. 나흘에 걸쳐 매일 오백 대씩 도합 이천 대씩을 후려 팼던 상황인지라 몸이 말이 아니었고 기력이 쇠진

해 버린 상태였다. 그렇기에 이제 다시 오십여 대를 맞자 일어설 힘조차 없게 되고 만 것이다. 그때 표영이 나자빠져 있는 당문천과 장로들에게 다가가 조그마한 소리로 소곤거렸다.

"자자, 힘을 내라. 오늘은 마지막 날이니만큼 오백 대를 채우는 것에서 조금 깎아주도록 하겠다. 앞으로 오십 대씩만 서로 주고받고 끝내도록 하자. 하지만 마지막이니 더 열심히 해야 된다. 알겠지?"

그 말은 희망이었다. 끝이 보이고 있었다. 꺼져 가는 등불에 기름을 부어주는 격이란 말은 이런 때를 가리킨 말이리라. 사백오십여 대가 남아 아득히 멀게만 느껴졌던 당문천 등에겐 이건 먼 여정 끝에 목표를 눈앞에 둔 상태가 아닐 수 없었다.

'고작 오십 대라니……'
'곧 끝난다. 곧 끝난다구~'
'정말 긴 시간이었어. 하늘은 날 버리지 않으셨구나.'
'최선을 다하자꾸나, 당추야.'
'흑흑흑……'

불행 중 다행이란 말도 생각났다. 방금까지 흐느적거리던 당문천과 장로들은 벌떡벌떡 몸을 일으켜 세웠다. 그들의 얼굴엔 세상을 얻은 듯 환한 미소가 떠올랐다. 어느 누가 이런 변화를 생각이나 했겠는가. 바라보던 당가인들은 이 기적 같은 현상에 모두 어안이 벙벙해지고 말았다.

당문천이 얼굴 가득 환한 미소를 지으며 몸을 날려 발로 당운혁의 가슴을 차버렸다.

"아뵤~"

희망은 기합 소리마저 기운차게 만들었다. 당문천은 이제까지 강호를 활보하면서 한 번도 낸 적이 없는 생기발랄한 목소리로 '아뵤'를 외쳤다.

"으아악~ 용서하소서!"

당운혁이 가슴을 얻어맞고 이 장여(약 7미터)를 날아 고꾸라졌다. 밀려드는 통증에 몸을 부르르 떨면서도 당운혁의 얼굴엔 기쁨이 가득했다.

'이제 얼마 남지 않았어. 이제 곧 끝난다구!'

지난 나흘 간의 고통이 마치 수천 년을 보낸 것같이 느꼈던 그로서는 마냥 기쁘기 그지없었다. 이번에는 모천호가 절뚝거리면서 당문천에게 다가갔다. 모천호는 다리에 심한 타격을 입고 극심한 통증에 시달리고 있는 터였다. 이윽고 가까이에 이른 모천호가 금나수법을 이용해 당문천의 어깨를 잡더니 업어치기 하듯 들쳐 메고 바닥에 메다꽂아 버렸다.

철퍼덕—

엄청난 고통이 허리에 이어 등줄기를 타고 흘렀지만 당문천은 힘차게 외쳤다.

"으으윽… 당가의… 가주로서 나는 너무 부족했다!"

말속에는 아까와는 달리 기운찬 힘이 담겨 있었다. 당가인들은 눈살을 찌푸리면서도 그저 지켜보는 수밖에 없었다. 서로 치고 받으면서도 기뻐하고 있으니 안타까워해야 할지, 아니면 함께 기뻐해야 할지 혼돈스러워진 것이다.

'에라, 모르겠다. 언젠가는 끝나겠지.'

그렇게 희망에 가득 찬 주먹질과 기쁨이 서린 발길질이 난무한 가운데 어느덧 약속한 오십여 회가 끝을 맺었다. 당문천과 장로들은 그동안 지옥 같았던 오 일 간이 지났음이 실감이 나지 않았다. 그대로 장내 한가운데 드러누운 채 생각에 잠겼다.

'이젠 드디어 끝난 것인가.'

'꿈은 아니겠지?'

'우리가 해낸 것이란 말인가?'

'그래, 해낸 거야……'

'죽지 않고 여기까지 왔구나.'

이렇게 끝났다고 생각하자 문득 눈물이 났다. 드러누워 바라본 하늘은 푸르기 그지없었다. 많이 보아온 하늘이었지만 지옥을 다녀온 듯한 당문천과 장로들에겐 새로운 감회로 다가왔다. 그리고 일순 그들은 누가 먼저랄 것도 없이 소리치기 시작했다.

"다 이루었다. 이젠 끝났다구!"

"해냈다. 해내고야 말았어."

"만세~ 만세~"

"살아났다. 지옥에서 벗어난 거야~!"

"흑흑흑… 어머니~"

대체 뭐가 만세고 뭘 해냈단 말인가.

퀭~

주변에서 바라보던 당가인들의 반응은 그저 퀭이란 단어로밖에는 설명할 수 없는 것이었다.

그렇게 한참 동안 떠들어대던 당문천 등은 오 일 간의 참혹스런 시간들이 끝난 것에 대한 기쁨을 수습하기 시작했다. 그러자 아까까지 잊어버리고 있었던 일이 가슴 가득 밀려들었다.

'이게 무슨 꼴이람.'

당문천과 장로들이 한결같이 느끼는 당혹감이었다. 드러누운 채로 고개를 옆으로 돌려보니 모든 당가인들이 처연한 표정으로 바라보고 있었다.

방금 전까지만 해도 그저 어서 빨리 오십 대를 채우고 이 지긋지긋한 일이 끝났으면 소원이 없겠다고 생각했었다. 하지만 사람이란 용변을 보기 전과 보고 난 후가 다르지 않던가. 가장 큰 문제가 해결되면 그 다음엔 그보다 작게 느꼈던 일이 큰 문제가 되어 다가오는 법이다.

당문천과 장로들은 싸늘한 한기를 느꼈다.

'아… 이걸 어떻게 설명한단 말인가.'

'가주님의 얼굴을 어떻게 볼까?'

당문천은 당문천대로 가솔들과 장로들 볼 낯이 없었고, 장로들은 그 나름대로 당문천을 대하기가 민망하고 난처하기만 했다.

그런 와중에 그들의 귓가로 표영의 박수 소리와 음성이 파고들었다.

"수고했다. 아주 훌륭해. 서로가 서로에게 잘못을 전가하지 않고 자신의 잘못이라고 말하는 모습이야말로 협객이라 할 만하다. 모든 당가인들은 이런 모습을 배워 앞으로도 항상 바른 길을 가도록 노력해야 할 것이다. 하하하!"

표영이 박수를 치자 능파와 능혼, 그리고 제갈호와 교청인이 박수갈채를 보냈다. 능혼은 박수를 치면서 감탄을 금치 못했다.

'역시 지존이시다. 저렇게 서로 싸우게 만들면 늘 견제하게 될 것이고 배반하는 일도 막을 수 있지 않겠는가.'

박수를 치는 사람은 오직 표영 일행뿐 당가인들은 그저 멀거니 바라볼 뿐이었다. 능파가 그걸 그냥 넘어갈 리 없었다.
"이것들 봐라. 모두들 박수 치지 못해!"
쩌렁쩌렁 울리는 목소리로 위협하자 당가인들은 저마다 떨떠름한 표정으로 박수를 보냈다. 표영은 흐뭇한 미소를 지으며 상황을 정리했다.
"자, 이제 고생했으니 열흘 정도 쉬도록 한다. 열흘 뒤에는 대집회를 열어 당가의 앞으로 나가야 할 바를 정식으로 통보하겠다. 모두들 해산."
모두들 하나둘씩 흐느적거리며 물러가고 장내에는 덩그러니 당문천 등만이 남았다. 표영은 그들 곁으로 다가가 앉게 한 후 머리를 맞대게 하고 천음조화를 시전하며 말했다.
"고통과 수치를 기억하고 생이 끝나는 날까지 잊지 말아라."
천음조화를 통해 흘러나온 표영의 말은 당문천과 네 장로의 귓가로 파고들며 뇌리로 또렷이 각인되었다.
단순한 말이었지만 음성은 공명을 이루며 계속 머리 속에서 윙윙거렸다.
그렇다.
표영이 이들에게 가르쳐 주고 싶었던 것은 고통과 수치였다. 나흘간에 걸쳐 서로 치고 받으면서 누군가에게 맞는다는 것이 얼마나 고통스러운지를 배우길 바랬고 마지막 오 일째를 맞이해서는 수많은 사람들, 그것도 일가친지들이 있는 가운데서 맞게 함으로써 수치를 깨닫게 하고자 했다.
강호를 횡행하며 자식 앞에서 그 부모가 채찍질당하고 자식이 부모 앞에서 고통당하는 것이 얼마나 큰 아픔이겠는가. 혹은 부인이 보는 가운데 그 남편이 맞는다고 했을 때는 어떠하겠는가. 그러한 기분을 알지 못하는 사람들이라면 마땅히 강호를 활보하며 함부로 사람을 괴롭힐 것이 분명했다. 실제 과거 당문천 등은 표영의 사부 엽지혼을 걷어차지 않았던가. 비록 엽지혼이 정신이 온전치 못했다 하더라도 제자가 보는 가운데 땅바닥을 굴렀었다.

"고통과 수치를 기억하고 생이 끝나는 날까지 잊지 말아라."

5장
같은 밤 다른 이야기

같은 밤 다른 이야기

 악몽 같은 오 일이 지나고 당문천은 저녁이 되어 잠들었다. 옆 자리에서 부인 소운교는 근심 어린 눈으로 바라보며 안타까워했다. 그녀는 이제 나이 58세였지만 사파 계열에 속한 당가의 안주인이라기엔 차분하고 교양있는 모습을 갖추고 있었다. 어쩌면 당문천이 생에 가장 잘한 일이라면 부인 소운교를 얻은 일이리라.
 "휴우~ 이 무슨 날벼락이란 말인가."
 그녀는 당문천과 함께 수십 년을 살았지만 이제껏 그가 이런 몰골로 변한 모습은 처음 보았다.
 "여보, 어쩌면 하늘이 내린 천벌일지도 모르겠군요."
 소운교는 세상 모르게 잠에 깊이 빠져 들지도 못할 당문천에게 말했다.
 "그렇겠지요. 하늘에서 내려오지 않았다면 어디서 그런 괴상한 사람들이 나올 수 있었겠어요. 그 젊은 거지 두목이 무형지독을 병째로 마시는 것만 봐도 과연 사람일 리가 없답니다. 휴우~"

그녀는 길게 한숨을 내쉬고 다시 당문천의 머릿결을 손으로 쓰다듬으며 말했다.

"어쨌든 이번 일로 우리 당가도 변했으면 좋겠어요. 강호인들이 두려워하는 가문이 아닌 신망과 존경을 받는 곳으로 말이죠."

그녀는 불행히 다하면 행복이 온다는 말을 떠올렸다. 그리고 부디 이것이 하늘의 뜻이라면 조금 시간이 걸리더라도 그런 모습으로 당가가 변했으면 하는 바램이 간절했다. 그녀는 침대에서 몸을 옆으로 누이고 얼굴이 부어오른 당문천을 바라보며 그의 손을 잡고 잠을 청했다.

한편 당문천은 꿈속을 헤매고 있는 중이었다. 지난 오 일 간에 걸쳐 주고받은 기억조차 하기 싫은 일들은 안타깝게도 다시 꿈으로 재현되고 있었다.

"으아악!"

어둠 속에서 느닷없이 주먹이 뻗어와 턱에 작렬하는가 하면 수십 개의 발이 한꺼번에 쏟아져 나오기도 했다. 또한 문어같이 생긴 괴물이 등장하기도 했는데 그 괴물의 발엔 모두 쇠갈고리가 달려 있었다.

촤장창~

쇠갈고리가 허공 중에 교차할 때 서로 부딪치며 불꽃이 튀었고 일순간 한꺼번에 당문천의 몸으로 파고들었다. 머리서부터 발끝까지 갈고리에 맞아 비칠대는데 문어괴물은 입에서 슉— 하는 소리와 함께 금륜을 날렸다.

카강캉!

기이한 마찰음을 내며 짓쳐오는 금륜은 갈고리에 꼼짝 못하고 잡혀 있는 당문천의 목으로 파고들었다.
"안 돼!"
하지만 안 된다고 말하면 중도에 멈출 금륜이 아니었다. 속절없이 달려드는 금륜은 그만 당문천의 목을 댕강 하고 날려 버렸다.
이윽고 갈고리가 몸에서 빠져나가고 문어괴물도 사라지자 당문천은 허겁지겁 머리를 찾아 목에 붙이려 했다. 하지만 눈은 머리에 붙어 있었고 그 머리는 다리와 팔도 없으니 그저 마음만 애타할 뿐 어떻게 할 도리가 없었다.
그저 목 없는 몸만이 사방을 더듬거렸고 끝내 머리를 찾아 목에 붙일 수 있었다.
"휴우~ 다행이다."
하지만 그런 생각도 잠시 당문천은 다시 괴성을 토해내야만 했다.
"으아악!"
허겁지겁 머리를 붙이느라 그만 머리 앞뒤가 바뀐 것이다. 한마디로 등 쪽으로 눈과 코가 위치하고 만 것이다.
그때였다.
"미친놈, 어디서 소란을 피우는 거냐!"
어딘가 낯익은 음성이다 싶어 바라보니 자신을 가장 아껴주는 부인 소운교였다. 하지만 지금의 그녀의 모습은 따스하게 살펴주는 평소의 그녀가 아니었다.
"부인, 내 목이 잘못 붙었소. 어서 날 이곳에서 데려가 주시오."
당문천이 곧 울듯 말했지만 소운교는 비웃음을 지으며 싸늘하게 말했다.

"흥, 네놈이 그동안 얼마나 많은 사람을 괴롭혔는지 생각이나 하고 그런 말 하거라. 하지만 너의 목은 내가 바로 돌려주겠다."

그 말과 함께 그녀는 허공으로 도약하더니 몸을 두 바퀴 틀며 발로 당문천의 턱을 가격해 버렸다.

"헉! 으악~"

그 자리에서 빙그르르 돌며 당문천이 쓰러졌고 그 모습을 소운교가 보며 고개를 갸우뚱거렸다.

"이런이런… 아직 제대로 되지 않았는걸."

그때부터 연신 당문천은 턱만 얻어맞았다. 괜히 목을 잘못 달아서 괴로움이 더해진 것이다. 얼마나 맞았을까. 꿈속인지라 일각이 하루가 지난 시간처럼 늘어나기도 함에 따라 긴 시간 얻어맞은 것이 분명했다.

"음… 이런, 내 힘으로는 안 되겠는걸. 넌 평생 그렇게 뒤를 돌아보며 살도록 해라. 호호호호!"

소운교가 안개처럼 사라져 가자 당문천은 괴로워하면서도 부인을 불렀다.

"부인~ 가지 마시오. 제발… 날 두고 가면 안 돼~"

이것으로 끝난 것이라면 얼마나 좋겠는가마는 안타깝게도 꿈은 계속 이어졌다. 이번에는 그가 강호를 활보하며 괴롭혔던 이들이 나타났다. 마치 귀신처럼 모습을 드러낸 그들은 깔깔거리며 웃고 조롱했다.

"낄낄낄, 바보 같은 당문천아… 어떠냐, 넌 이제 평생 병신으로 살아야 할 것이다."

"네가 그렇게 사람을 괴롭히더니 말년에 개망신을 당하는구나."

"너는 죽을 때까지 편히 지낼 줄 알았겠지? 내 침을 받아라. 퉤~"

허름한 옷차림을 한 이부터 시작해서 고귀한 옷차림을 한 사람까지 각양각색의 사람들이 서서히 사방에서 좁혀들었다. 그들은 손가락질 하며 침을 뱉는가 하면 심지어 가까이 이르러서는 그의 옷을 벗겨내기도 했다.

"네놈이 내 갈비뼈를 부러뜨렸었지?"

"당문천, 네놈 때문에 한쪽 귀가 들리지 않는다! 네놈도 한번 당해봐라!"

"아직도 난 절뚝거리고 있어. 하지만 네놈은 멀쩡한 것 같으니 내 다리와 바꾸자, 이놈아!"

그들은 각기 다가와 과거 당했던 설움을 토해내며 다리를 뜯어가려 하는가 하면 귀를 잡아뜯기도 했다.

"사람 살려~"

"네놈이 정녕 사람이었더란 말이냐!"

"내가 잘못했어. 내가 잘못했단 말이야! 아니아니, 잘못했습니다. 부디 용서해 주시오들!"

하지만 어느 누구도 그 말을 듣고 물러서는 이는 없었다. 당문천은 꿈속에서 처절한 비명을 내질렀지만 정녕 현실 속에서는 그저 입술을 꾹 다물고 아무런 말도 토해내지 못했다. 대게 사나운 악몽을 꿀라 치면 몸부림을 치고 비명을 내지르게 되어 있지만 당문천은 가위에 눌려 그저 작은 신음 소리만을 뱉어낼 따름이었다. 그는 이런 꿈을 꾸면서 비로소 고통에 대해, 그리고 서러움에 대해 조금씩 알아갔다.

수치스러움이 무엇인지, 폭행한 자는 돌아서면 잊을 수 있을지 몰라도 폭행을 당한 자는 평생을 두고 서러워한다는 것도 알게 되었다. 비록 너무도 늦은 깨달음이었지만 그나마 다행스러운 일이 아닐 수 없었다.

네 명의 장로들도 당문천의 경우와 크게 다를 바가 없었다. 피곤에 지쳐 침상에 쓰러지다시피 잠든 그들은 뇌리에 심겨진 표영의 말이 계속해서 울려나는 바람에 해괴한 꿈에 시달려야만 했다. 하지만 그들도 그 덕분에 작으나마 사람의 존귀함에 대해 알아가게 되었다. 이러한 꿈은 약 사오 일 간 계속되다가 육 일째가 되어서야 서서히 잦아들었는데, 그 후 당문천 등은 예전의 모습이 아닌 조금은 무거운 분위기를 갖게 되었다.

당문천 등이 치고 받기를 마치던 그날 늦은 밤.
당가의 서쪽 끝에 자리한 암연각의 지붕 위로 제갈호와 교청인이 달빛을 정면으로 받으며 나란히 앉아 있었다. 둘의 옷차림은 너저분했고 머리는 이리저리 흐트러진 것이 영락없이 거지 그 자체라 할 만했지만 둥근 달빛과 그 주위에 서성이는 별들과 묘한 대치를 이루는 것이 한 폭의 그림을 연상케 했다.
"아~ 달이 만두처럼 보이네."
교청인이 두 손을 턱에 괸 채 달을 보고 하는 소리였다. 과거의 그녀라면 달이 만두 같다라는 말은 저속하다고 생각했을 테지만 어느덧 표영에게 전염될 대로 된 그녀는 그런 것은 전혀 신경 쓰지 않는 듯했다.
옆에 앉은 제갈호는 불규칙하게 나열된 별을 보며 물었다.
"교매, 교매는 앞으로 어떻게 할 생각이지?"
제갈호의 말투는 흡사 동생에게 하는 듯 편한 어조였다. 사실 칠옥삼봉이 사마복의 생일을 맞이해 모인 자리까지만 해도 이런 말투는 상상할 수 없는 것이었다. 칠옥삼봉은 각자가 좋은 가문의 자제들로 나름대로 존중하는 분위기가 컸기에 말 한마디 한마디가 예식을 갖춘 말들이 오갔었다. 하지만 지금은 그때와 사정이 달라도 너무나 달랐다.

그럴 수밖에 없는 이유는 충분했다. 그동안 불귀도와 어촌 마을 신합에서 거지 수련을 한답시고 단 한 번도 상상해 본 적 없는 처참한 지경까지 이르렀으니 서로 감추고 내숭 떨고 할 입장이 아니게 된 것이다.

영약 복용이라는 이름 아래 개밥을 나눠 먹고 시장 바닥을 뇌려타곤이라 외치며 구르느라 서로에겐 진한 전우애가 쌓였고 편안한 사이로 변한 것이다. 함께 같은 고난을 받았다는 것은 그만큼 동질감을 느끼게 하기에는 부족함이 없는 것이리라.

하지만 둘에게 있어서도 오늘은 모처럼 만에 갖는 여유로운 시간이었다. 끊임없는 거지 수련과 당가까지 오는 데 있어서도 잠깐 눈을 붙이는 시간 외에는 쉴 새 없이 달려오느라 차분히 대화를 나눌 만한 시간은 없었던 것이다.

제갈호는 질문을 던져 놓고 교청인의 대답을 듣기도 전에 자신이 입을 열었다. 굳이 대답을 바라고 던진 질문이 아니었던 것이다. 제갈호가 혼잣말처럼 중얼거렸다.

"너도 나와 비슷하겠지만 처음에 난 방주에게 끌려 다니는 것이 미칠 것만 같았어. 하루에도 수십 번 차라리 죽는 것이 낫다고 생각했으니까 말야. 하지만 지금에 와서 생각해 보면 그리 나쁘지만은 않은 것 같아. 조금 재밌기도 하고 말야. 방주를 만나지 않았다면 이런 경험 역시 못하지 않았겠어? 하긴, 세상천지에 이런 짓을 하고 다닐 사람이 방주가 아니고 누가 있겠냐만."

제갈호는 말을 하며 입가에 웃음을 띠었다.

"우리가 먹은 독에 대해서도 생각해 봤는데… 어쩌면 방주는 우리가 간곡하게 떠나겠다고 하면 해독해 줄 것 같은 그런 느낌도 들더구나."

지금까지 제갈호가 지켜본 표영은 단순한 거지가 아니었다.

비록 그 성격이 괴팍하고 개구리처럼 어느 방향으로 튈지 모르는 사람이었지만 분명한 건 늘 입버릇처럼 말하는 '의를 숭상하라'는 길을 가고 있다는 것이었다.

억지로 독을 먹이고 거지 노릇을 시키고는 있지만 생명을 중시하고 약한 자를 돌볼 줄 아는 자인 것이다. 제갈호가 무슨 생각이 난 건지 피식 하고 웃었다.

"근데 지금 내가 무슨 생각을 하고 있는 줄 알아? 교매가 듣기에는 조금 우습게 들릴지도 모르는데, 왠지 방주가 점점 마음에 드는 거 있지. 후후후……."

교청인의 입가에도 미소가 걸렸다.

"제갈 형은 그럼 돌아갈 마음이 없나 보군요?"

"글쎄, 여러 가지를 생각해 보면 돌아가는 게 맞겠지만 지금은 그냥 방주와 함께 있고 싶어. 내가 비록 강호에서 칠옥삼봉 중 한 명으로 불려지며 명성을 얻었지만 사실 그럴듯한 협행을 이루어본 적이 없잖아. 하지만 방주와 함께 있으면 조금 위험한 일이 많을 것 같긴 해도 삶의 의미가 더 클 것 같거든."

교청인의 고개가 끄덕여졌다. 사실 제갈호의 말은 교청인의 생각과도 같은 것이었다. 그때 교청인이 갑자기 생각난 듯 눈을 동그랗게 뜨고 물었다.

"그러고 보니, 제갈 형! 약혼한 방 매에게는 연락을 해야 하지 않겠어요?"

교청인이 말한 방 매는 청화장주의 딸인 방효미를 가리킴이었다. 칠옥삼봉 사이에선 제갈호와 방효미가 약혼한 사이란 것을 모르는 사람은 한 명도 없었다. 이제까지 워낙에 정신이 없어 생각지 못하고 있었는데 마음에 여유가 생기자 떠오른 터였다.
　제갈호는 방효미에 대한 말을 듣자 눈에 사랑의 감정이 가득 들어찼다.
　"당연하지. 당가의 일이 정리되는 대로 표국을 통하거나 사람을 시켜 집에 소식을 전해야겠어."
　제갈호가 바라보고 있던 별들이 둥그렇게 이어지더니 약혼녀 방효미의 얼굴로 변했다. 별빛으로 이루어진 방효미는 제갈호를 보더니 살짝 한쪽 눈을 감으며 미소를 보내주었다.
　'효미! 별일없이 잘 지내겠지? 보고 싶구나.'
　그동안 표영에게 잡힌 후에도 잠을 청할 때면 늘 나타나 자신을 위로해 주던 방 매였다. 제갈호는 옆에 교청인이 있다는 것도 잊었는지 얼이 나간 사람마냥 먼 하늘을 바라보며 싱글거렸다.
　'저렇게 좋을까.'
　사랑하는 사람을 눈앞에 두기라도 한 듯한 제갈호의 모습을 보며 교청인은 문득 표영의 얼굴을 떠올렸다.
　처음 호랑이를 잡는다며 기다릴 때 만첨과 노각을 구르게 하며 재촉하던 모습, 독약을 먹으라며 내밀던 손길과 기이한 미소, 영약 복용은 이런 것이라며 시범을 보이던 모습, 뇌려타곤이라고 외치던 목소리, 그리고 막연히 괴팍하고 짓궂게만 보았던 표영을 새롭게 보게 만든 계기인 해적 사건.
　해적들에게 곤욕을 치른 후 물에 흠뻑 젖은 머리를 쓸어 넘겨 나타난 얼굴은 귀여울 뿐 아니라 사랑스럽기까지 한 모습이었다.

거기에 이곳에서 갈조혁이 어린아이를 인질로 삼아 위협할 때 분노하던 모습도 떠올랐다. 이제껏 함께 지내오면서 과연 그가 그런 얼굴을 할 수 있을지에 대해 생각해 본 적이 없는 그녀로서는 또 하나의 충격이었다. 그 일은 그녀에게 표영과 함께한 것이 결코 헛된 것만은 아님을 보여준 사건이기도 했다. 지난 기억들을 더듬어보며 교청인은 자신이 그 기억들을 사랑하고 있다는 것을 깨달았다. 그녀는 생각이 거기까지 미치자 얼굴에 홍조가 떠올랐다.

'에구~ 내가 무슨 생각을 하고 있는 거야.'

그녀는 황급히 제갈호를 바라보았다.

'휴우~'

다행히 제갈호는 아직까지 밤하늘의 별들을 보며 뭐가 좋은지 연신 싱글벙글인 채였다.

'그래, 제갈 형의 말처럼 나는 칠옥삼봉으로 이름을 떨치며 다니던 때보다 지금이 더 행복한 것 같구나. 비록 차림새나 꼴은 말이 아니지만 이런 것이 어쩌면 진정한 강호행이 아니겠어? 음… 근데 방주는 나를 어떤 식으로 생각하고 있을까?'

생각이 거기에 이르자 피식 하고 코웃음이 터졌다.

'어떻게 생각하긴, 그저 거지로 생각하겠지. 좀 더 괴롭히지 못해서 안달을 하고 있는 것뿐이지 않겠어.'

그녀의 시선이 달을 향했다. 둥근 달은 어느덧 표영의 얼굴로 변했고 표영의 입에서 한소리가 터져 나왔다.

―뇌려타곤~

"푸후후……."

교청인이 신합 마을에서 있었던 거지 수련 때의 뇌려타곤을 떠올리며 웃음을 터뜨리자 그때서야 제갈호가 정신을 차리고 교청인을 바라봤다.

"교 매, 뭐 재밌는 것이라도 본 거야?"

그 말에 교청인이 무슨 나쁜 짓이라도 하다 들킨 어린아이처럼 얼굴을 붉혔다.

제갈호가 눈을 가늘게 뜨고 말했다.

"어라? 이거 수상한데… 혹시 우리에게 숨기고 있는 애인이라도 떠올린 건가?"

"흥, 애인은 무슨 애인이에요. 전 단지 방주가 참 신기한 사람이란 생각을 한 것뿐이라구요."

교청인은 얼른 다른 말로 화제를 바꿨고 그 말은 다행히 통했다.

"하하, 신기한 사람이라… 그 말이 딱 제격인걸. 정말이지 하는 일마다 엉뚱한데도 신기하게 뜻한 바대로 다 되니까 말이야. 신기해… 암, 신기하지. 방주는 하늘이 내린 행운아가 아닐까 싶단 말야."

"호호호."

둘은 유쾌하게 웃었다.

"제갈 형, 근데 말이에요. 방주는 갑자기 어디에서 뚝 떨어져 내린 걸까요?"

제갈호도 머리를 갸우뚱거렸다.

"글쎄, 그렇고 보니 방주에 대해 전혀 아는 게 없네. 우리가 알고 있는 것이라곤 이름이 표영이라는 것밖엔 없잖아. 표영이라… 어라?

같은 밤 다른 이야기 89

그러고 보니 일옥검수 표숙 형과 성이 같잖아?"

교청인이 그건 말도 안 된다는 듯 손을 내저었다.

"에이, 너무 지나친 상상은 하지 말자구요. 성이 같다고 같은 친족일 리는 없잖아요. 표숙 오라버니와 방주가 어디가 비슷한 점이 있겠어요."

하지만 교청인은 곧 표영의 맨얼굴을 떠올렸다.

'그러고 보니 조금 닮긴 했는걸?'

그러다 다시 가볍게 머리를 흔들었다.

'음… 아닐 거야. 표숙 오라버니에겐 그런 이야기를 들어본 적이 없잖아.'

그때 제갈호가 말했다.

"나중에 기회가 되면 한번 물어봐야겠어. 나이는 나하고 비슷한 것 같은데 말야. 쩝."

"그래요. 이만 가죠. 방주가 왜 이리 늦게 오냐고 한마디 할 것 같으니까요."

"그래, 가자."

둘은 암운각의 지붕에서 신형을 날려 공중에서 회전하며 바닥으로 착지했다. 거처로 걸음을 옮기는 중 교청인은 아까 제갈호가 했던 말을 떠올리며 마음으로 다짐했다.

'얼마 동안이 될지 모르지만 나도 방주를 따라야겠다.'

6장
점소이 옥현기

점소이 옥현기

 화경루의 점소이 옥현기는 오늘도 어김없이 손님들을 향해 환한 미소를 보냈다.
 "어서 오십시오. 이쪽 빈자리로 앉으십시오."
 그는 이곳에서 일한 지 얼마 되지 않았지만 꽤 적응을 잘하고 있었다. 대략 20대 후반으로 보였는데 그의 얼굴은 조금 특별한 구석이 있었다.
 그 특별함이라고 하는 것은 외모가 유독 출중하다거나 혹은 그와는 반대로 곰보나 못난 얼굴을 의미하는 것이 아니었다.
 그건 어디서나 볼 수 있을 것 같은 얼굴.
 즉, 한번 보고 나서 다시 얼굴을 떠올릴라 치면 '음… 어떻게 생겼었더라?' 하고 고개를 갸우뚱거리게 될 얼굴이었다. 그만큼 옥현기의 얼굴은 평범 속에 더한 평범을 갖추고 있었다.

옥현기가 사귀고 있는 이제 스무 살 된 봉화조차도 잠들 무렵 그의 얼굴을 기억해 내려 애쓰지만 번번이 뿌옇게 안개에 가려진 것처럼 윤곽이 잡히지 않을 정도였다.

옥현기가 화경루에서 점소이로 일하게 된 지는 두 달이 약간 넘어가고 있었다. 하지만 그는 이 짧은 시간 속에서 어느 점소이보다 성실하다는 평을 듣고 있었다.

"공자님, 무엇을 드시겠습니까? 네, 네, 곧바로 대령하겠습니다요."

손님으로부터 음식을 주문받고 바쁘게 움직이는 옥현기에게 설만호가 중도에 짐짓 호랑이 눈을 뜨고 매섭게 쏘아붙였다.

"이놈, 정신을 어디에 두고 있는 것이냐?"

설만호는 이곳 화경루의 주인이었다. 턱에 두텁게 기른 수염이 인상적이었는데 그로 인해 처음 그를 본 사람들도 그가 덕있는 사람일 것이라고 짐작하곤 했다. 그는 매우 화가 난 듯한 표정을 지었지만 곧바로 얼굴을 풀며 다정다감한 어투로 말했다.

"솔직히 말해 보거라. 무슨 문제가 있는 것이렷다?"

지금 옥현기의 표정은 여느 때와 같아 달라 보이는 점을 찾기 힘들었지만 하루에도 수백 명에 이르는 사람들을 관찰(?)해 온 주인 설만호의 눈은 예리하기 그지없었다. 설만호는 밝음 속에 깃든 작은 그림자를 삼 일 전부터 본 터였다. 그건 뭔가 불안해하는 것만 같은 종류의 것이었다.

"아이고… 왜 그러세요. 전 아무렇지도 않은걸요."

어깨를 으쓱이며 너스레를 떠는 모습에 설만호가 꿀밤을 먹였다.

꽁~

"아야."

"이놈아! 귀신은 속일 수 있어도 내 눈은 속이지 못한다. 이 녀석, 봉화하고 싸운 게로구나?"

설만호는 봉화가 삼 일 전부터 보이지 않았던 것을 기억했다.

"에이, 주인님도… 싸우기는요. 봉화도 일이 바빠서 못 온 것뿐이랍니다. 전 그냥 며칠 전부터 몸이 으슬으슬 추워오는 게 도통 힘이 나지 않는 것뿐이라구요. 그래도 주인님이 아니고서는 제 얼굴의 변화를 누가 알아차릴 수나 있겠어요?"

머리를 긁적이며 하는 말에 설만호가 혀를 끌끌 찼다.

"이런이런… 그렇다면 진작에 내게 말을 해야 할 것 아니냐. 미련한 놈 같으니라구. 내 언젠가는 네놈이 그렇게 될 줄 알았다. 네 녀석은 좀 쉬면서 일을 해야 하건만 너무 몸을 돌보지 않는 게 흠이란 말이야. 요즘 보기 드물게 성실한 녀석을 발견했다 싶었는데 몸져누우면 화경루는 누가 돌본단 말이냐, 고얀 놈 같으니……."

설만호의 목소리에는 옥현기를 아끼는 마음이 가득 담겨 있었다. 그만큼 옥현기가 그동안 보여준 성실함은 일반 점소이들과는 비교할 수 없는 것이었다. 처음에 그가 옥현기를 봤을 때는 그저 뜨내기가 돈이 필요해 잠시의 일거리를 찾는 것이라 생각했었다. 그나마 인상이 나쁘지 않고 말도 사근사근하게 하는지라 고용했는데 예상했던 것 이상으로 열심인 것을 보고 점소이 이상으로 생각하고 있는 중이었다.

"넌 화경루에서 꼭 필요한 사람이야. 평소에 몸을 아끼고 조금 쉬엄쉬엄 일을 하도록 해라. 알겠느냐? 그래, 알았으면 오늘은 좀 쉬고 모레부터 일을 하도록 해라."

설만호가 마치 친자식을 대하듯 하는 말에 옥현기는 연신 허리를 숙였다.

"주인님 말씀만 들어도 벌써부터 몸이 다 나은 것 같은걸요. 아직은 버틸 만하니 제가 정 몸이 아프면 그때 가서 말씀드리겠습니다."

설만호가 윗입술을 삐죽 내밀며 짐짓 불만에 가득 찼음을 나타낸 후 말했다.

"이 녀석, 고집 하고는… 그래, 좋다. 골병이 들어 쓰러져도 나는 모른다. 나쁜 놈 같으니……."

화경루의 점소이는 옥현기까지 포함해서 총 7명이었다. 그중 다섯은 화경루로부터 가까운 곳에 집을 두고 있었다. 그렇기에 그들은 일을 마치면 곧바로 집으로 돌아갔다. 하지만 옥현기처럼 거처가 없는 이들은 루의 작은 골방에 잠자리를 마련해 놓았는데 그곳에서 지친 몸을 쉬어야만 했다.

골방에서는 이미 장복과 이환이 아까부터 코를 골며 잠들어 있었다. 하지만 옥현기는 쉽게 잠을 이룰 수가 없었다. 그는 무릎을 세우고 앉은 채로 깊은 고민에 사로잡혔다.

'도대체 무슨 일이라도 생긴 것일까? 대주께서 이렇게 연락을 주지 않으신 적이 없었지 않는가.'

속으로 중얼거리는 그의 눈은 객잔에서 음식을 나르던 평범함과는 거리가 멀어도 한참 먼 것이었다.

'아니지, 아니야. 이제 고작 육 일밖에 지나지 않았지 않느냐. 내가 너무 조급하게 생각하는 것일지도 모른다.'

하지만 곧 옥현기의 이마는 잔뜩 찌푸려졌다.

"음……."

옥현기는 자신이 알고 있는 대주를 떠올렸다. 그러자 다시 불안이 엄습했다.

'송 대주께서는 매사에 철두철미한 분이시다. 늦는다면 그런 사유라도 어떤 경로를 통해서라도 보내오셨을 것이 아닌가. 그저 단순하게 생각할 일이 아니다. 그래, 좋다. 내일은 시간을 내서 알아보도록 하자.'

낮에 화경루의 주인 설만호가 너그럽게 말한 것으로 보아 시간을 내는 것은 그다지 어려울 것이 없어 보였다.

옥현기는 마음을 정하고 자리에 누웠다. 하지만 수많은 상념이 일어 거의 뜬눈으로 밤을 지새다시피 하지 않을 수 없었다.

"눈치 보지 말고 푹 쉬도록 하거라. 골방이 불편하면 따로 방을 하나 얻도록 해. 숙박비는 내가 줄 테니까 염려 말고 말이다."

화경루 주인 설만호가 하루 정도 쉬었으면 싶다는 옥현기에게 한 말이었다. 옥현기는 고맙다는 말과 함께 편하게 바깥바람을 쐬고 돌아오겠다고 한 후 걸음을 당가 쪽으로 옮겼다.

아침이었지만 사람들의 왕래가 잦은 곳을 지나면서 옥현기는 산책하듯 걸었다. 그의 얼굴이 평범으로 가득 차 있듯 발걸음도 사람들 눈에 띌 리 없는 평이한 걸음걸이였다. 하지만 그의 발걸음은 그가 인적이 끊어진 샛길로 접어들어서는 달라졌다.

옥현기는 이리저리 고개를 돌려 사람의 기척이 없음을 확인하고서 달리기 시작했다. 그의 발놀림은 그냥 달린다고 하기엔 조금 표현이 모자랐다. 한 발 한 발 땅을 딛고 박찰 때 땅이 뒤로 죽~ 죽~ 물러났으니 말이다.

그건 바로 무림인의 경신법이었다.

그것도 고도로 숙련된 신법을 갖춘 무림인의 모습. 방금 전까지 별반 특별할 것 없던 일개 점소이가 무림고수의 신비스런 발걸음을 보이고 있는 것이다.

옥현기가 다시 발걸음을 늦춘 것은 당가를 얼마 남겨놓지 않고서였다. 그는 언제 경신술을 펼쳤냐는 듯 다시 보통 사람으로 돌아와 있었다. 하지만 그의 신경만큼은 매우 예민하게 곤두선 채였다. 이제부터 더듬이를 바짝 세우고 혹시나 있을 그 무엇을 파악해야 하는 것이다.

약 일 식경(30분) 정도를 느리게 걷던 옥현기는 당가의 동쪽 외벽에 이르렀다. 그의 신경은 날카롭게 서 있었지만 겉모습만 봐서는 그저 산책 나온 사람으로 보이는 모습일 뿐이었다. 그만큼 그의 가장은 완벽에 가까운 것이라 할 수 있었다. 동쪽 외곽을 걷던 옥현기는 달리 특이한 징후를 발견하지 못했다.

'내가 너무 과민한 반응을 보인 것일까? 하긴 엿새 정도 늦는다고 너무 호들갑을 떨었는지도 모르겠구나.'

하지만 이대로 돌아가기엔 아직 마음이 채워지지 않았다.

'어쨌든 당가를 한 바퀴 돌아본 후에 다시 생각해 보자.'

옥현기의 발걸음은 서쪽 외곽을 향했다. 유유히 걷던 그의 발걸음은 일순간 차갑게 얼어붙고 말았다. 마치 얼음 조각이라도 된 것만 같은 모습이었다.

'어떻게 이런 일이……!'

보고도 믿을 수가 없었다. 그의 시야가 닿는 곳에는 낯익은 얼굴이 놓여 있었던 것이다. 옥현기는 자신이 지금 너무도 큰 반응을 보이고 있음도 잊은 채 동공이 크게 확장되어 바라보았다.
'소, 송 대주!'
그가 경악을 금치 못한 것은 걸려 있는 사람의 몸이 몸은 어디 가고 머리만 있다는 점과 그 얼굴이 낯익은 자신의 직속상관인 혈사대주 송도악이라는 점 때문이었다.
옥현기는 망치로 뒤통수를 얻어맞은 듯한 충격에 휩싸였지만 바로 정신을 수습했다.
'내가 보이는 반응은 그저 겁 많은 보통 사람이 잘려진 머리를 보고 두려워하는 모습으로만 비춰져야만 한다!'
어디에 있는지는 파악이 안 되고 있지만 분명 당가의 수비대들의 이목이 자신을 지켜보고 있을 것은 자명한 일이었다. 분노를 터뜨린다든지 목을 수습하려 했다가는 도리어 일을 크게 만드는 일밖에 되지 않는 일이었다.
옥현기는 화들짝 놀란 표정을 지으면서 허겁지겁 도망치는 모습으로 당가에서 멀어져 갔다. 그 모습은 영락없이 겁에 질린 연약하고 소심한 보통 사람의 모습이었다.
그는 인적이 드문 곳에 이르게 되었을 때 비로소 천천히 이 믿기지 않는 문제를 생각해 보았다.
'침착하자, 옥현기야. 이럴 때일수록 침착해야만 한다.'
그는 먼저 대주와 자신의 역할에 대해 다시 한 번 되짚어보았다.
'뭐가 문제였을까? 대체 무엇이⋯⋯.'
사실 혈곡에서 당가를 장악하기 위해 파견된 건 혈사대주 송도악과 옥현기 자신이었다. 그중 혈사대주 송도악은 천면마공을 이용해 독운

신군 갈조혁으로 역용해 당가 내로 직접 잠입하는 역할이었다. 그리고 옥현기는 원래 이름이 옥기로 혈사대의 일급 살수였다. 그가 맡은 일은 혈사대주 송도악이 당가에서 진행하는 일을 혈곡으로 전하는 것이었다.

대주인 송도악은 성공리에 당가에 들어가 조만간 장로 직을 받을 상황이었다. 그 성과는 대단한 것으로 곡주도 큰 기대를 걸고 있던 차였다.

이제 일정 시간이 지나 당가의 가주 당문천의 습성을 파악하면 곧바로 암살하고 다시 천면마공으로 당문천으로 둔갑하면 되는 것이었다.

한편 옥기는 부근 마을의 점소이로 들어가 송도악이 보름(15일)에 한 번씩 찾아와 음식을 시킬 때 정보를 듣고 비밀리에 혈곡에 소식을 전했었다.

그런데 놀랍게도 대주의 목이 날아가 버린 것이다. 그는 수하로서 상관의 목도 수습하지 못한 채 물러나는 것이 견딜 수 없이 수치스럽고 마음이 아팠지만 지금으로썬 선택의 여지가 없었다.

'과연 누가 대주의 목을 벨 수 있단 말인가. 곡의 모든 계획이 다 드러났더란 말인가?'

옥기가 알고 있는 대주 송도악은 이렇게 허무하게 목이 잘려 나갈 사람이 아니었다.

'잔인함과 냉철함을 겸비한 대주다. 어떤 상황에서도 그에 따라 대처하고 수단과 방법을 가리지 않고 자신의 목숨을 건졌어야 되지 않던가.'

옥기에게 있어서 대주 송도악은 대주임과 동시에 스승이기도 했다.

살수로서 일격필살의 무공을 전수하였을 뿐만 아니라 어떻게 평범을 갖추어야 하는지와 또 어떤 상황에서도 냉정히 상황을 파악하고 정에 얽매이지 않아야 함을 배웠었다.

그런 가르침을 준 스승인 대주가 저 지경이 된 것이다. 그는 만에 하나의 상황을 예상해 보았다.

'아니야, 아니야……'

그는 고개를 세차게 가로저었다.

'어떤 고문에도 혈곡의 계획을 발설할 대주가 아니다.'

차라리 팔과 다리가 끊어지고 신경이 하나하나 뽑힌다 해도 비밀을 누설할 대주가 아니었다.

'조금 더 가까이서 사태를 파악해야만 한다. 이대로 곡으로 돌아갈 수는 없다.'

그날 저녁 무렵.

옥기는 시냇가 부근에 자리한 고목나무 위에 몸을 숨기고 봉화를 지켜보았다.

'잘 있어라. 비록 짧은 시간이었지만 너를 만난 건 내겐 큰 행운이었다.'

봉화는 옥기가 점소이로 일하던 화경루에서 멀지 않은 곳에서 살고 있었다. 그녀는 집이 그리 넉넉치 않아 여러 가지 잡일을 하며 생계를 돕고 있었다. 그녀는 이제 어둑해지는 때임에도 미처 집안의 빨래를 하지 못했는지 부지런히 방망이를 움직여 가며 열중이었다.

옥기는 이제 떠날 때가 되었음을 알고 마지막으로 그녀의 얼굴을 보고 싶었다. 봉화는 미모가 뛰어나거나 몸매가 기가 막히게 매끈한 것은 아니었지만 언제나 상냥했고 함께 이야기를 나눌 때면 시간 가는 줄 모르게 할 만큼 재밌었다.

하지만 옥기는 혈곡을 버리고 한 여인에게 얽매일 입장이 못 되었다. 그것은 혈곡의 살수에게 있어서는 사치였다.

'나는 널 사랑하고 지켜주기엔 부족한 남자일 뿐이다. 부디 좋은 사람을 만나 행복하려므나.'

비록 그녀와는 짧은 입맞춤이 고작이었지만 옥기에겐 아름다운 추억으로 남아 있었다.

옥기는 흐트러지려 하는 마음을 다잡고 신형을 날렸다. 이미 화경루 주인 설만호에겐 서신을 남겨두고 온 터였다. 그는 비록 혈곡에서 살수 훈련을 받고 강호의 험난함을 배웠지만 이번 작전을 통해서 의외의 세상을 보았다.

부모가 누군지도 모른 채 고아로 자라나 어릴 적 혈곡에 들어간 그에겐 봉화같이 자신을 향해 활짝 웃어주는 여인은 처음이었다. 그리고 화경루 주인 설만호에겐 아버지의 그림자를 보았다. 세상에 어느 누구도 믿지 말라고 교육받아 온 그에겐 또 다른 세상이 아닐 수 없었다.

하지만 그렇더라도 자신을 둘러싼 혈곡의 테두리는 너무도 크고 두터웠다. 옥기는 봉화를 등지고 달리다가 문득 인기척을 느끼고 급히 돌아봤다. 거기엔 두 남자가 풀숲에 몸을 웅크린 채 봉화의 뒷모습을 바라보고 있는 것이 아닌가.

'저놈들은……!'

혹시나 하는 마음에 옥기는 기척을 죽이고 두 사람이 무슨 수작을 부리려는지 지켜보았다.

"흐흐흐… 형님, 어떻수? 아주 맛있지 않겠수."

"낄낄낄, 녀석, 좋은 건수를 물어왔구나."

옥기의 궁금증을 풀어주려고 했음인가. 둘은 마침 봉화의 뒷모습을 보며 군침을 삼키며 이곳에 웅크리고 있는 의도와 앞으로의 계획을 목소리를 죽여가며 드러냈다.

더 들어보지 않아도 무엇을 하려 함인지 충분히 알 수 있는 것이었다. 옥기는 그렇지 않아도 발걸음이 무거웠건만 이런 녀석들을 보게 되자 기분이 착잡하기 그지없었다.

'그래도 내가 이 녀석들을 발견한 것이 다행이라면 다행이로구나.'

옥기는 두 건달의 뒤로 바짝 다가가 그들처럼 몸을 웅크리고 조용히 물었다.

"뭐, 재밌는 일이라도 있소이까?"

느닷없이 들려오는 나지막한 음성에 두 건달이 화들짝 놀라 돌아봤다.

"뭐, 뭐냐!"

옥기는 냉막한 표정으로 두 건달의 마혈을 제압하고 목덜미를 잡아 봉화가 있는 곳에서 반대 방향으로 데려갔다.

얼마쯤 갔을까.

이 정도면 어지간한 소리가 들려도 봉화가 들을 수 없을 만큼 왔다 생각 드는 곳에서 옥기는 두 건달을 내려놓았다.

"한심한 녀석들, 그렇게도 할 짓이 없더란 말이냐?"

이미 두 건달은 온몸이 뻣뻣하게 굳은 데다가 이곳까지 오는 동안 한 손에 한 명씩 공깃돌 들듯이 이동한 것을 본지라 얼굴은 사색이 되어 있었다.

"용서해 주십시오. 저희는 아무 생각도 없이 그저 바람이나 쐬려고 그 자리에 있었던 것뿐입니다."

아혈이 찍히지 않은 터라 해보는 데까지 변명을 늘어놓았다. 하지만 그런 변명에 '오호, 그랬었군' 하고 놓아줄 옥기가 아니었다.

"요즘은 바람을 쐴 때 풀숲에 잔뜩 웅크리나 보지?"

"그, 그게 아니라……."

옥기는 더 들을 것도 없다 여겼는지 이미 발이 허공을 가르고 있었다.

슈욱~

파곽, 파파곽…….

"으악!"

"커억!"

나란히 세워진 두 건달이 뻗어온 발길질에 턱을 얻어맞고 바닥을 뒹굴었다. 이미 마혈이 찍혀 온몸이 뻣뻣하게 굳은지라 손을 들어 어루만질 수도 없는 둘은 그저 입을 벌려 살려달라고 애걸하는 것이 전부였다.

"죽을죄를 지었습니다! 대협과 잘 알고 있는 사람인 줄 몰랐습니요. 용서해 주십시오."

"다시는 그런 짓은 하지도 않고 꿈도 꾸지 않겠습니다요. 제발… 제발……."

하지만 다시 옥기의 발은 넘어져 있는 두 건달의 복부를 걷어차고 있었다.

퍽퍽— 퍼퍽—

"대협이라… 후후, 나는 그런 말은 좋아하지 않는다."

"으윽……."
"커어억!"

한참이나 일방적인 발길질을 가하던 옥기는 어느 정도 화가 풀렸는지 행동을 멈추고 두 건달에게 말했다.

"똑똑히 들어라. 앞으로 그녀에게 다른 수작을 부린다면 그땐 사지를 찢어 죽이고야 말겠다. 그녀 곁엔 늘 내가 있음을 명심해라."

마치 얼음장처럼 차가운 말에 고통에 신음하면서도 둘은 간신히 대답했다.

"으으윽… 다시는 그런 일은 없을 것입니다."
"어억… 목을 걸고 맹세할 수 있습니다."

옥기는 이 정도면 쓴맛을 보았으리라 생각했다. 두 차례 발길질을 통해 마혈을 풀어준 옥기가 싸늘한 음성으로 말했다.

"다섯을 세겠다. 그때까지 내 눈에서 사라지지 않는다면 목이 어디로 갔는지 찾게 되는 일이 벌어질 것이다."

둘은 옥기의 말이 끝나기도 전에 발에 불이라도 붙은 듯 달음질쳤다. 뛰다가 넘어지기도 했지만 마치 용수철에 의해 튕겨지듯 벌떡 일어나 줄행랑을 쳤다. 그들의 놀랄 만한 달음질을 보건대 앞으로의 인생도 그런 각오와 행동으로 살아간다면 필시 성공하리라.

옥기는 멀어져 가는 두 건달에게서 시야를 거두고 다시 시냇가 쪽으로 향했다. 하지만 그새 봉화는 빨래를 다 끝냈는지 어디에도 모습을 찾아볼 수 없었다. 문득 아쉬움이 가득 밀려들었다.

"휴우~ 내가 왜 이러지…… 이런 마음을 가질 때가 아니잖는가."

두 건달이 노리고 있던 것을 보게 되자 마음이 불안하기 짝이 없었다. 자신이 떠나고 난 뒤에 누가 그녀를 지켜준단 말인가. 그는 걸음을 봉화의 집 쪽으로 옮기려고 세 발자국을 뗐다가 다시 멈춰 섰다.
"그녀와 나는 근본 다른 길을 가고 있는 사람들이야."
옥기는 멀리 봉화의 집 쪽을 한번 본 후에 몸을 돌려 당가 쪽으로 향했다.

7장
기이한 의뢰

기이한 의뢰

 표국에서 하는 일은 가장 많게는 귀한 물건을 안전하게 목적한 곳까지 옮기는 것이었고 둘째로는 중요한 인물을 보호하며 지정한 곳까지 모셔가는 것이었다. 그 외에도 주문에 따라 저택의 호위나 경비를 서는 일도 간혹 있곤 했다.
 그러한 일의 특성상 당연히 표국의 국주나 표두, 표사들은 뛰어난 무위를 갖춘 자들로 구성되어 있어야 했다. 강호에는 아무 노동이나 수고로움없이 거저 보물을 얻으려는 자들이 의외로 많기 때문이다. 게다가 호위하는 중에 호위받는 자의 원수라도 나타난다면 마땅히 물리쳐야만 했다.
 아무 힘 없이 해를 당해 호위하는 자가 다치거나 보물을 빼앗긴다면 그 모든 책임을 표국이 고스란히 뒤집어쓰게 되는 것이다.
 그런 특성상 표국 중에서 이름난 곳은 그 무위의 수준이 강호의 내로라하는 문파와 견주어도 손색이 없는 실력을 갖춘 곳도 있을 정도였다.

강호에는 수많은 표국이 존재했다. 그중 당가가 자리한 섬서성에서 가장 확고하게 기반을 갖춘 표국은 만리표국이었다. 만리표국은 강호인들에게 물어보아도 한결같이 첫손에 꼽기를 주저하지 않는 곳이기도 했다.

그 만리표국의 국주는 유유천하(流流天下) 강모인데 그는 현재 나이 60세가 넘었음에도 불구하고 젊은 사람 못지 않은 기백을 갖추고 있었다.

하지만 지금 강모의 얼굴은 영문을 모르겠다는 듯 수심으로 가득했다. 수심에 뒤덮인 것은 단지 국주 강모뿐만은 아니었다. 만리표국에서 회의실로 쓰이는 유표각 내에 모인 표국의 핵심 인사들 모두의 얼굴도 강모와 별반 다를 것이 없었다.

그들이 잔뜩 근심에 싸인 원인은 무엇 때문일까?

그것은 어제 느닷없이 의뢰받은 한 가지 일 때문이었다. 그들에게 있어서 그 의뢰는 황당하고 당황스럽기 그지없었다. 이제껏 수십 년 동안 별의별 표물과 호송을 의뢰받았었지만 이번만큼 뒤통수를 날린 의뢰는 없다고 해도 과언이 아니었다.

"이건 아무리 생각해 봐도 그 뜻을 알 수가 없으니……."

국주 강모는 탄식하듯 혼잣말을 내뱉었다. 그가 생각하기에 이번 의뢰는 상식과는 거리가 멀어도 한참 먼 것이었다.

대개 호송을 부탁하는 사람들은 백이면 백 모두 나약한 사람이거나 자신을 지킬 만한 힘이 없는 경우다. 하지만 이번 경우는 뒤집어 보고 옆으로 보고 다시 본래대로 봐도 이해할 수 없었다.

그 문제의 의뢰가 무엇인지는 강모의 이어지는 탄식으로 나타났다.
"천하의 당가의 가주와 장로 등을 호위하여 가라니… 나참, 워낙에 진지하게 말하니 그냥 농담으로 여길 수도 없는 것이지 않는가."
아마도 강호의 사정을 모르는 사람이라면 이렇게 생각할지도 모른다.

―뭐, 그게 어떻다구?

하지만 강호를 아는 이들은 배시시 웃고 말 것이다.

―거참, 농담도 아주 썰렁하구먼.

그렇다. 이 상황을 사람들에게 납득시키려면 전후가 바뀌어야만 했다. 만리표국의 사람들을 당가에서 보호하고 호송하기로 했다고 말이다. 그러면 모두들 한결같이 고개를 끄덕이며 이해할 것이 분명했다. 사파의 오랜 전통을 자랑하는 당가의 가주와 장로들을 호송하라니… 이건 아무리 머리를 굴려봐도 납득하기 어려운 말이었다.
이러한 고민이 생긴 것은 바로 어제의 일이었다.
정확하게 이야기하자면 어제 정오 무렵이었다.

당가의 장로 당경과 한 거지 노인이 함께 만리표국으로 찾아왔었다. 그때 국주 강모는 하마터면 당경을 몰라볼 뻔했다.
당경의 얼굴은 한마디로 가관이 아니었던 것이다. 얼굴 전체가 퉁퉁 부은 데다가 오른쪽 눈은 시퍼렇게 멍들었고 여기저기 생채기가 나 있었기 때문이다.
　게다가 들어올 때는 한쪽 발을 약간 절룩거리는 것이 대결투를 벌이고 온 사람같이 보인 것이다.
　하지만 그는 무인이자 상인으로서의 기본을 알고 있는지라 '왜 그렇게 되었냐', '무슨 일이라도 생긴 것이냐' 등의 말은 묻지 않았다. 상대가 듣기 싫은 말을 굳이 할 필요가 없는 것이다. 그는 전혀 아무것도 보지 못한 사람처럼 반가운 인사를 건넸다.
　"어서 오십시오. 이거 오랜만입니다. 가까이에 있으면서도 자주 찾아뵙지 못했는데 누추한 곳에 장로님께서 직접 발걸음을 하셨군요."
　강모로서는 당가가 귀한 고객의 입장이었기에 예의를 갖추었다. 몸이 왜 저 지경이 되었는지 모르나 장로가 직접 온 것을 보면 뭔가 특별한 부탁이 있는 것이 분명한 것이다. 강모의 반가운 인사에 당경은 대충 인사를 건넸다. 하지만 당경의 말은 그것이 전부였다. 그때부터는 보잘것없어 보인 늙은 거지가 말을 꺼낸 것이다.
　"대략 열댓 명 정도를 목적지까지 데려다 주어야겠소."
　당경과 함께 온 늙은 거지는 능혼이었다. 강모는 처음엔 흘깃 보고 신경도 쓰지 않았던 거지가 당가의 장로를 옆에 두고 당당하게 말하자 그때부터 자세히 살펴보았다.
　자세히 보니 더도 말고 영락없이 거지였다. 하지만 눈빛만큼은 힘없는 늙은이라고는 믿어지지 않는 기백이 담겨 있음을 강모는 놓치지 않았다. 이제껏 살면서 사람 보는 눈은 확실하다고 자부해 오던 강모였다.
　'보통 거지가 아니구나.'
　강모는 능혼의 말을 듣고 당가에 개입 여부와 진위를 알기 위해 당경을 바라보았다. 당경은 어정쩡한 얼굴로 그저 작게 고개를 끄덕이는 것으로 동의의 뜻을 보냈다. 강모는 확실히 당가의 일임을 인식하고 두 손을 포권하며 고마움을 표했다.

"저희로서도 당가의 의뢰를 받는 것은 참으로 영광스러운 일이 아닐 수 없습니다. 그렇다면 구체적으로 어떤 분들인지 말씀해 주시길 바랍니다."

역시 능혼이 말했다.

"앞으로 열흘 뒤 당가의 가주 당문천과 네 명의 장로들, 그리고 십영주를 광동성 남단 신합 마을의 손패라는 사람에게 데려다 주시오."

그 말은 너무도 뜻밖이었고 상식 밖의 일이라 강모는 놀라지도 않았다. 그저 그는 농담으로 말한 것이리라 여긴 것이다.

"하하하, 의외로 재밌었습니다. 웃을 일이 없던 차에 꽤나 기분이 좋아지는군요."

하지만 껄껄거리며 웃는 사람은 오로지 강모뿐이었다. 능혼과 당경이 아무런 표정 변화 없이 멀뚱하게 바라보자 머쓱해진 강모가 물었다.

"험험… 자, 그럼 이제부터 만리표국까지 오신 참이유를 알려주십시오."

능혼의 눈이 꿈틀하며 움직였다.

"지금 장난하고 있다고 생각하는 것은 아니겠지?"

이번 목소리는 산전수전 다 겪은 강모라도 등골이 서늘해지는 음성이 아닐 수 없었다. 강모는 고막을 파고드는 얼음장 같은 말에 순간적으로 질려 말을 더듬었다.

"네? 제, 제가… 뭘… 그럼 아까 하신 말씀이 진정이십니까?"

거기에 대한 답변은 당경의 입에서 나왔다.
"모두 당가에서 제대로 의뢰한 것이니 잊지 말고 열흘 뒤에 당가로 찾아와 주시오."
당경은 말을 끝내고 능혼에게 말했다.
"이만 가시죠."
상황 파악을 못한 강모는 유유히 내전을 빠져나가는 두 사람을 멍하니 바라볼 뿐이었다. 그는 도무지 말이 안 되는 일인지라 황급히 당경의 뒤통수를 향해 질문을 던졌다.
"지금 우린 꿈을 꾸고 있는 것이 맞습니까?"
강모는 자신이 살아생전에 이런 엉터리 같은 질문을 아주 심각하게 던지리라고는 생각지 못했다. 하지만 이렇게 묻지 않는다면 잠깐 꿈을 꾼 것이라 치부해 버릴 것 같았기에 묻지 않을 수 없었다. 강모의 말에 능혼과 당경은 대답하지 않았다. 하지만 능혼은 대답 대신 대문에 이르기 전 오른발을 한차례 굴려 화강암으로 깔아놓은 바닥을 뚫어버렸다.
꿈이 아니라고 말하는 것보다 증거를 남겨주는 것이 가장 효과적이라고 생각한 것이다. 원래 그 바닥은 그렇게 허무하게 작살나서는 안 되는 돌이었다. 하지만 구멍이 나버렸으니 강모로서는 믿지 않을 수 없게 되고 말았다.

여기까지가 어제 강모가 겪었던 일의 전부였다. 어제 일을 방금 전에 있었던 것처럼 느끼며 강모의 입에서 긴 한숨이 새어 나왔다.
"휴~ 그 거지 노인은 대체 누구고 당경 장로는 왜 그런 몰골이 되었단 말인가."

총관 오연혁이 그의 말을 받았다. 오연혁은 산귀자(算鬼者)란 별호가 붙을 정도로 계산에 밝아 만리표국의 재정 부분을 담당하고 있었다.

"제가 생각할 때 이번 의뢰는 쉽게 받아들여서는 안 된다고 봅니다. 의뢰 자체가 성립될 수 없는 상황이기 때문입니다. 뭔지는 모르나 이 속에는 음모나 함정 같은 것이 도사리고 있음이 틀림없습니다. 신중을 기하십시오, 국주님."

오연혁의 말에 힘을 얻었는지 일표두 상관추도 염려스러운 표정으로 말했다.

"국주님, 제 생각도 총관님의 뜻과 같습니다. 비록 만리표국의 명성에 흠집이 가는 일이 될지라도 이번 의뢰는 포기하는 것이 좋을 것 같습니다. 괜히 뛰어들었다간 무슨 일이 나도 날 것입니다."

하지만 모두 그렇게 생각한 것만은 아니었다.

"저는 두 분의 생각과는 조금 다릅니다. 비록 의뢰가 다소 이해하기 힘든 부분이 있지만 각도를 달리해서 생각해 본다면 그저 원하는 곳까지 안내하고 돌아오면 그만입니다. 지금 강호는 정파와 사파가 나뉘어 있다곤 하나 사파라도 드러내 놓고 악행을 일삼지 않으니 당가가 무모한 짓을 하진 않을 겁니다. 오히려 의뢰를 거절하면 이것을 빌미로 당가에 꼬투리를 잡히는 꼴이 되지 않겠습니까?"

유문의 말이 끝나자 오연혁과 상관청이 말도 되지 않는다며 반박했고 또 한편에서는 유문의 말도 일리가 있다는 쪽으로 공방이 이루어졌다. 국주 강모는 모두들 자신의 주장이 맞다며 소리 높여 외치는 사이에서 침음성만을 흘렸다.

"음······."

의뢰를 수락해도 뒤가 찜찜했고 의뢰를 거부하자니 이것도 개운치 않았다. 이러지도 저러지도 못할 형국인 것이다. 연신 수염을 쓰다듬던 강모의 입이 어렵게 열렸다.
　"조용히들 하라."
　모두가 입을 다물고 시선이 모이자 강모가 다시 말했다.
　"만리표국은 모든 의뢰를 회피하지 않는다. 이번 일도 정면으로 승부하겠다. 이번 일에 대해 누구도 이의를 제기하지 말도록."
　말은 그럴듯했지만 국주 강모의 얼굴엔 여전히 근심이 맴돌고 있었다. 하지만 만약 그곳에 왜 가는지를 알았다면 강모는 거품을 물었을지도 모른다.

8장
자녀를 찾아

자녀를 찾아

　당문천과 네 장로들의 얼굴은 악몽 같은 서로 간의 후려 패기를 끝낸 지 칠 일이 지났지만 아직까지 피멍이 빠지지 않은 채였다. 게다가 그동안 표영이 천음조화로 심어놓은 말로 인해 숱한 꿈을 통해 괴로움을 당하였던지라 거의 피골이 상접한 지경에 이르게 되었다.
　하지만 단순히 그런 고통만 남아 있는 건 아니었다. 어느덧 그들의 마음 한구석에는 고통과 수치를 받는 자들의 슬픔에 대한 깨달음이 자라나고 있었던 것이다.
　그것은 아주 간단한 깨달음인 것같이 보였으나 그들이 살아온 육십 평생이 넘는 삶을 생각할 때 매우 큰 변화라 하지 않을 수 없었다.
　칠 일이 지난 오늘은 표영이 말한 대로 대집회가 열렸는데 표영은 이날을 칭하길 일명 파송식이라 명했다.
　파송식의 풍경은 나름대로 거창하기까지 했다. 연무장 중앙 단상엔 표영이 올라서 있었고 그 우측으로는 능파와 능혼, 그리고 제갈호와 교청인이 땅바닥에 아무렇게 앉아 있었다. 또한 좌측으로는 당문천과 네 장로, 그리고 십영주들이 엉덩이를 땅에 붙이고 퀭하니 앉아 있었다. 파송식이 끝나고 나면 대략적으로 채비를 갖추고 광동성에 위치한 신합 마을로 떠나게 될 터였다.

그중 당문천의 얼굴엔 벌써부터 어둠의 장막이 깊이 드리워진 채였다. 그가 유독 불만을 갖게 된 것은 흙바닥에, 그것도 아무것도 깔고 앉지 못했기 때문이었다. 그는 언제나 고급스러운 좌석에 앉았고 그 안락함이란 말로 표현하기 힘들었었다. 하지만 지금은 맨바닥에 털썩 앉아 있지 않은가. 그로선 벌써부터 거지가 되어버린 것 같은 느낌에 기분이 여간 착잡한 것이 아니었다.

사실 그는 파송식을 준비하는 과정에서 이미 표영에게 한 대 얻어터진 상태였다.

"의자라도 놓고 좌우에 앉아 있는 것이 보기에도 좋기 않겠습니까?"

나름대로는 공손함을 다해 한 말이었지만 여지없이 타구봉은 날아들었고, 그 결과 머리에 혹을 달 수밖에 없었다.

'칫, 거지도 고위급이 있고 하급이 있는 거 아니냐구. 이거 너무하잖아.'

그는 불만을 속으로 투덜거렸다. 하지만 정작 진개방에 있어서는 오히려 고위급이 될수록 더 힘들다는 것을 당문천은 아직 깨닫지 못했다. 그것을 알았다면 저런 투덜거림도, 그리고 고위급이 되려고도 하지 않았으리라.

연무장 중앙에는 거의 모든 당가인들을 모아놓은 듯 발 디딜 틈도 없을 만큼 가득 채워졌다. 그들 스스로 생각해 보아도 이렇게 많은 숫자가 한꺼번에 모인 적은 거의 없었던 것 같았다.

지금 이와 같이 많아진 데는 당가의 주변을 수비하는 매복조들까지도 모조리 참여한 상태였기 때문이다. 그로 인해 지금 당가는 정문이며 동쪽 외벽이든 서쪽 외벽이든 할 것 없이 아무도 경계 근무를 서는 이가 없었다. 누군가 침투할지도 모르는 일이지만 그런 걱정을 하는 사람은 당가인들 중에 아무도 없었다.

그들은 반듯이 줄을 맞추려는 듯 앞뒤로 돌아보며 혼잡스럽게 움직였다. 그때 표영의 음성이 연무장을 제압했다.

"줄 같은 것은 맞출 필요 없다. 그냥 아무 데나 편한 대로 자리에 앉도록."

넓게 퍼지도록 보낸 천음조화였다. 그리 큰 소리가 아님에도 각자의 귀에는 바로 옆에서 말한 것처럼 또렷하게 파고들었다. 하지만 당가인들은 매번 집회를 가질 때마다 줄을 맞추는 것이 버릇이 되었던지 표영의 말을 무시하고 여전히 앞뒤 줄을 맞추는 데 힘썼다.

"이봐, 이봐들, 그냥 앉으라니까. 그 따위 줄이 중요한 게 아니야. 어떤 마음으로 듣느냐가 더 중요하니까 대충 그 자리에 앉으라구."

하지만 당가인들은 어디서 개가 짖냐는 식으로 표영의 두 번째 말도 무시했다. 어찌나 철저히 무시당했던지 표영 스스로가 천음조화에 대해 의심이 들 지경이었다.

그런 반응에 표영의 우측에 자리한 능파가 가만있을 리 만무했다. 그에겐 세상 그 어떤 것보다 지존의 말이 으뜸이었고 모두가 그렇게 생각해야만 했다. 이건 진리였다.

"이것들이 모두 미쳤나, 모두들 그 자리에 앉지 못해! 무슨 지랄이라고 줄을 맞추고 난리냐!"

표영의 음성은 부드럽게 뻗어가 선명하게 귓가를 울렸던 반면 능파의 음성은 부슬부슬 빗줄기가 내리는 중에 느닷없이 뇌성이 울리듯 고막을 뒤흔들었다.

사람들이 서로 싸울 때도 목소리 큰 사람이 이긴다고 했던가! 능파의 사나운 음성은 즉시 효력을 발휘했다. 수백 명이 중얼중얼거리며 소곤대도 그 소리가 모이면 꽤나 시끄러운 법인데 지금은 아예 숨소리조차 들리지 않을 정도로 조용해진 것이다. 엉거주춤 자리에 앉으며 당가인들은 다시 한 번 새로운 지도자들의 무서움을 자각했다.

그 수백 명의 사람들 가운데에는 혈곡의 고수 옥기도 침투해 있는 상황이었다. 옥기는 삼 일 전 당가의 주변에 은신하고 있다가 진청운이 혼자 지나가는 것을 보고 그를 제압했다. 그전에도 몇몇의 당가인들의 출입이 있었지만 그들은 침투에 어울리지 않는 사람들이었다.

역용을 하고 당가 내에 들어가기 위해서는 그 사람에 대해 잘 알고 있을 필요가 있었기 때문이다. 그런 점에서 진청운은 적합한 상대라 할 수 있었다.

그가 화경루에서 점소이로 일할 때 만에 하나 일어날 가능성을 염두에 두고 진청운에 대해 어느 정도 알아두었기 때문이다. 그리하여 지금 옥기는 진청운으로 역용하고 무리들 중에 한 명으로 연무장에 앉게 된 것이다.

'저들이 바로 대주를 죽인 자들이다!'

옥기는 이미 당가 내에 잠입하여 그동안의 있었던 일을 대충 파악하고 있었다. 중앙에 선 젊은 거지가 당가의 오독관문을 물 마시듯이 통과했다는 것과 송도악 대주가 여자 아이를 인질로 삼아 탈출하려고 했다가 목이 잘려져 돌아온 것도 들었다. 또한 당가의 가주와 네 장로들이 서로 치고 받으면서도 다 자기 탓이라며 한탄했다는 말도 들었다.

하지만 그 모든 말은 옥기가 듣기엔 전혀 웃기지도 않은 이야기였고 말도 안 되는 것이었다. 그 일들 중 하나라도 강호에서 떠든다면 천하에서 제일 웃긴 놈으로 올라서는 것은 시간문제일지 모른다는 생각도 했다.

하지만 옥기는 직속 상관 혈사대주 송도악의 머리를 직접 보지 않았던가. 그가 알고 있는 송도악은 잔혹하면서도 강한 자였다. 그런 그가 몸은 어디에 있는지도 모른 채 목만 덩그러니 걸린 것이다. 이건 어떤 식으로 합리화시켜 보려 해도 그저 웃고 넘어갈 일만은 아니었다.

옥기가 표영과 그 일행의 면면을 제대로 살피게 된 것은 지금이 처음이었다. 잠입하여 다른 이들의 대화를 통해 상황을 파악했지만 섣불리 접근하지 않았던 것이다.

'중앙에 선 젊은 거지의 부드러운 음성은 아무나 흉내 낼 수 있는 것이 아니다. 그리고 방금 큰 소리를 지른 노인의 내력도 무공이 절정에 이르렀음을 말해 주고 있지 않은가.'

하지만 아직까지 그는 그들이 과연 송도악 대주의 목을 날릴 정도로 대단한 사람들이라고는 생각지 않았다. 진흙 속에 보물이 묻혀 있으면 그 값어치를 몰라보고 혹은 흔한 돌덩이로 착각할 수도 있는 것처럼 옥기 또한 허름함 속에 감추어진 표영 일행의 힘에 대해 아직까지는 과소평가하고 있었다.

'조금 더 자세히 알아보아야 한다. 내가 이해할 수 없는 것을 어찌 곡주님께 보고할 수 있단 말인가.'

이런 정도의 정보라면 곡주의 성격상 오히려 자신이 화를 입을 가능성이 농후했다. 옥기가 자리에 앉으며 뚫어져라 앞쪽을 바라보고 있을 때 표영이 헛기침을 연발하며 말을 꺼냈다.

"험험… 험험험… 모두들 할 일도 많을 텐데 수고스러움을 무릅쓰고 이렇게 나와준 데 대해 고맙기 그지없군. 아낙네들은 빨래하고 밥하며 아이를 보느라 고생이 많고, 남정네들은 농사를 짓고 밭을 일구느라 구슬땀을 흘리고 있는 모습은 아름답기 그지없다. 험험."

표영의 말에 당가인들의 얼굴이 핼쑥하게 변했다.

'대체 무슨 수작을 부리려고 저런 말도 안 되는 소리를 한단 말인가.'

'무슨 농사가 어쩌고… 구슬땀이 어쩌고야!'

'미쳤어… 미쳤다구…….'

그 가운데 아무렇지도 않은 표정을 하고 있는 사람들은 능파 등 일행들뿐이었다. 그들이야 표영이 하는 일에 대해 진작부터 포기하고 살아가고 있는 처지인지라 그다지 대수로울 것도 없었던 것이다. 오히려 교청인은 슬쩍 히죽거리며 미소를 떠올릴 정도였다.

하지만 옥기는 달랐다.

'저건 또 무슨 의미일까? 내가 모르는 암호로 말하고 있는 것이란 말인가?'

상대를 터무니없이 낮게 평가하면 나중에 곤란함을 당하는 법이다. 또 그와는 반대로 적을 너무 높게 평가하는 것도 그다지 옳지 않은 일이라 할 수 있다. 높게 평가하면 스스로의 꾀에 빠져 허우적거리게 될 가능성이 높아지기 때문이다.

그런데 지금 옥기는 아무것도 아닌 말을 매우 심각하게 받아들이고 있었다.

실제로 표영이 이렇게 말한 것은 수백 명이 한꺼번에 바라보는 가운데 말을 꺼내려다 보니 약간은 멋쩍은 기분에 무슨 말부터 해야 할지 몰라 아무렇게나 지껄인 것에 불과했다. 하지만 옥기는 실로 심각했다.

'농사를 짓고 밭을 일군다라… 이것은 무슨 뜻이 담겨 있을까? 농사와 밭과 관련된 문파를 공략한다는 암시인가? 그런 곳이라면 푸른 숲… 넓은 평원… 청림원을 치겠다는 것인가?'

옥기는 홀로 암호(?)를 해독하느라 혼신의 힘을 쏟았다.

표영의 말이 이어졌다.

"그동안 당가는 나름대로 길을 걸어왔었다. 하지만 돌이켜 보면 그리 옳은 길이었다고만은 할 수 없는 일이라고 할 수 있다. 그래서 얼마 전에 가주와 장로들이 지난날을 반성하기도 했었지 않더냐."

아픈 기억을 상기시키자 당문천 등의 얼굴이 붉게 변했다. 그나마 다행인 것은 얼굴이 푸르딩딩하게 멍들어 있었기에 부끄러운 표가 잘 드러나지 않았다는 점이었다.

"이제부터 하는 말은 매우 중요한 말이니 잘 새겨듣도록 하라. 오늘부로 이곳 당가는 그동안의 활동을 접고 봉문에 들어간다. 대신 당문천과 장로들, 그리고 십영주들은 진개방의 섬서분타원으로 열심히 활동하도록 한다."

다른 경로를 통해 예상은 하고 있던 당가인들이었지만 그래도 직접 듣게 되자 얼굴이 흙빛으로 물들었다.

자녀를 찾아 125

한편 다른 관점에서 이야기를 듣고 있는 혈곡의 잠입자 옥기도 놀라움을 금치 못했다.

'진개방이라니! 새로운 방파가 생긴 것인가? 아니, 아니야… 진개방이라면 진짜 개방이라는 뜻이 아닌가. 자기네들이 진정한 개방의 후계자란 말인가? 그럼 개방에 내분이 생긴 것일까?'

이건 매우 뜻밖의 사태였다. 그가 알고 있는 상식으로는 개방은 혈곡의 수중에 떨어진 상태가 아니던가. 전대 방주인 천상신개의 죽음은 그의 제자인 노위군과 혈곡의 합작품이었다. 더불어 반대 세력은 다 제거된 것으로 알고 있었다.

'또 다른 제자가?!'

옥기는 머리가 어지러웠다. 그저 개방의 내분 때문이 아니었다. 진개방이라는 기치를 들고 나온 무리들의 기세가 이대로 두었다간 거칠 것이 없어 보였기 때문이다. 눈앞에서 당가도 넘어가고 있지 않은가 말이다.

그런 생각으로 머리를 쥐어짤 때도 표영의 말은 계속됐다.

"…그에 일환으로 진개방 섬서분타의 무궁한 번영을 위해 섬서분타주로 임명된 당문천과 지타주들, 그리고 팔결제자들은 먼 길을 떠날 것이다."

당문천 등의 표정은 처참했다. 얼굴을 푹 숙이고 있는 것이 모든 당가인들의 시선을 감당할 수 없는 듯했다. 하지만 정작 지금의 수치와 고난은 걸인도에 이르러 당할 것에 비할 수 없다는 것을 그들은 알지 못했다.

그곳에서 무엇이 기다리고 있는 줄 모르고 있는 그들에게 사실 지금 이 순간은 행복이리라. 아마도 그들이 걸인도로 나아가 받을 지옥

훈련에 버금가는 거지 무공 수련(영약 복용, 뇌려타곤, 귀식대법 등등…)을 미리 알았다면 처연한 표정 대신 울고불고 난리가 났을 것이다.

표영의 말은 계속해서 이어졌고 말 한마디마다 당가인들의 가슴엔 못이 되어 박혔다.

"무엇이든지 앞선 자들이 솔선수범하지 않는다면 어떤 일이라도 결코 이룰 수 없는 것이니만큼 떠나는 이들은 모두 최선을 다해 걸인 신공을 연마해 돌아오도록 하라!"

표영이 나름대로 파송식이라는 거창한 이름을 달고 연설을 하고 있을 즈음 당가 부근엔 은밀한 그림자 두 개가 나타났다. 두 그림자는 이리저리 빠르게 주변을 이동하며 탐문하는가 싶더니 다시 뒤쪽으로 튕겨지며 당가에서 멀어져 갔다. 바람처럼 달리던 두 그림자가 멈춰 선 곳은 청의인 앞에 이르러서였다.

한 그림자가 입을 열었다.

"속하 진령! 장문인께 보고 올립니다."

"말하라."

"당가에는 마치 아무도 없는 듯 정문 쪽이나 외벽 쪽에도 경계를 서는 이들이 보이지 않았습니다. 하지만 안쪽에서는 누군가의 목소리가 들리고 가끔 대답하는 소리가 크게 들리는 것으로 보아 모두들 한자리에 모여 있는 듯합니다. 주의 깊게 들어본즉 싸우는 소리로는 들리지 않았고 그저 큰 집회를 열고 있는 듯했습니다."

"음… 괴이한 일이군."

청색 장포를 두른 이는 남해검파의 장문인 교운추였다. 그는 수하의 보고에 침음성을 흘린 후 뒷짐 진 손으로 등에 걸려진 검의 밑 부분을 툭툭 치다가 옆을 보며 말했다.

"어떻게 했으면 좋겠소이까?"

그 말을 받은 이는 신산묘수라 불리우는 제갈세가의 가주 제갈묘였다. 그는 백의에 학사건을 둘렀는데 고고한 학자의 기품이 물씬 풍겨 나고 있었다.

"뾰족한 수가 있겠습니까? 닥친 후에 상황을 보고 변화를 기하는 것이 좋을 듯싶습니다."

"음… 그렇게 하도록 합시다."

남해검파의 장문 교운추가 안광을 무겁게 내리깔며 답하고 작은 소리로 명을 내렸다.

"가자."

당가는 그리 만만하게 볼 곳은 아니었지만 딸아이를 찾는 데에 망설임이란 있을 수 없었다. 교운추가 신형을 뽑아 치달리자 그 뒤로 여섯 명의 남해검파 고수들이 그림자처럼 따라붙었다. 이어 제갈묘도 말없이 신형을 날렸고, 다시 제갈세가의 고수 일곱도 지체없이 그 뒤를 따랐다.

슈슈슉—

그들의 움직임은 절정의 신법이 무엇인지를 보여주고자 함인 듯 신속하고, 또한 명쾌했다. 그동안 애타게 찾아다녔던 자녀를 볼 수 있을지도 모른다는 마음이 더욱 교운추와 제갈묘의 발을 바쁘게 한 것인지도 몰랐다.

그럼 이들 남해검파의 교운추와 제갈세가의 제갈묘는 과연 어떤 경로로 이곳 당가까지 추적해 올 수 있었을까?

사실 남해검파 장문인 교운추는 남궁진창과 주약란으로부터 딸아이가 납치된 소식을 전해 듣고 사대장로와 두 호법을 데리고 불철주야 사방팔방으로 찾아다녔었다. 하지만 거지들의 종적과 딸의 행방은 알 길이 없었다. 실의에 빠져 있던 교운추는 중도에 제갈세가의 가주 제갈묘를 만나게 되었다. 그때까지 제갈묘 또한 전혀 어떤 정보도 얻지 못한 채 발만 동동 굴리고 있을 따름이었다. 둘은 동병상련(同病相憐)인지라 힘을 모아 찾아다녔고, 그러던 중 생각해 낸 곳이 바로 하오문이었다. 지금 당가에 이른 것은 순전히 하오문의 정보의 힘이라 할 수 있었다.

하오문은 무림에 있어서 무림인이라 분류되기도 하지만 한편으로는 그렇지 않기도 했다. 그 이유는 하오문의 무공 수준이 무림인이라 하기엔 민망스러울 지경이었기 때문이다. 굳이 그 수준을 논해보자면 동네 건달들에게서 자신을 보호할 수 있는 호신술 정도라고나 할까?

하지만 그런 허망한 무공 실력을 보면서도 굳이 무림인의 한 축으로 인정할 수밖에 없는 까닭은 하오문의 가공할 만한(?) 정보력 때문이었다. 여기서 정보력을 표현할 때 '가공할 만'한이란 단어를 사용했지만 사실 깊이 파고들자면 그렇게 가공할 만한 정도는 아니었다. 단지 그 앞에 단서가 붙었을 때는 가능하기도 하다. '그 무공에 비하자면'!

현재 강호무림에서 정보의 질을 따지자면 최고로는 단연 청부 조직이랄 수 있을 것이다. 아마도 십수 년 전이라면 무림인들은 개방을 최고라고 주저하지 않고 말했으리라. 하지만 노위군이 개방의 방주로 들어선 이후 개방은 점점 본래의 거지 모양새를 완전히 걷어내 버렸다. 그리하여 지금에 이르러선 그저 그런 정보력을 갖추고 있는 곳에 불과할 뿐이었다.

작금의 시대에 청부 조직들이 최고의 정보를 가지고 있음은 그들이 사람을 죽이는 일을 직업으로 삼고 있기 때문이다. 대상자에 대한 정보가 많으면 많을수록 일은 더욱 쉬워지게 되는 것이기에 정보의 질은 매우 고급스러울 수밖에 없었다.

또한 청부를 의뢰한 이들에 대한 것까지 온전히 파악해야만 했는데 그것은 나중에 있을 살인 후 파장에 대해 대처해야 하기 때문이었다. 하지만 이런 고급 정보를 소유하고 있다 해도 다른 문파에는 그림의 떡에 불과한 것이었다.

청부 조직의 기본 방침이 '사람은 죽이되 정보를 사고 팔지는 않는다' 에 있기 때문이다.

그런 점에서 하오문의 정보는 청부 조직과는 정반대의 길을 가고 있다 해도 과언이 아니었다.

정보의 질을 비교해 보자면 가히 최악의 수준이라 할 수 있었다. 예를 들어보면 유치함이 뻔히 들여다보이는 것들이었다.

―어느어느 문파의 누가 무공을 익히다 발을 삐었다더라.
―소림 장문인이 나한승들과 길을 가다 잠시 용변을 보기 위해 어느 숲 속으로 살짝 들어갔다더라.
―공동파의 장로들이 여승들만 생활하는 사찰에 들어갔다더라.

이런 내용들은 그리 중요한 것도 아니고 그렇다고 사실이라는 증거도 없는 것들이었다. 그저 떠도는 이야기들이 모이고 모여서 만들어지거나 부풀려지거나 하는 이야기들이 태반이었다. 그렇기에 수많은 말들이 하오문에서는 돌고 있지만 정작 쓸 만한 것을 찾기란 가히 하늘에서 별을 따는 것처럼 어려운 일이라 할 수 있었다.

이러한 현상이 나타난 것은 하오문을 이루고 있는 이들이 세상에서 천하다고 하는 직종에서 일하고 있기 때문이다. 하오문인들은 보따리 장수로부터 점소이, 몸을 파는 창기에 이르기까지 다양했다. 그렇기에 그들의 눈과 귀가 이르지 않는 곳은 없었다. 하지만 그런 직종에 있기 때문에 그만큼 값나가는 정보를 얻기 힘든 것도 어쩔 수 없는 현실이었다.

또한 주로 소문에 의지해 정보가 쌓이는 경향이 있는지라 도리어 소문을 통해 역정보를 흘리는 데에도 전혀 여과 작용 없이 퍼지게 되는 폐단도 갖추고 있다 할 수 있었다. 그렇기에 무림인들은 하오문에 굳이 정보를 얻으려 노력하지 않았다.

하지만 제갈묘와 교운추가 하오문을 찾게 된 것은 거지에 의해 잡혀갔다는 것을 떠올렸기 때문이었다. 초라하기 이를 데 없는 거지들에 대해서는 보통 무림인들이 관심을 가질 리가 없기에 소홀하게 넘길 터이지만 하오문이라면 오히려 그런 쪽에 밝을 것이라 생각한 것이다.

천리서점을 운영하는 하오문주 동막은 오래간만에 손님다운 손님을 맞이해 매우 기뻐했고 약간의 시일이 지나 제갈묘와 교운추에게 괴상한 거지 떼에 대한 정보를 안겨주었다.

"보따리 장수들의 이야기를 듣자 하니 아주 추접스런 거지 떼가 당가 쪽으로 들어간 것 같다고 합니다그려."

제갈묘와 교운추로서는 물에 빠진 사람이 지푸라기라도 잡아야 하는 절절한 심정인지라 동막에게 소정의 사례금을 지불하고 이곳 당가에까지 이르게 된 것이었다.

하지만 지금의 형국은 무언가 기대 이상의 것이 튀어나올 것 같았다. 당가의 분위기는 흔히 볼 수 없는 모습을 보이고 있었던 것이다.

쏜살같이 당가의 정문에 이른 무리는 잠시 호흡을 가다듬었다. 교운추와 제갈묘는 청력을 곤두세우며 인기척을 살폈다. 멀리서 누군가가 말하는 소리가 들리긴 했지만 근처엔 아무도 없는 것 같았다. 교운추가 제갈묘에게 전음을 날렸다.

"먼저 들어가겠소이다."

제갈묘가 고개를 끄덕이며 만일의 사태를 대비하며 손에 진기를 불어넣었다. 상대는 칠옥삼봉 중 두 명을 호주머니에서 물건을 꺼내듯 손쉽게 데리고 가버린 녀석이었다. 그것도 다른 칠옥삼봉들이 지켜보고 있는 상태에서 말이다. 그 거지들이 당가에 있다면 그것은 그들의 정체는 당가에서 은밀히 만든 하부 조직일 수도 있고, 혹은 당가와 연합한 무리들일 수도 있는 것이다.

하지만 하오문이 전한 정보가 잘못되었을 가능성도 배제할 순 없는 노릇이었다. 그렇기에 교운추나 제갈묘는 마음이 급했지만 담장을 넘거나 정문을 부수듯이 달려들 수는 없었다.

삐그덕.

교운추가 조심스럽게 문을 열며 안으로 들어갔다.

휘횡~

한줄기 황량한 바람만이 교운추의 얼굴을 스쳤다. 하지만 그뿐이었다. 사람의 그림자는 물론이고 개미 새끼 한 마리도 찾을 수 없었다.

'이게 도대체 어떻게 된 일이란 말인가! 외곽이야 그렇다 쳐도 정

문에 호위를 서는 사람이 한 사람도 없다는 것은 이해할 수가 없구나.'

평범한 집안에서 집을 비우고 잠깐 어디를 다녀온다는 식의 논리를 당가에 적용시키기엔 당가의 명성이 너무도 컸다.

교운추는 제갈묘 등에게 손짓하며 안으로 들어오게 하고 곧바로 소리가 들려오는 연무장 쪽으로 향했다. 점점 가까워질수록 소리는 또렷해졌다. 그 소리는 여태껏 표영이 파송식이라는 명목 아래 떠들고 있는 말이었다.

"에~ 그러니까 앞으로 당가의 가주 당문천과 사대장로, 그리고 십영주는 각기 진개방의 수하로서 그 사명을 다해야 할 것이다. 너희들이 당가로 복귀함에 있어서는 앞으로 십여 년 간의 생활 태도를 보고 결정토록 하겠다."

진개방이 어떻고 십 년이 어떻고를 지껄이는 거지를 보며 교운추와 제갈묘는 눈이 번쩍 뜨였다.

'바로 저놈이다!'

그건 누가 말해 준 것도 아니었지만 강력하게 직감적으로 다가왔다. 아주 짧은 순간이었지만 그들은 이미 상황 파악이 완료된 것이다.

'젊은 거지의 좌측엔 당가의 가주와 장로들이 자리하고 우측에는 다른 거지들이로군. 그럼 한통속이라는 말이렷다.'

'음… 어쩌면 당가 전체와 맞서 싸워야 할지도 모르는 일이겠구나. 하지만 여기에서 물러설 마음은 추호도 없다!'

둘은 순간적으로 마음을 가다듬고 큰 소리로 외쳤다.

"이 거지 녀석! 내 딸 청인을 어디에 숨겨놓았느냐!"

"거지 놈아! 어서 내 아들 호를 내놓아라!"

사실상 교운추와 제갈묘의 외침은 거의 나타나자마자 외친 것이었기 때문에 곧바로 모두의 시선이 뒤쪽으로 향했다. 그 소리는 여러 사람에게 그 처한 입장에 따라 각기 다른 반향을 불러일으켰다.

무리 중 제일 놀란 사람들은 누가 뭐라 해도 단연 제갈호와 교청인이었다.

'아, 아버지가 아니신가!'

'어, 어떻게 여기까지……!'

둘은 꿈속에서조차 생각지 못한 현실 앞에 반갑게 뛰어가 인사를 드리는 것조차 잊어버리고 순간적으로 얼간이 같은 표정이 되어버렸다.

놀람에 있어서는 가주 당문천도 만만치 않았다.

'으윽! 이게 도대체 어떻게 된 일이란 말인가. 남해검파의 장문인과 제갈세가의 가주가 왜 여기 나타난 거냐구! 저것들이 미쳐도 단단히 미쳤구나. 느닷없이 왜 당가에 찾아와 자식들을 찾고 난리야!'

그에게 있어 지금의 꼬락서니는 한마디로 개망신이었다. 아직 붓기가 빠지지 않은 얼굴에 온통 멍이 든 얼굴인 당문천으로서는 쥐구멍이라도 있으면 숨고 싶은 심정이었다. 게다가 이번 사태에 대해서 모든 당가인들에게 얼마나 철저히 엄명을 내린 상태이던가.

절대 외부로 소식이 전해져선 안 된다.

당가의 모든 이에게 몇 번이고 다짐을 받았는지 모른다. 불행 중 다행으로 당가의 이름은 대외적으로 그대로 존속한다고 했기에 무림인들 모르게 은근히 거지 생활을 할 참이었다. 그런데 느닷없이 날벼락이 떨어진 것이다. 이제 그에게 있어 은근히라든지, 혹은 아무도 모르게라는 말은 구름 저편으로 사라진 것이나 다름없었다.

한편 혈곡의 첩자 옥기도 놀라움을 감추지 못했다.
'거지 떼들에 이어 이번에는 남해검파와 제갈세가의 주인들이라… 가만있자, 청인과 호라면 교청인과 제갈호를 말함이 아닌가. 그들이 저 거지에게 잡혀갔다는 뜻인가?'
옥기로서는 거지들에 대해 점점 더 신비스러움이 더해가는 것만 같았다. 당가를 접수하고 이어 혈사대주의 목을 베어버렸고 지금에 와서는 칠옥삼봉 중 두 명을 감금한 것 같지 않은가.
'강호에 일대 바람을 몰고 올 거지 떼로구나.'
옥기는 그러면서도 표영의 우측에 앉은 두 젊은 거지가 제갈호와 교청인이라는 것은 생각지도 못했다.
표영도 큰 외침을 듣고 찰나적으로 고개를 틀었다.
'내 딸 청인을 찾으러? 아들 호라……'
교청인과 제갈호를 바라보니 둘 다 얼이 나간 듯한 표정을 짓고 있었다. 확실했다.
'이런이런, 집에서 찾으러 왔구먼. 이거 어떻게 한담?'
표영으로서도 설마 하니 이곳까지 찾아오리라고는 생각지 않았기에 앞으로 어떻게 해야 할지를 고심해야만 했다.
이렇듯 각기 자신들의 입장에서 머리를 굴리고 있을 때 교운추와 제갈묘의 신형이 표영을 향했다. 둘의 신형은 매우 신속해 연무장에 앉아 있는 무리들 사이를 스치듯이 지나쳤고 중간 정도에 이르러선 사람들의 어깨를 가볍게 밟고 그 탄력을 이용해 표영을 찢어 죽일 듯이 짓쳐들었다. 그 광경은 마치 새가 수평으로 날다 절벽을 만나 쭉 솟아오르는 듯한 광경이었기에 보는 이들로서는 탄성을 자아내지 않을 수 없었다.

하지만 능파와 능혼이 눈만 멀뚱하게 뜬 채 여유있게 앉아 박수를 보낼 리 만무했다. 둘은 누가 먼저랄 것도 없이 몸을 날렸다.

"어디에서 감히 함부로 날뛰는 것이냐!"

"감히 누굴 암살하려 드느냐!"

둘의 눈엔 분노가 가득 실렸다. 어떻게 만나뵌 지존이던가. 둘에게 있어 지존을 향해 달려드는 사람은 누구든 그 목적이 자살(?)하려는 것으로 단정 지었다.

'죽여주마!'

공중에 솟아오른 능파는 제갈묘를 향했고 능혼은 교운추를 맞아갔다. 그때 표영의 전음이 능파와 능혼의 귓가에 파고들었다.

"손에 사정을 두어라. 그들은 적이 아니다."

먼저 능파의 장과 제갈묘의 장이 공중에서 부딪치며 요란한 소리를 냈다.

퍼펑!

능파의 장력에서는 붉은 회오리가 감돌았는데 그 기세에 밀려 제갈묘는 공중에서 뒤로 세 바퀴를 돌아야만 했다. 그는 간신히 몸의 균형을 잡으며 땅에 착지했는데 그곳은 그가 처음 신형을 날렸던 곳이었다. 제갈묘의 눈이 가늘게 변했다.

'천상신개 엽 방주가 사라진 후 강호에 저런 거지 행색을 한 고수가 있었단 말은 들어본 적이 없지 않은가.'

그는 상대가 전력을 기울이지 않았음을 알아보았다. 아마도 전력을 다 쏟아 부었다면 지금쯤 자신이 바닥을 구르고 있을지도 모르는 일이었다. 그만큼 능파의 처음 공세는 살인적이었다.

한편 능파와 제갈호가 부딪쳤을 때 교운추는 신형을 솟구치면서 이미 검을 빼 들었던 차였다. 그는 다가오는 능혼을 수직으로 양단할 듯 베어갔다. 하지만 능혼이 '죽여주십시오' 하고 몸을 그대로 둘 리 만무했다. 그는 수직으로 베어오는 검날을 허공 중에 피하며 옆구리로 파고들었다. 그 움직임이 너무 빠르고 기이한지라 교운추는 검을 미처 되돌리지도 못하고 왼손으로 옆구리를 비껴치며 그 반탄력으로 뒤로 돌아 내렸다. 바닥으로 착지한 교운추의 얼굴도 제갈묘와 별반 다를 것이 없었다. 그도 상대가 전력을 기울이지 않았음을 알아차린 것이다.

그런 광경을 보며 당문천 등은 다시 한 번 좌절과 실의에 빠졌다.

'언제부터 개방의 비주류가 저렇게 강했단 말인가.'

그때 능파가 버럭 소리쳤다.

"죽을 데가 마땅치 않으면 곱게 죽여달라고 할 것이지 어디에서 감히 큰소리를 치느냐!"

성미가 급하기론 교운추도 만만치 않은지라 그 말을 듣고 그냥 넘어갈 리 만무했다. 그는 곧바로 단전에서 기를 검으로 쏟아내며 달려들었다.

"너의 목을 딴 후에라야 내 딸을 찾을 수 있겠구나!"

동시에 남해검파의 장로들과 호법들도 움직였다. 능파도 어설프게 마무리 짓고 싶지 않았던 참에 잘됐다 싶었다. 연이어 제갈호와 제갈세가의 고수들이 날아올랐고 능혼도 뒤질세라 몸을 솟구쳤다.

하지만 두 무리의 공방은 이루어지지 않았다. 중도에 제갈호와 교청인이 뛰어들며 크게 외친 소리 때문이었다.

"아버지!"

"아버지! 멈추세요!"

둘은 이미 어느 정도 가까이에 이르렀던지라 능파와 능혼보다 빨리 아버지 앞으로 몸을 날리며 소리친 것이다. 장문인 교운추와 가주 제갈묘에게 있어 오직 목적은 싸우려 함이 아니라 자녀를 찾기 위함인지라 '아버지'라는 외침은 그 어떤 소리보다 크게 귓가를 울렸다. 하지만 교운추와 제갈묘는 아버지라고 외치며 끼어든 자의 꼬락서니를 보고 어이가 없었다.

"네놈들은 누구이기에 우리의 자녀임을 사칭하느냐?"

"이젠 사람을 조롱하겠다는 것이냐?"

두 아버지의 눈엔 아무리 좋게 보려고 해도 거지에 불과했다. 솔직히 말하자면 거지 중에도 이런 거지가 없을 것 같았다. 특히 교운추로서는 아들이 아닌 딸을 찾으러 나선 입장이 아니던가. 그의 어이없음은 제갈세가의 가주 제갈묘와는 비교할 수 없는 것이었다. 제갈호와 교청인로서도 답답하기 그지없는 순간이 아닐 수 없었다. 이건 마치 무수히 외쳐도 유리벽에 갇혀 있어 소리가 전해지지 않는 것만 같았다.

이렇듯 친혈육이 눈과 눈을 마주 대하면서도 서로를 알아보지 못하는 광경은 이런 사실을 알고 있는 이가 볼 때는 참으로 가슴 아픈 일이 아닐 수 없으리라. 그 애절함이 가히 얼마나 심하겠는가. 하지만 그 모든 상황을 알고 있으면서도 유일하게 만족스러워하는 인간은 세상에 존재했다.

그는 바로 표영이었다.

'나는 저 녀석들과 늘 함께 있어서 녀석들이 얼마나 거지다워졌는지 느끼지 못했었다. 하지만… 하지만 지금 보니 친아버지조차 알아보지 못하지 않는가. 음하하하! 이제 외공 방면에서는 어느 정도 경지에 이르렀다고 봐도 되겠구나. 앞으로는 내공 쪽에 더욱 힘을 쏟도록 해야겠다.'

표영은 감회가 새로운 듯 눈까지 지그시 감고 고개를 끄덕였다.

그때 제갈호와 교청인이 답답함을 호소하듯 다시 말했다.

"제가 아버지의 아들 제갈호입니다."

"아버지, 잘 보세요. 저예요. 청인이라구요."

두 번째 말을 듣고서야 제갈세가의 가주 제갈묘와 남해검파 장문 교운추의 심장이 요동 쳤다. 두 사람은 두 번씩이나 자식의 목소리를 듣고도 태연할 만큼 신경이 둔하지 않았다. 단지 고작 일 년도 안 된 사이에 이렇게 변하진 않았으리라는 선입관이 아버지와 자녀 사이를 가르는 벽이 되었었던 것이다. 하지만 지금은 그 벽이 와르르 무너져 내리고 있었다.

둘은 두 손으로 눈을 비비고 자세히 뜯어보며 말했다.

"네가 정말 호더냐?"

"처, 청인이라고?"

제갈묘와 교운추는 비로소 자녀임을 알아보고 가슴이 무너져 내리는 것만 같았다. 어떻게 키워온 자식들이던가. 눈에 넣어도 아프지 않을 만큼 사랑하는 자식이 이렇게 힘하게 고생을 하고 있었다니…….

이윽고 두 아버지는 눈물을 글썽였다. 주위에 많은 사람들이 지켜보고 있다는 것도 아무 문제 될 것이 없었다.

"이게 도대체 어떻게 된 일이냐? 왜 이곳에서 거지 노릇을 하고 있는 것이란 말이냐?"

"이 몰골은 대체 뭐냐. 이 녀석, 그동안 얼마나 고생이 많았기에……."

차마 말을 잇지 못하는 아버지 앞에 제갈호와 교청인도 눈물을 흘렸다. 그동안 비록 고생은 했지만 부모님의 근심이 이렇게 크리라고는 생각지 못했던 두 사람이었다. 늘 집안에서는 엄한 모습을 보이던 아버지였다. 하지만 지금 그 엄한 모습은 어디에도 없었다. 오직 애타는 심정의 아버지만 있을 뿐이었다.

이 느닷없는 가족 상봉에 지켜보는 당가인들은 황당함을 금치 못했다. 그중 가주였던(?) 당문천의 황당함은 극을 달렸다.

'뭐, 뭐냐……. 그럼 저 두 거지가 칠옥삼봉 중 제갈호와 교청인이란 말인가? 이… 이런 황당한 일이……. 대체 저 방주라는 작자는 어디서 무얼 하다 온 인간이기에 저렇게 막무가내란 말인가! 천하의 칠옥삼봉 중 둘을 완전히 거지를 만들어 데리고 다니다니……. 허허, 참… 이거 대판 일이 벌어지겠는걸. 난 어쩌면 좋냐.'

하지만 곧 다시 생각해 보니 결코 남 걱정 할 처지가 아니었다. 자신의 모습도 곧 저렇게 될 것이 아닌가 말이다.

'이런, 젠장할~'

남해검파의 장문 교운추와 제갈세가의 가주 제갈묘는 각기 자식의 안부를 확인하자 어느 정도 마음이 안정되었다. 하지만 마음이 안정된 만큼이나 반대로 분노는 용암처럼 끓어올랐다.

"감히 어떤 미친놈이 내 딸을 이렇게 만들었다는 말이냐!!"

"내 오늘 거지들을 싹 쓸어버리고 말겠다!!"

두 사람의 분노에 함께 온 남해검파의 고수들과 제갈세가의 고수들이 표영과 능파 능혼을 빙 둘러쌌다. 하지만 아무리 날고 긴다 해도 표영은 물론이고 능파와 능혼이 주눅 들 사람은 아니지 않은가. 도리어 능파와 능혼의 눈이 바르르 떨었다.

'감히 지존에게 미친놈이라니!'

'청인과 자갈의 얼굴을 봐서 그냥 넘어가려 했건만 어디가 부러져야 정신을 차릴 모양이로구나.'

만일 밥을 구걸할 때 그 집주인에게 이런 말을 들었다면 껄껄 웃으며 넘어갔을 것이다. 하지만 한판 붙어보겠다는 심사로 내지르는 소리까지 너그럽게 용서할 만한 아량 따윈 둘에게 없었다. 둘이 막 분노를 터뜨리려 할 때였다.

"하하하, 제 수하들의 부모님들이시군요. 이렇게 먼 길을 오시다니 수고가 많으셨습니다. 하하하! 언제 인사라도 드려야겠다고 생각했습니다만, 여하튼 무척이나 반갑습니다."

표영이 사태의 심각성은 전혀 모르겠다는 듯 태연하게 다가가 껄껄거렸다. 워낙 태연한지라 일순 교운추와 제갈묘는 어떻게 대처해야 좋을지 모르는 괴이한 상태에 빠져 버렸다. 이때는 표영이 천음조화를 화(和)자결을 따라 운용하였기에 순간 주변에 화사하게 꽃이 피어나는 듯 잠시 따스한 분위기가 일었다.

그때 다시 표영이 당문천을 불렀다.

"어이, 거기. 당 분타주!"

당문천이 쏜살같이 표영 앞에 이르렀다.

"네, 방주님. 말씀하십시오."

표영이 당문천의 어깨를 두드리며 말했다.

"하하하, 이렇게 가족 간의 상봉을 맞이한 기쁜 날 술자리를 베풀지 않아서야 되겠어! 파송식에서 할 말은 대충 끝났으니 모두에게 제 할 일을 찾아가라고 하고 속히 주안상을 준비토록 해라. 자, 제갈호, 그리고 교청인, 너희도 어서 아버님을 모셔야지. 자자, 어서들 안으로 드십시오."

그렇게 말하고 표영은 무슨 일 있었냐는 듯 독존각을 향해 휘적휘적 걸음을 옮겼다. 표영이 움직이자 능파와 능혼은 한차례 무리를 훑어보고 그림자처럼 그 뒤를 따랐다.

황당한 것은 제갈묘와 교운추였다. 느닷없이 껄껄거리며 돌아서 버리자 화를 내야 할 기회를 절묘하게 놓쳐 버린 것이다. 정신을 가다듬고 막 분노를 토해내려 할 때 교청인과 제갈호가 얼른 입을 열었다.

"아버지, 진정하세요. 제가 조금 있다가 모든 것을 자세히 설명해 드릴게요. 그 다음에 화를 내셔도 늦지 않잖아요."

"아버지, 지금 싸워야 할 이유가 없습니다. 사실 다 한식구나 다름이 없다구요."

자식들이 이렇게 나서자 두 아버지도 마냥 고집을 부릴 수만은 없었다. 말투로 보아하니 억지로 잡혀 있는 것 같지도 않았기 때문이다. 만일 억지로 잡혀 있는 것이라면 어떤 형식으로든 신호를 보냈을 테니까 말이다.

'이게 도대체 어떻게 된 일이란 말인가.'

'거참……'

독존각 안으로 들어간 교운추와 제갈묘의 표정은 여전히 밝지 않았다. 간신히 분노를 누그러뜨리고는 있지만 자녀의 얼굴을 보고 있자니 언제 활화산처럼 변할지 알 수 없는 지경이랄 수 있었다. 그도 그럴 것이 밖에서 볼 때도 볼 때지만 지금 탁자를 사이에 두고 앉아 자세히 들여다보니 몰골이 말이 아니었던 것이다.

두 사람이 막 분노 섞인 말을 꺼내려고 할 때 그보다 한발 앞서 표영이 말문을 열었다.

"두 분 다 신수가 아주 훤~하시군요. 역시 수하들의 용모가 빼어난 것은 아버님들을 쏙 빼닮아서였나 봅니다. 하하하!"

그렇지 않아도 외모 때문에 신경이 곤두서 있는 터인데 표영은 아무렇지도 않게 둘의 신경을 갉아댔다. 교운추와 제갈묘의 안색이 거무스름하게 변해갔다. 하지만 표영은 거기에서 그치지 않고 나름대로 분위기를 띄워보려고 애썼다.

"하하하, 그나저나 두 분의 재주가 아주 대단하십니다그려. 원래 우리 같은 거지 떼들을 찾는다는 것은 매우 까다로운 일이라 개 떼들을 동원하지 않고서는 여간 찾기가 어려운데 말입니다. 어디 훈련이 잘된 개라도 데리고 다니시는 겁니까? 이래 봬도 개에 대해서는 본인도 어느 정도 재주를 갖추고 있답니다."

표영의 이번 말은 언뜻 잘못 오해하기 딱 좋은 말이었다. 실제로 교운추와 제갈묘는 그와 같은 오해가 풀풀 밑바닥에서부터 일어나고 있기도 했다.

'이 거지 녀석이 지금 무슨 소리를 지껄이는 것이냐. 여기까지 잘 찾아온 것을 보니 우리들이 개 떼 같다고 비웃는 것인가?'

'뭐 눈에는 뭐만 보인다더니, 저 자식이 지금 우리와 한판 붙어보자는 말을 하고 있는 것이 아닌가.'

교운추와 제갈묘가 활화산 같은 분노를 터뜨리려고 할 찰나에 교청인과 제갈호가 각기 아버지를 바라보고 전음을 날렸다.

"아버지, 오해하지 마세요. 방주님의 말은 다른 뜻이 없고 그냥 하는 소리예요. 그러니 화내시면 안 돼요."

"아버지, 조금 있다가 다 말씀드릴 테니 손을 쓰시면 안 됩니다. 아시겠죠?"

얼굴이 시커멓게 변한 교운추와 제갈묘는 급한 전음을 듣고서야 간신히 마음을 안정시켰다. 하지만 이미 마음은 싸늘하게 얼어버렸고 분노는 화산처럼 꿈틀거렸다.

그러한 모습과 반응은 능파와 능혼도 동시에 감지한 상태였다. 두 사람에게 들린 표영의 말은 마치 격전을 준비하라는 말로 들렸다. 개 떼라든지… 훈련이 잘된 개를 데리고 다닌다든지 하는 말은 필시 함께 온 수하들이 보잘것없는 개 떼들에 불과하다고 말하는 것이라 느낀 것이다.

이러한 여러 반응들은 매우 짧은 시간에 이루어진 것으로 표영이 다음 말을 꺼냈을 때에는 고작 눈을 두 번 깜박이는 정도의 시간이랄 수 있었다.

"자자… 멀리서 오시느라 목이 타실 테니 먼저 차라도 드시면서 목을 축이십시오."

목을 축이라는 말도 별반 대수로울 것이 없는 것이었으나 그전에 했던 말이 개가 어쩌고저쩌고하는 것이었기에 왠지 이상한 분위기를 풍겼다. 교운추와 제갈묘는 자녀들의 만류에도 불구하고 분노를 터뜨리기 직전의 상태에 돌입했고 능파와 능혼은 지존께서 본격적으로 싸움을 거는 신호로 받아들였다.

순간 내전 안이 찰나지간에 묘한 분위기에 휩싸이자 그 기운을 감지한 표영이 사람들을 둘러보았다. 표영은 문제의 원인을 제공한 자가 본인임을 알지 못하고 능파와 능혼이 심상치 않은 기세로 손님들을 바라보는 것에 기분이 확 틀어졌다. 그 어느 누구보다도 빨리 표영이 자리를 박차고 일어서며 능파와 능혼에게 호통 쳤다.

"네 이놈들! 감히 어디에다가 눈을 희번덕거리는 거냐! 칼질이라도 할 참이냐?! 멀리서 어렵게 자식을 보겠다고 오신 분에게 공손하게 대하지는 못할망정 이 무슨 개수작이란 말이냐!"

워낙에 갑작스럽게 호통을 쳤는지라 그 자리에 있는 모두가 화들짝 놀라 버렸다. 하지만 놀라면서도 교운추와 제갈묘는 마음으로 대비했다.

'저놈이 이번엔 무슨 수작을 부리려고 저렇게 이상한 반응을 보이는 걸까?'

'저러다 돌변할지도 모르는 일이니 준비해야 한다.'

능파와 능혼은 지존께서 호통 치시는 것에는 반드시 어떤 계획이 있으리라 믿고 거짓으로 당황하는 척했다. 하지만 그런 생각이 오산이었음이 드러난 것은 그리 오래 걸리지 않았다. 당장에 표영이 타구봉을 꺼내 들고 능파와 능혼을 패버렸기 때문이다.

파파파팍! 팍팍!

"이 자식들아! 내가 그렇게밖에 교육시키지 못했다는 거냐! 언제까지 말을 안 들을 참이냐. 정녕 머리통이 부서져야 정신을 차림 셈이냐!"

파파팍! 파파파팍!

"죽어라~ 이 자식들아!"

지켜보는 남해검파의 문주 교운추와 제갈가의 가주 제갈묘의 안색이 퀭하니 변했다. 처음에는 무슨 수작인 줄 알았는데 이제 보니 장난이 아니었던 것이다.

'뭐, 뭐냐, 이건. 이러다 사람 잡겠는걸…….'

'늙은 거지들의 무공이 대단했는데 저렇게 애 다루듯이 패다니… 젊은 녀석이 굉장하구나.'

여전히 계속되는 매질에 아까까지 오해했던 마음이 눈 녹듯 녹아내렸고 도리어 어색하기까지 했다. 그만큼 능파와 능혼은 처절하게 망가지고 있었던 것이다.

"으윽… 앞으로 다시는 그러지 않겠습니다…….""

파파팍! 파팍!

"아악! 잘못했습니다, 지존이시여…….""

둘은 머리를 감싸 쥐고 바닥을 뒹굴었고 표영은 이리저리 날아다니다시피 하면서 몽둥이를 휘두르느라 정신이 없었다.

거의 일 다경(15분) 정도가 지났을 때에서야 표영의 매질은 멈춰졌다. 표영은 땀도 흘리지 않았음에도 소매로 이마를 닦는 시늉을 하고 교운추와 제갈묘를 보고 환하게 웃었다.

"아하하하, 오랜만에 몸을 풀었더니 상쾌하군요. 한 번씩 이렇게 땀을 흘려줘야 건강에도 좋답니다. 아하하하."

너털웃음을 지은 후 표영은 여전히 퀭한 표정으로 바라보는 두 사람에게 말했다.

"수하들의 무례함을 용서하십시오. 아직 거지가 된 지 얼마 되지 않아 버르장머리가 없답니다. 그럼 이제부터 편하게 자녀들과 이야기를 나누십시오. 자, 우린 나가자꾸나."

말을 마친 표영은 능파와 능혼를 데리고 독존각을 나섰다. 사실 능파와 능혼이 타구봉에 얻어맞았다고는 하나 중상을 입은 것이 아니라 그저 과장되이 맞는 척을 한 것뿐이라 표영에게 물었다.

"방주님, 저놈들을 어떻게 하시렵니까?"

"글쎄……."

표영은 대수롭지 않다는 듯 계속 걷다가 말했다.

"정 떠나겠다고 하면……."

능파와 능혼이 신경을 곤두세웠고 표영이 말을 이었다.

"…보내줘야겠지. 암, 보내줘야지."

표영의 심정은 말 그대로였다. 비록 한바탕 소란이 일었지만 당가에까지 이르는 것이 쉽지는 않았을 터인데 어렵게 찾아온 것에 어느 정도 생각하고 있었던 것이다. 하지만 이런 표영의 말을 능파와 능혼이 제대로 이해할 리 없었다. 그들이 표영을 바라보는 관점은 오로지 천마지체를 타고난 잔인무도한 마존으로 생각하는지라 다시 표영의 말을 곡해했다.

'음… 지존께서는 이미 각오가 선 모양이시로구나. 역시 지존이시다. 크크크… 배반하는 놈들은 영영 하늘로 보내 버려야지.'

'나도 마음의 준비를 하고 있어야겠구나. 녀석들, 그동안 정들었다만 어쩔 수 없구나. 만약 우리를 떠난다면 지존의 말씀처럼 영영 돌아올 수 없는 길로 보내 버리는 수밖에.'

9장
장성한 자가 되어

장성한 자가 되어

　한편 표영과 능파 등이 나간 후 제갈호는 아버지를 모시고 뒤뜰로 나갔다. 교청인과 같은 공간에서 이야기를 나누기가 조금 어색한지라 제갈호가 그녀를 위해 자리를 옮겨야겠다고 생각한 것이다. 제갈 부자가 나간 뒤 교운추는 딸을 보고 긴 한숨을 토해냈다.
　"휴우~"
　언제나, 그리고 누구나 낼 수 있는 한숨 소리였지만 지금 뱉어낸 교운추의 한숨엔 수없이 많은 말보다 더 깊은 뜻이 담겨져 있었다. 교청인이 그런 마음을 느끼지 못할 리 없었다. 어느덧 그녀는 표영을 따라 걸인의 길을 가면서 자신도 모르게 어른스러워져 있었다. 그렇기에 한숨 속에 배어 있는 아버지의 마음을 다는 몰라도 어느 정도 볼 수 있었다. 그녀가 본 아버지의 마음은 새까맣게 타버려 재만 남은 것처럼 황량한 상태였다.

"애야, 이제 이곳엔 아비밖에 없으니 아무 부담도 갖지 말고 자세히 이야기해 보렴. 도대체 지금 너의 모습은 보면서도 믿어지지 않는구나."

교운추에게 있어 딸은 세상 그 무엇과 바꿀 수 없는 보물이었다.

세인들은 보물을 어떻게 보관하고 관리하던가? 혹여 먼지라도 묻을까 보물 상자를 특수하게 제작하고 애지중지하며 한 번씩 볼 때마다 그 아름다운 모습에 기쁨을 느끼지 않던가.

만일 천고의 위력적인 무공비급을 얻었다면, 또는 천하의 명검을 얻었다면 그것이 더럽혀지고 흉측해지는 것을 바라만 보고 있겠는가. 그런 점에서 교운추는 딸의 변화를 용납할 수 없었다. 만일 딸의 입에서 단 한 마디라도 억압과 강요에 의해 이루어진 일이라는 말이 나온다면 전쟁을 치를 각오가 서 있었다.

하지만 교운추의 말에 청인은 그리 대수롭지 않게 답했다.

"아까도 말씀드렸지만 전 크게 어려움없이 잘 지내고 있어요. 누가 시켜서 이렇게 하고 있는 것이 아니에요."

그 말을 믿을 교운추가 아니었다.

"왜 이 아비에게마저 숨기려고 드느냐. 남궁진창과 주약란이가 날 찾아와서 다 이야기해 주었다. 그 젊은 거지 놈이 억지로 너희를 잡아갔다고 했는데 무엇이 두려워서 그러는 것이냐? 무슨 해코지라도 당한 것이더냐?"

교청인은 살짝 미소 지으며 말했다.

"해코지는요… 아버지도 제 성격 아시잖아요. 제가 어디 누가 억지로 하라고 한대서 할 사람이에요?"

사실 바른말을 하자면 표영이 억지로 독약을 먹이고 거지 노릇을 시킨 것이라 할 수 있겠지만 그녀는 아무렇지도 않은 듯이 답했다.
 이것은 그녀의 솔직한 심정이기도 했다. 하지만 만약 표영과 함께 있을 초기 때였다면 필시 이런 식으로 말하진 않았으리라. 하지만 지금 청인의 마음은 많이 변해 있었다.
 거지 수련과 해적 소탕, 그리고 당가에서의 일을 거치면서 그녀의 마음은 외양의 꾸밈을 벗어던졌고 점점 마음에 깨달음이 일고 있는 것이다.
 교청인의 말이 너무도 망설임없이 나온지라 교운추는 자신이 지금 환청을 듣고 환상을 보고 있는 것은 아닌지 착각이 들 정도였다.
 '이 아이가 어찌 이렇게 변했을까.'
 교청인의 말이 이어졌다.
 "아버지께서는 이해하시기 힘들겠지만 전 칠옥삼봉으로 불려지며 지낼 때보다 지금이 더 좋아요. 방주님을 따라다니는 것도 억지로 끌려 다니는 것이 아니라 제가 굳이 함께 가겠다고 우기는 거라구요. 방주님은 겉으로 보기엔 그저 영락없는 거지처럼 보이지만 배울 점이 많아요. 전 그동안 칠옥삼봉의 한 명으로서 아무 일도 하지 않고 명성만 얻었을 뿐이지만, 방주님은 자신의 몸을 아끼지 않으시고 악한 이들을 옳은 길로 인도하고 계시답니다."
 교청인은 말을 하면서 왠지 간지러운 말이 계속 나와 속이 조금 느글거리긴 했지만 그래도 마음에 간직해 오던 생각인지라 계속 말을 이었다.
 "…저는 이제껏 협을 행한다고 말은 했지만 늘 안일한 길만 갔음을 느꼈어요. 비록 지금은 진개방의 이름이 보잘것없지만 조만간에 천하에 이름을 떨칠 날이 오게 될 거예요. 방주님의 무공은 고강하고 그를 따르는 이들도 하나같이 대단한 사람들이기에 언젠가는 강호에서 천선부를 능가하는 위명을 드높일 때가 있을지도 몰라요."
 아버지 교운추는 잔잔하게 말하는 딸의 목소리를 들으며 한편으로는 기특하기도 하고 다른 한편으로는 마음이 아파오기도 했다.
 기특함이란 이제껏 이런 식으로 어른스럽게 말하는 것을 들은 적이 없었던 까닭이다. 늘 무공에 집착해 좀 더 강한 무림인이 되고자 노력했을 뿐 진정 자신을 돌아보진 않았던 터였다. 하지만 오늘 차근히 이야기하는 걸 들어보니 여간 대견스러운 것이 아니었다. 그렇지만 또 한편 거지의 몰골로 다니는 것을 내버려 둬야 한다는 것도 마음이 내키지 않았다.
 교운추가 무슨 말을 하기도 전에 청인이 다시 말을 이었다.
 "그리고 사실 전 방주님을 좋아하고 있어요."
 "뭐, 뭐라고? 그 거지 놈을 말이더냐?!"
 교운추는 하마터면 눈알이 튀어나와 탁자에 뒹굴게 되는 줄 알았다. 아무리 그래도 그렇지 콧대 세고 눈 높은 딸의 선택으로는 믿어지지 않는 일이었던 것이다.
 사실 교청인은 아버지를 설득시키려고 한 의도가 다분히 들어 있었지만 그 말속에 전혀 진심이 담겨 있지 않은 것만도 아니었다. 쉽게 설명하자면 반은 사실이고 반은 거짓이랄 수 있었다. 지금에 이르러 청인은 표영에 대해 호감이 점점 싹트고 있었으니 말이다.
 "네, 진심이에요. 매일 잠도 함께 자고 함께 일어나는걸요."
 교청인이 말하는 것은 한 침상에서 잠을 이루었다는 뜻이 아니라 그저 들에서 산에서 야숙을 할 때 함께 근처에서 잠을 잤다는 것을 의미했지만 아버지 교운추에겐 그 말이 제대로 이해될 리 없었다. 교운추는 거지들의 생활이 집도 없이 떠돌고 아무 데서나 잔다는 것을 언뜻 떠올리지 못했기 때문이다.

'아니… 어떻게……!'

교운추는 할 말을 잃고 청인을 바라보았다. 청인이 거기에 다시 기름을 끼얹었다.

"저는 또 이미 방주님께 온 목숨이 맡겨진 상태라 저의 몸은 방주님의 것이나 다름없답니다."

사실 이 말도 거짓이 아니었다. 회선환을 복용한 교청인으로선(그녀는 그것이 그저 표영의 몸에서 벗겨낸 때라는 것은 모르고 있기에) 해독해 주지 않는 한 표영에게 귀속된 존재로 인식하고 있었기 때문이다.

아버지 교운추의 충격은 상상을 초월하는 것이었다.

'정녕… 하늘은 날 버리시는 겁니까. 그 거지 놈에게… 눈에 넣어도 아프지 않을 내 딸을 ……!'

교운추는 당장 어떻게 대처해야 좋을지 혼란스런 머리를 굴리고 또 굴렸다.

'나는 이 녀석에게 어떻게 해야 좋을까? 화를 내야 할까? 그럼 어떻게 화를 내야 하지? 이렇게 해볼까? 너는 어찌하여 그리 몸을 함부로 놀린 게냐. 여자로서 조숙하지 못하고 그 무슨 해괴한 짓이냔 말이다. 아니야, 아니야… 이미 함께 자고 지금도 자고 있다고 하니 화를 내서 무슨 의미가 있겠는가. 그래, 어쩔 수 없구나. 이것이 운명이라면 받아들이는 수밖에. 아, 정녕…….'

교운추는 애써 마음을 추스르고 입을 열었다.

"그럼 넌 앞으로 어떻게 할 참이냐?"

처음과는 달리 맥이 다 빠진 듯 힘없는 음성이었다.

"무공을 배움에 있어서는 그 쓰임이 무엇보다 중요하다고 아버지께서 말씀하셨잖아요. 저는 지금에서야 비로소 제대로 마땅히 써야 할 곳에 저의 힘을 쓰고 있다는 생각이에요."

"너는 그런 몰골로 다니는 것이 정녕 아무렇지도 않단 말이냐."

교운추는 딸이 얼마나 용모에 신경 쓰는지 잘 알고 있었다. 작은 티끌만 묻어나도 아주 큰일 날 것같이 행동하던 아이가 이렇게 변할 수 있다는 건 아무리 이해하려 해도 불가사의한 일이었다.

"저의 이런 모습은 씻어내면 언제든지 다시 깨끗해질 수 있는 거잖아요. 지금 저는 외적으로는 많은 더러운 것들을 묻히고 다니지만 마음으로는 반대로 더욱 깨끗해지고 있답니다."

부쩍 어른스러워진 듯한 딸의 말과 행동에 교운추는 할 말을 잃어버렸다.

'이게 도대체 어떻게 된 것이란 말인가.'

하오문을 뒤져 천 리 길을 한달음으로 달려왔건만 정작 딸을 만나 일이 이상하게 변하게 되다니…….

"아버지, 너무 걱정하지 마시고 그냥 돌아가세요. 나중에 제가 집에 돌아갈 때는 더 장성한 모습이 되어 보이도록 할게요."

교운추가 긴 한숨을 토해내며 말했다.

"좋다. 정 네 뜻이 그러하다면 내버려 두마. 그럼 혹시 이 아비에게 가기 전에 부탁하고 싶은 거라도 있느냐?"

"아무것도 없어요. 지금도 좋은걸요."

활짝 웃는 청인의 표정은 진짜 만족하고 있는 듯한 모습이었다.

"으음……."

아버지는 그저 신음성만을 낼 뿐이었다.

뒤뜰에 나가 대화를 나누는 제갈 부자도 크게 다를 바는 없었다. 지난 시간 지붕 위에서 교청인과 이야기를 나눌 때처럼 제갈호는 담담히 아버지에게 지금 자신의 모습에 대해 만족하고 있다고 말했다.

"아버지, 저를 믿어주십시오. 이렇게 방주님을 따라다니는 것이 저에게 있어서 앞으로 제갈세가를 이끌더라도 큰 도움이 될 것입니다. 또 이때가 아니면 이런 고생을 할 여건도 없을 테니 이는 필시 하늘이 주신 기회라고 소자는 생각하고 있습니다. 아버지께서는 제게 무공을 가르치시면서 말씀하셨죠? 강 하류에 있는 돌들이 매끈매끈 보기 좋게 변해 있음은 상류에서부터 모난 큰 돌들이 물결을 따라 여기저기 부딪치고 부서지며 모난 부분이 깎여지면서 결국에 이르러 보기에 좋은 모습이 되었다고 말이죠. 아버지, 그러니 지금의 이 시기는 저에게 있어 조금 더 깎이고 다듬어지는 시기라고 생각해 주세요. 제가 온전히 다듬어지면 그땐 방주님께 말씀드려 다시 집으로 돌아가겠습니다."

제갈호의 말엔 단호함과 굳센 결의가 담겨 있었다. 그리고 이 말은 아버지 제갈묘에게 변화된 아들의 새로운 면을 보여주었다.

'벌써 이렇게 컸단 말인가. 녀석… 그래, 더욱더 연마되고 연마되어 큰사람이 되렴.'

제갈묘는 아들의 궁색한 몰골 안에 장성한 기운을 보고 흐뭇함이 가슴 가득 밀려듦을 느꼈다.

교운추는 딸을 두고 떠나기 전 표영과 단독으로 만났다. 그의 얼굴엔 생기를 찾아보기 힘들었지만 애써 웃음 지으며 표영의 손을 덥석 움켜쥐었다.

"잘 부탁하네."

손이 잡힌 표영은 이 느닷없는 행동에 당황하는 기색이 역력했다.

"왜, 왜 그러시는 겁니까?"

표영을 바라보는 교운추의 눈은 타오르는 불처럼 이글거렸다. 그는 지금 한 명의 거지를 보고 있음이 아니라 사위를 보고 있음이었다. 아무리 좋게 생각하려 해도 마음에 들지 않는 사위였지만 이미 엎질러진 물이나 다름없었다.

당혹스러운 표정을 짓고 있는 표영에게 교운추가 힘있게 말했다.

"언제고 남해검파의 힘이 필요하다면 연락을 하게나. 우리가 이제 남이 아니잖는가."

"……."

표영은 아무 말도 못했다.

'뭐냐, 대체 이건?'

속으로 궁시렁거릴 때 다시 교운추가 헛기침을 연발하더니 조금은 소심한 듯한 표정으로 입을 열었다.

"이제 곧 떠나는 마당에 자네에게 꼭 부탁하고 싶은 것이 있네."

"말씀하십시오."

"험험… 이제 와서 내 딸이 자네를 따라다니는 것은 뭐라고 할 마음은 없네. 하지만 남자와 여자는 다르지 않은가. 그렇지 않은가?"

"글쎄요……."

표영이 고개를 갸우뚱거리자 교운추가 손을 더욱 세게 움켜쥐었다.

"남자와 여자는 다른 법이야. 내 자네에게 부탁하고 싶은 것은 오직 한 가지네. 그건 말일세, 일 년에 열 번 정도만 딸아이가 목욕할 수 있도록 해달라는 거야. 여자가 청결하면 자네도 기분이 좋지 않겠나."

교운추로서는 영락없이 둘이 함께 잔다고 생각했기에 뒷말도 한 것이었지만 표영으로서는 영문을 알 수 없는 일이었다. 표영이 가만히 고개를 가로저으며 답했다.

"절대 그럴 수는 없습니다. 청인이 깨끗한 것과 제가 무슨 상관이 있단 말씀이십니까?"

"어? 거참……."

워낙에 단호하게 하는 말에 교운추는 할 말을 잃어버렸다.

'뭐야, 이놈은 대체! 함께 자기도 했다면서 더러워도 상관없다는 말이더냐.'

교운추가 다시 용기를 내 말했다.

"내가 생각할 땐 아무래도 그렇게 하는 것이 좋을 것 같은데……."

하지만 여전히 표영은 단호했다.

"다른 것이라면 몰라도 그건 안 됩니다."

교운추의 눈썹이 꿈틀 하고 움직였다.

"좋네. 여덟 번으로 하세."

"안 됩니다."

"으음… 그럼 일곱 번."

"안 됩니다."

이제 둘은 거의 눈과 눈을 마주 보며 서로의 얼굴이 철썩 달라붙을 것같이 가까이 이르렀다. 둘은 눈싸움을 하며 먼저 눈을 깜박이는 사람이 내기에서 지기라도 하는 듯 상대를 뚫어져라 노려봤다.

"네 번."

"음……."

표영은 길게 침음성을 흘린 후 말했다.
"한 번은 꼭 약속드리죠."
"세 번."
"좋습니다. 두 번으로 하죠. 더 이상은 안 됩니다."
표영의 말에 교운추의 눈이 가늘게 떨렸다. 일 년에 두 번이라니… 정말 이건 해도 해도 너무한 것이란 생각이 절로 들었다.
'이렇게 더러운 놈을 봤나. 아무리 진개방이니 뭐니 한다지만 이렇게 거지같이 살아야 한단 말인가.'
교운추는 딸의 앞날이 캄캄하기만 했다.

10장
각기 자기 길로 가고

각기 자기 길로 가고

　남해검파와 제갈세가의 사람들은 이틀 후 떠나갔다. 교청인과 제갈호는 아버지의 뒷모습을 보면서 눈시울이 뜨거워짐을 느꼈고 마음속으로 더욱 훌륭한 모습으로 돌아갈 것을 다짐했다.
　능파와 능혼은 무표정하게 바라보며 그나마 조금 정들었던 교청인과 제갈호를 죽이지 않게 된 것이 다행이라고 생각하고 있었다.
　그로부터 삼 일이 지나 당문천과 장로들, 그리고 십영주들은 표국 사람들의 호위를 받으며 걸인도로 향했다. 그들의 뒷모습은 너무도 쓸쓸해 보여 많은 당가인들의 마음은 처량하기 그지없었다.

　뒷날의 이야기이지만 당문천 등은 손패에게 온전히 호송되었고 그 후에 걸인도로 옮겨지게 되었다. 손패는 당문천을 보았을 때 감동에 젖어들었다.

'마교의 미래는 밝도다.'

명명이 자자한 당가의 지도자들이 모두 진개방의 수하가 된 것이다. 하지만 손패보다 더 좋아한 사람은 만첨과 노각이었다. 둘은 강호의 고수로 이름을 날리는 당가인들을 교육시킨다는 것이 꿈만 같았다.

당문천 등은 먼 길을 이동해 결국 거지 수련을 받게 되었다. 그들은 하루하루 지옥 같은 나날들을 보내며 과연 이렇게 살아야 하는지, 아니면 죽어야 하는지를 날마다 심각하게 고민했다.

그들의 수련은 과거 표영이 전수했던 그대로였다. 영약 복용이라는 미명 아래 매일 개밥을 먹어야 했고, 호신강기를 익힌다고 뇌려타곤을 외치며 시장이며 길바닥을 굴렀다.

또한 마을 사람들은 지난날의 추억을 떠올리며 환영하는 분위기였고, 동네 할아버지들과 아이들 역시 매우 만족해했다.

당문천 등은 그런 가운데 서서히 거지로 적응하기 시작했고 몇 달이 지나면서는 실실거리며 농담도 나눌 만큼 스스로를 거지로 단정 지어갔다. 비록 이 자리에 마땅히 와야 할 삼장로 당운각의 모습이 보이지 않아 조금 섭섭하긴 했지만 그래도 언젠가는 그도 돌아올 것이라고 믿어 의심치 않았다.

"삼장로는 어디서 무얼 하고 있을까. 녀석, 나중에 따로 고생하지 말고 우리와 함께하면 좋았을 것을……."

진개방의 분타주로 스스로를 인정하기 시작한 당문천의 말이었다.

당가의 삼장로 당운각이 모연을 만난 것은 그의 삶에 있어서 천운(天運)이라고 할 만했다. 만일 그가 중도에 모연을 만나지 못했다면 상상하기 힘든 고초를 당했으리라. 어쩌면 당문천 등은 자신들만 당한 것이 억울하다며 나중에 온 당운각을 더욱 심하게 갈구었을지도 몰랐다.

당운각이 오행문의 문주 설충의 회갑연에서 돌아오고 있을 때는 당문천과 다른 장로들이 오백 대를 매일 서로 치고 받으며 게거품을 물고 있던 때였다. 그는 설충과 친분을 쌓고 있는 터였기에 당가 대표의 입장으로 참석했었던 것으로 이번에도 거나하게 취할 수 있어 흡족한 기분으로 돌아오던 차였다.

그렇게 싱글거리며 콧노래까지 부르고 오던 당운각이 거의 당가 부근에 이르렀을 때는 파송식도 끝이 나고 당문천 등이 걸인도로 떠나기 며칠 전이었다.

당가에 거의 이른 바로 그때 당운각은 시녀 모연을 만나게 되었고 곧바로 그녀의 휘둥그레진 눈과 함께 입을 귀까지 찢어가며 경악하던 모습을 보아야만 했다. 평소 당운각이 알고 있는 모연의 눈은 조그마했다. 그리고 입술은 비록 도톰하긴 하지만 결코 크지 않아 오밀조밀하게 생겼지 않던가. 이렇게 눈이 이마까지 치솟고 입이 귓가에 이르도록 찢어질 수 있는 신체 구조가 아닌 것이다.

인간이 저렇게 변할 수 있다는 것에 오히려 놀란 당운각은 하늘을 향해 다시 한 번 신의 권능을 느꼈다.

"어, 어디 아프냐?"

하지만 들려온 대답은 그녀가 아프다는 것도 아니었고 묘기를 보여주려고 함도 아니었다. 그녀가 역용술을 배워 얼굴을 뒤바꾼 것은 더더욱 아니었다. 도리어 그녀의 이야기는 이번엔 당운각의 얼굴 구조를 완전히 바꾸어놓고 말았다. 모연의 말을 들은 당운각은 눈이 튀어

나오고 흰자위 가득 실핏줄을 그어냈는데, 세상에 그 어떤 거미라 해도 그보다 촘촘한 거미줄을 치기는 힘들 것만 같았다. 게다가 어찌나 입을 뜨악하게 벌렸던지 과연 그의 의도가 모연에게 자신의 목젖이 얼마나 잘 요동 치는지를 보여주려고 하는 것인지, 아니면 진정 놀라서 그런 것인지 헷갈리게 만들었다.

"이것이 지금껏 일어난 사건의 전부이옵니다."

모연의 표정과 말투는 너무도 진지하고 간혹 잔떨림이 있어 추호의 거짓도 없어 보였지만 당운각은 놀람 중에도 도저히 믿을 수가 없었다. 아니, 진짜라고 해도 믿지 않을 심산이었다. 당가가 어디 동네 건달 패거리들의 이름이 아니잖는가. 게다가 당운각 스스로가 오독관문 중 마지막 무형지독의 위력이 어떠한지를 너무도 잘 알고 있었다.

무형지독의 위력을 알고 있는 것에 비례해서 지금 가문에서 일어났다는 이야기는 믿을 수 없었다.

"네가 한 말이 진정 참이렷다!"

바위라도 꿰뚫어 버릴 것만 같은 눈빛에 모연이 몸을 움찔하면서 답했다.

"어찌 제가 삼장로님께 거짓을 고하겠습니까. 오독관문을 통과한 거지 방주에게 당가는 귀속되었고 조만간 멀리 거지 교육을 받으러 떠난다고 하셨습니다."

당운각의 입에서 절로 신음이 새어 나왔다.

"끙… 좋다. 너는 다시 한 번 아까 한 이야기를 해보거라."

당운각으로서는 어떻게든 모연의 말이 거짓이길 바랬다. 만일 지금이라도 모연이 '헤~ 농담이었어요, 장로님'이라고 말한다면 기분이 썩 좋은 것은 아니겠지만 그래도 껄껄껄 웃으며 넘어가 줄 의향도 있었다.
 하지만 곧바로 당운각의 기대는 산산이 부서지고 말았다. 안타깝게도 모연은 처음과 하나도 틀림이 없이 똑같은 말을 전한 것이다. 거기에만 그쳤다면 나왔을지도 모른다. 그녀는 아까는 빠뜨리고 이야기하지 않았던 내용, 즉 갈조혁의 죽음에 대한 것까지 상세하게 들려주어 당운각의 속을 뒤집어놓았다. 상황이 이 지경에 이르자 당운각의 머리는 급성 빈혈이라도 걸린 듯 빙글빙글 돌기 시작했다.
 '나는 어떻게 해야 한단 말인가. 내가 만약 이대로 들어간다면 나 또한 무슨 곤욕을 치를지 모를 일이다. 일단 도움을 요청해야만 한다.'
 또 다른 생각도 났다.
 '아니지, 아니야… 이렇게 단순한 문제가 아니다. 모연, 이 계집애가 거짓을 말했을 가능성도 아예 배제할 순 없어.'
 당운각은 생각을 끝내기 무섭게 잔인한 살기를 남김없이 드러냈다. 그것은 가식적으로 흉내만 내는 그런 살기가 아니었다. 한낱 시녀에 불과한 모연이 그런 당운각의 살기를 어찌 감당할 수 있겠는가. 비록 그녀가 호신술을 익혔다곤 하지만 그런 건 코흘리개 애들 장난에 불과한 것이었다.
 모연의 얼굴은 삽시간에 파랗게 질렸고 몸은 매서운 겨울 추위에 떨듯 부들거리며 주춤주춤 뒤로 물러났다.
 "자, 장로님… 왜, 왜 그러세요……."
 너무 무서우면 눈물을 흘리는 것조차 잊어버리는 법이다. 오직 지금의 그녀는 저승사자 앞에서 죽음을 기다리는 연약한 병자였다.
 순간 당운각은 오른손을 쭉 뻗어 그녀의 멱살을 움켜쥐어 끌어 올리며 말했다.

"클클클… 내 진작 너를 때려죽이고 싶은 마음이 간절했건만 오늘에서야 뜻을 이루게 되는구나. 네년이 감히 나를 조롱하다니… 그래, 실컷 조롱하고 나니 재밌느냐?"

갈림길이었다. 부디 여기에서 '죄송합니다. 거짓을 고해 마음을 어지럽힌 점 죽어 마땅하지만 이번만은 용서해 주십시오'라는 말이 나와야만 했다. 하지만 그렇지 않다면…….

두려움으로 물든 모연의 검은 눈동자는 아주 작게 축소되어 있었다. 이윽고 두려움에 떨리는 그녀의 입이 열렸다. 애써 살기를 드러낸 당운각의 심장도 그에 맞추어 쿵쾅거렸다.

"제, 제가 자, 잘못했습니다. 죄, 죄송… 합니다. 하지만 저는 힘이 없어 그, 그 거지들을… 막을… 수가 없었습니다. 요, 용서해 주십시오……."

당운각은 처음 잘못했다는 말을 듣고 '역시 그러면 그렇지'라고 생각했다가 이어지는 뒷말을 듣고 허탈해지고 말았다.

'정말이로군.'

그는 삽시간에 살기를 거둬들이고 맥없이 모연을 내려놓았다. 그리고 아무런 말도 없이 그저 멍하니 하늘만 바라보았다. 그 앞에 모연은 아직도 지독한 살기가 몸 안으로 파고들어 간 탓에 그 기세에서 벗어나지 못하고 부들부들 떨었다. 한동안 말없이 그저 하늘만 바라보던 당운각은 대충 마음을 정하고 모연에게 말했다.

"아까 네게 심하게 대한 것은 이해하렴. 하지만 이렇게라도 하지 않으면 그 말을 믿을 수 없었단다. 휴우~"

당운각은 아직도 마음을 추스르지 못하고 있는 모연에게 품에서 환약 하나를 꺼내 건넸다.
"이걸 먹거라. 조금 마음이 안정될 것이다."
당운각이 건넨 환약은 신옥환이라고 하는 것으로 무공을 익히는 자에겐 내공을 증진시키고 일반인에게도 기를 안정시키는 효험이 탁월한 것이었다. 신옥환은 애지중지 간수하는 것이지만 지금 이 판국에 영약을 아끼고 자시고 할 형편이 아니었다.
"휴~"
길게 한숨을 내쉰 당운각이 말을 이었다.
"너는 본가로 돌아가게 되면 나를 보았다는 말을 절대 입 밖에 내서는 안 될 것이다. 너는 나를 만난 적도 없고 더욱이 나와 대화를 나눈 적도 없다. 알겠느냐?"
신옥환의 효험이 조금은 도움이 되었던지 차분히 호흡이 가라앉은 모연이 고개를 끄덕였다.
"네, 저는 아무것도 보지 못했고 아무런 말도 하지 않았습니다."
"그래, 좋다. 어서 가보거라."
모연이 황급히 돌아서는 것을 보고 당운각은 일단 당가에서 멀어질 필요를 느꼈다. 모연을 만난 것처럼 다른 사람을 만날 수도 있었다. 게다가 모연이 철저히 비밀을 지키리라는 보장도 없었다.
얼마나 달렸을까. 이 정도면 안정권에 들었다 싶었을 때 당운각은 어느덧 야산의 언덕 밑에 서 있었다. 그는 긴장이 풀리고 마음이 허해져 털썩 그 자리에 주저앉았다.
"휴우~ 이제 어떻게 하면 좋을까."
이번 사건은 다른 어떤 일들과도 성격이 달랐다. 보통 상황이 벌어지면 그것을 해결하기 위해서 든든한 가문이 버팀목이 되고 중추가 되었었다. 하지만 지금은 기댈 언덕이 없었다.

당운각의 눈이 힘없이 하늘과 산, 그리고 나무를 바라보았다. 하늘과 산과 나무는 일 년 전이나 오늘이나 다를 바가 없이 그 자리에 있었지만 지금 당운각의 눈에는 하늘은 어둡고 산은 음침했으며 나무는 메마른 채였다.

한동안 당운각은 멍한 눈으로 이 난관을 어떻게 해야 좋을지 고심했다. 하지만 사안이 사안인만큼 쉽게 답이 나올 리 없었다. 게다가 상대해야 할 자는 무형지독을 냉수 마시듯 했다는 독의 제왕인 것이다.

그렇게 시간을 보내고 있던 당운각의 맥 빠진 시선에 개미 한 마리가 부지런히 움직이는 것이 들어왔다. 그 개미는 자신의 덩치 세 배에 이르는 식량을 지고 어디론가 부지런히 나아가고 있었다.

"저 개미는 어디로 가는 것일까?"

당운각은 혼자서 중얼거리다가 자신이 뱉어낸 음성에 스스로 놀라 머리를 갸우뚱거렸다. 방금 전까지 개미를 보고 있으면서도 개미를 보고 있다는 것조차 스스로 인지하지 못하고 있었던 터였다. 개미의 동작엔 뭔가 가야 할 길이 확실히 담겨 있었다. 당운각은 지금의 자신의 처지를 비추어보니 개미가 훨씬 더 나아 보였다.

'그래, 너는 가야 할 길을 알지만 나는 그렇지 못하구나. 나는 식량이 있어도 가지고 갈 곳을 잃어버렸단다.'

한줄기 바람이 불어와 당운각의 몸을 스치는데 오늘따라 바람은 상쾌한 기운은 빠져나가고 처량함만을 남겨두고 갔다.

그렇게 한참을 바라보던 당운각은 개미가 어디론가 작은 구멍으로 들어가는 것을 보고 머리를 들었다.

'이대로 앉아만 있을 순 없다. 이대로 당가가 무너지는 것을 방치할 수는 없지 않느냐. 어찌 당가가 거지 소굴이 되도록 지켜만 볼 것인가.'

당운각은 마음을 차분히 가라앉히고 어디에 도움을 청할 것인지를 생각했다.

'오독문으로 찾아가 볼까? 아니, 아니야… 무형지독을 물 마시듯 했다는 놈들이니 우리 당가나 거기나 결과는 마찬가지가 될 것이다. 한 단계 더 뛰어난 곳이어야만 해. 어디가 좋을까. 마천에 도움을 청해볼까?'

마천은 정파도 아니고 사파도 아닌 곳으로 중립적인 입장을 취하고 있는 곳이었다. 중원 오대고수 중 한 명인 마천의 천주 도의봉이 있었지만 당운각은 고개를 저었다. 다시 생각해 보니 마땅치 않은 것 같았다.

'그럼 혈곡으로 가볼까?'

사파의 최정상이라 할 수 있는 혈곡을 제일 먼저 떠올리지 않았던 것은 혈곡을 신뢰할 수 없었기 때문이다. 오히려 나중에 가서 배보다 배꼽이 더 커지는 결과가 나올지도 모르는 일이었다.

'혈곡, 혈곡이라……'

아무래도 혈곡으로 가기엔 마음이 편치 못했다. 혈곡도 아니라면 결국 남은 곳은 단 한 군데였다.

천선부.

"그래, 천선부다. 비록 당가가 사파로 분류되지만 이번에 당가를 습격한 놈들은 진개방이라고 하니 정파가 아니던가. 어쩌면 천선부에 이야기를 잘 해보면 좋은 결과를 얻을 수 있을지도 모르지 않겠는가."

천선부라면 나중에라도 크게 문제 삼지 않을 곳이 분명했다. 오독문이나 마천, 그리고 혈곡 등을 떠올렸을 때는 마음 한구석이 편치 못했지만 천선부로 마음을 정하고 나자 그렇게 편할 수가 없었다. 당장에라도 모든 일이 해결될 것만 같은 그런 기분이 들었다.

"가자, 천선부로."

11장
교청인의 첫 번째 목욕

교청인의 첫 번째 목욕

녹림채의 근거지가 있는 안휘성을 향해 표영과 그 일행은 부지런히 발길을 재촉했다. 가는 도중에 표영의 얼굴은 여느 때와는 달리 그리 밝지 않았다. 그 원인은 교청인 때문이었다.

'아버지를 이용해 목욕을 하도록 만들다니… 고얀 녀석…….'

표영은 처음부터 걸인의 철칙에 대해 분명히 말해 두었었다.

1. 식사는 절대 음식점에서 사 먹어서는 안 된다. 우리의 길은 오로지 구걸뿐이다.

2. 앞으로 목욕이라는 것은 없다. 또한 내 허락 없이 옷을 갈아입는 것 또한 용납치 않겠다.

이 중요한 철칙을 다른 방법을 통해 빠져나가려고 한 것이다. 차라리 진개방에서 나가겠다고 했다면 그냥 고개를 끄덕이며 집으로 돌려보냈을지도 몰랐다. 그러면 기분도 이렇게 나쁘진 않았을 것이다. 하지만 지금 표영은 부글부글 끓어오르는 감정을 주체할 수가 없었다. 이번 교청인의 행위는 진개방을 뿌리째 흔들어놓을지도 모르는 일이라 생각했기 때문이다. 당가에 있으면서도 편하게 식사를 할 수도 있었지만 표영은 굳이 구걸을 하도록 했고 탁자에 앉아 밥을 먹어본 적이 없었다. 그런 모범적인 행동으로 나날을 보냈건만 힘을 불어넣어주지는 못할망정 조직을 흩뜨리려 하다니…….

'참을 수 없어!'

그렇게 다짐한 표영은 가는 내내 교청인을 갈궜다.

"네가 감히 술수를 써? 그럴 수가 있냐? 목욕을 그렇게 자주해서 어쩌겠다는 것이야? 자주 해봤자 아무 소용도 없어. 다 쓸데없는 짓이란 말이다."

표영은 달리면서 교청인의 옆에 찰싹 달라붙어 계속 조잘거렸다.

"원래 목욕을 많이 하면 할수록 피부가 약해지는 법이야. 알겠어? 적어도 이삼 년은 버텨야만 뽀얀 피부가 될 뿐만 아니라 진정한 개방인이라고 할 수 있단 말이다."

이제까지 잔소리를 모르던 표영이 아니었던가. 교청인은 한편으로는 곁에서 조잘대는 것이 좋기도 했고, 또 한편으로는 머리가 아파왔다. 좋은 것은 호감을 갖기 시작한 표영이 옆에서 말을 걸어준다는 것이었고, 머리가 아픈 것은 하도 말을 많이 해서 그만 귓밥이 다 부스러지고 떨어져 내리고 이젠 남아 있지도 않아 고막이 울리고 있는 점 때문이었다.

"그리고 말이야… 정정당당하게 승부할 것이지, 아무리 처녀거지라고 해도 그렇지 그게 무슨 암체 같은 행동이냐."
 교청인이라고 그저 아무 말도 없이 듣고만 있는 것은 아니었다.
 "방주님! 제가 말한 게 아니라구요. 아버지께서 임의로 말씀하신 것을 가지고 왜 저를 못 잡아먹어서 안달이신 거예요."
 교청인은 말하면서도 자신에 대해 관심을 갖고 있기에 이런 핑계를 대고 조잘대는 것은 아닌가라는 생각도 했다.
 '방주님이 내게 관심이 있는 것일까?
 그러자 슬그머니 미소가 떠올랐다. 하지만 표영은 교청인이 생각한 것만큼 지금 장난으로 이러는 것이 아니었다.
 "닥쳐! 이 못된 것… 나는 어쩔 수 없이 약속을 해버렸으니 이젠 지킬 수밖에 없게 되었잖아. 그전에 네가 말렸어야지."
 별것도 아닌 것 가지고 너무도 진지하게 매달리는 표영에게 교청인은 이젠 대꾸할 생각조차 없어졌다. 그건 능파와 능혼, 그리고 제갈호도 비슷했다. 그들은 고작 두 번의 목욕에 대해 질긴 고기처럼 매달리는 표영의 집착에 황당함을 금할 수가 없었다.
 '지존께서 무슨 뜻으로 저러시는 걸까. 역시 우리 마교는 개방을 바탕으로 깔고 일어서야 하니 확실히 해두시려는 걸까?'
 '설마… 지존께서 저 계집애에게 관심을 가지는 것은 아니시겠지? 허허, 내가 이거 무슨 생각을… 역대 마교 교주님들은 눈빛 한 방에 수많은 여자를 거느리셨지. 저런 방법을 사용할 리가 없지 않은가.'
 제갈호도 머리를 갸우뚱거렸다.
 '근데 교청인은 오히려 이 상황을 좋아하는 것 같네… 거참……'
 각기 나름대로 이 상황을 분석하는 중에도 표영의 조잘거림은 계속되었다.

그렇게 얼마나 갔을까.

너무도 많은 이야기를 들어 교청인의 머리 속에 윙윙거리는 소리가 날 지경이 되었을쯤 하늘이 갑자기 어두워졌다. 고갤 들어 하늘을 바라본 표영은 하늘이 어두워진 것과는 반대로 얼굴이 환하게 밝아졌다.

'오호… 비가 오는구나.'

좋은 생각이 떠오른 것이다.

"모두 멈춰라."

표영은 반가워서 어쩔 줄을 몰라 했다.

"으하하! 비가 오다니… 역시 하늘은 때를 기가 막히게 아신다니까."

발길을 멈춘 일행은 도대체 무엇 때문에 비가 온다고 좋아하는지 알 수가 없었다. 원래대로 하자면 비가 오는 것은 아무것도 아니었다. 이제까지 전례로 보았을 때 비가 오든 바람이 불든 그건 아무 문제가 되지 않았던 것이다. 이렇게 싱글거릴 것도, 그렇다고 인상을 찌푸릴 일도 아니었다. 이건 매우 이례적인 일이었다.

표영은 싱글벙글거리며 하늘을 바라보다가 수하들에게 말했다.

"자, 비가 오면 모두 저기 나무 아래에서 비를 피하도록 한다. 단지… 으흐흐……"

표영은 말을 끊고 교청인을 바라본 후 배시시 웃으며 말을 이었다.

"청인이만 비를 맞으며 약속한 목욕을 하도록 한다."

모두의 입이 쩌억 벌어졌다. 이런 식으로 나올 줄은 누구라도, 꿈에도 생각지 못했던 일이었다. 하지만 그들의 당혹스러움이 교청인의 황당함에 비교할 수 있겠는가.

"허어… 참……."

교청인이 할 말을 잃고 멍하니 서 있자 어느새 표영과 능파, 그리고 능혼과 제갈호는 가지와 잎사귀가 넓게 펼쳐진 나무 밑에서 비를 피할 준비를 마쳤다.

"으흐흐… 빨리 비가 와야 할 텐데… 비님! 빨리빨리 오세요. 으흐흐……."

표영의 말을 하늘의 구름들이 들었음인가. 먹구름 아래로 장대 같은 소낙비가 세차게 쏟아져 내렸다. 표영의 얼굴은 화사한 꽃과 같이 변했다.

"와아… 비다~ 비라구~"

퀭~

교청인은 멍청하게 선 채 넋이 나가 거센 빗줄기를 맞았다.

쏴아아…….

엄청난 빗줄기였다. 교청인은 그 속에서 가끔씩 눈을 깜박거리며 황당함의 호수에 빠져 방황했다. 빗물이 머리를 적시고 옷을 다 적시는 가운데서 그녀는 표영과 일행들을 보았다. 어지간한 일에는 눈썹도 움직이지 않는 능파와 능혼도 이번에는 어쩔 줄을 모르고 슬그머니 눈길을 피하며 딴청을 피웠다. 제갈호는 말할 것도 없었다. 그는 힐끔거리며 표영을 바라보다가 땅에 눈을 돌리고 손으로 괜히 땅만 긁어댔다. 그 민망함이란 감당하기 어려운 것이었다.

그러나 표영은 변함이 없었다.

"이봐, 청인! 빨리 목욕해. 가문의 뜻을 높이 받들어야지. 아버지의 간절함을 외면할 생각이냐? 머리도 감고 목의 때도 벗겨내란 말이야."

교청인은 울고 싶었다. 하지만 울고 싶어도 너무나 황당해서 눈물이 나올 엄두가 나지 않았다.

"……."

교청인은 아무 말도 없이 비를 맞으며 눈만 깜박일 뿐이었다. 그런 그녀를 보며 표영이 계속 다그쳤다.

"왜 그렇게 가만히 있는 거냐. 그렇게 하고선 이번에는 목욕한 것 아니라고 떼쓰면 곤란해. 알겠어? 일 년에 두 번 하는 것 중에 지금 이 경우가 들어가는 거야."

"……."

이런 표영의 집요함은 교청인도 교청인이지만 능파와 능혼, 그리고 제갈호에게도 끔찍스럽게 느껴졌다. 아무리 생각해 보고 또 생각해 봐도 거지대왕으로서 이보다 더 제격인 사람은 없을 터였다. 이걸 보고 타고났다고 하는 것이리라.

능혼이 보기 안쓰러워 괜히 헛기침을 했다.

"험험."

표영이 그런 능혼의 뒤통수를 손바닥으로 갈겼다.

"지금 헛기침할 때냐? 얼른 청인이 힘을 내서 목욕하도록 도와야 할 것이 아니냔 말이다."

"네? 네… 그래야죠."

표영은 다시 능파와 제갈호에게도 말했다.

"너희도 마찬가지야."

일이 이 지경에 이르자 여전히 비가 철철 내리는 가운데 우두커니 서 있는 교청인에게 일제히 격려가 쏟아졌다.

"이봐, 청인. 하늘을 봐라! 조만간에 비가 그칠지도 모르겠어. 빨리 해. 아버지를 생각해야지?"

"정신 차려! 넌 할 수 있어! 정 어려우면 얼굴이라도 씻도록 해봐."

"교 매! 이보다 더 어려운 일도 잘 해냈잖아. 예전에 영약을 복용하고 뇌려타곤 했던 것을 떠올려 봐. 그러면 이 정도는 아무것도 아닐 테니까 말이야."

아까까지 눈길을 피하며 곤란해하던 그들은 서로 침을 튀겨가며 격려하는 데 여념이 없었다. 교청인의 경우를 보더라도 방주에게 찍히면 어떤 상황에 처하게 될지 뻔했으니 말이다.

허나 수없이 많은 격려가 쏟아졌지만 교청인은 비 맞은 석상이 되어갔다. 어찌 보면 숨도 쉬지 않는 것 같기도 했다. 그녀는 아버지를 떠올렸다. 얼마나 반가웠던가. 하지만 지금은 달랐다.

'아버지는 왜 오셔서 이렇게 곤란하게 만드신 거야. 그리고 오셨더라도 그냥 조용히 가실 것이지, 왜 말하지도 않은 목욕 얘기를 꺼내서 이 꼴로 만드시냐구.'

교청인의 눈에서는 급기야 눈물이 주르륵 흘러내렸다. 거센 빗줄기가 얼굴 가득 흘러내렸기에 망정이지 그렇지 않았다면 그 엄청난 눈물을 보일 뻔했다.

하지만 표영은 타는 불에 기름을 끼얹었다.

"이봐이봐… 교청인! 서둘러라. 비가 곧 그칠 것 같아. 먹구름이 지나가고 있단 말이다!"

표영은 진짜 마음이 급한 듯 고래고래 소리 지르느라 정신이 없었고 교청인은 그저 눈만 꿈뻑거리며 하염없이 눈물만 흘렸다.

12장
지존의 그늘을 보다

지존의 그늘을 보다

목욕 사건이 있은 뒤로도 일행은 빠른 속도로 이동해 갔다. 비록 잠시 동안 교청인이 뾰루퉁했던 며칠 간이 있었지만 모두의 배려 덕분에 그녀 또한 이 시점에서는 본래의 상태로 돌아와 있었다. 여기에서 모두가 배려했다는 것에 의아함을 품지 않을 수 없을 것이다. 이제까지 행한 거지 수련에 관련된 것들을 생각해 볼 때 배려라는 말은 전혀 어울리지 않기 때문이다. 하지만 실제로 알고 보면 배려라는 것도 별 것 아니었다.

그건 사실 아주 간단했는데 바로…

모.른.척.하.기. 였다.

모른 척하기는 의외로 효과가 컸다. 표영으로부터 제갈호에 이르기까지 무슨 일이 있었냐는 듯한 태도를 취했기에 나중에 가서는 교청인 스스로도 그때 그 일이 그렇게 심각했었는가에 대한 의구심을 품을 지경에 이르렀고 '응, 그래, 별거 아니었었나 봐' 라고 생각하기에 이르게 된 것이었다. 어찌 보면 이런 교청인의 적응은 어느덧 그녀가 거지로서 그 위치를 확고히 했음을 알려주는 것이기도 했다. 이 일은 어떤 관점에서는 매우 비극적인 상황으로 보이기는 했지만 교청인은 또 다른 관점에서 담담히, 혹은 자연스럽게 받아들였다.

일행은 부지런히 이동했기에 어느덧 호북성을 지날 수 있었고 안휘성 근처에 이르게 되었다. 이제 안휘성 중부에 위치한 녹림채까지의 길은 얼마 남지 않은 셈인 것이다. 이것은 매우 빠른 속도로 진행했음을 알려주는 것이라 할 수 있었는데, 그 원인으로는 표영이 빨리 갈 수만 있다면 아무리 험준한 길이라도 사양치 않았기 때문이다. 하지만 길이 비록 험준하다 하더라도 그들 중 어느 누구도 힘들어하는 사람은 없었다.

매향산을 통째로 가로지르던 중 표영은 눈앞에 나타난 절벽을 보고 수하들에게 말했다.

"이곳을 타고 내려가도록 하자."

이곳 동쪽 절벽은 서쪽 절벽에 비해 조금은 완만한 경사를 가지고 있었다. 조금만 신경을 쓴다면 크게 어렵지 않게 내려갈 수 있을 것 같았다.

원래 제갈호와 교청인은 일행 중 무공이 제일 처진 입장이었지만 표영을 따라다니면서 자신들도 모르게 경공이 상승한 터였다. 몸을 이리저리 굴리고 땅에 부비면서 살다 보니 지계(地界)의 힘을 받는 것도 있었고 땅과의 친화력이 생기기도 한 것이었다. 과거 표영을 만나기 전이었다면 지금 내려서려고 하는 이 절벽은 무리라며 고개를 내저었으리라.

"자, 가자."

표영이 힘차게 말하고 먼저 신형을 학처럼 날려 절벽 아래로 뛰어내렸고 그 뒤를 이어 능파, 능혼, 제갈호, 교청인이 따랐다.

쉬쉬쉭—

허름한 옷자락을 나부끼며 다섯의 신형이 절벽 아래로 뛰어내린 채 중간중간 돌을 밟으며 하강하는 모습은 장관이었다. 아마도 멀리서 누군가가 보았다면 그들이 사람이라고는 믿을 수 없었을 것이다.

지금 표영과 그 일행의 모습에는 무한한 자유로움이 흘러나왔다. 그 모습을 굳이 견준다면 신선이 구름 위에서 한가로이 노니는 것과 비할 수 있을까. 그만큼 멋진 모습이라 할 만했다.

산 아래까지 무사히 내려선 일행은 자신들이 거쳐 온 절벽을 다시금 올려다보았다. 비록 완만하다고는 해도 녹녹치 않은 길을 가볍게 내려섰다는 것이 마음을 기쁘게 했다.

표영이 모두를 둘러보며 살짝 웃음을 지었다. 그 웃음에는 자신감이 넘쳐 났기에 보는 사람으로 하여금 묘한 힘을 느끼게 만들었다. 능파와 능혼, 그리고 제갈호도 씨익 웃음 지었고 교청인은 잠시 넋을 잃었다. 표영의 얼굴은 아주 추접의 극을 달리고 있었지만 한번 마음이 끌린 교청인에겐 과거에 보았던 그 고운 얼굴이 겹쳐져 보인 것이다.

"그럼 또 가볼까."

표영이 몸을 날리자 다시금 이동이 시작되었다. 하지만 표영은 곧바로 믿기지 않는 일이 벌어지리라고는 생각지도 못했다. 그건 어느 누구도 예상치 못했던 일이기도 했다.

"어억……."

"커억!"

거의 동시적으로 두 명의 비명 소리가 터졌다. 비명의 주인공들은 전혀 쓰러질 것 같지도 않고 쓰러질 수도 없을 것 같던 능파와 능혼이었다. 표영이 얼른 돌아보며 둘을 부축했고 제갈호와 교청인이 신형을 번개같이 날려 혹시 누군가 암습을 가한 것인지 주위를 신속하게 둘러보았다.

어느덧 능파와 능혼은 바닥에서 고통스러운 신음을 토해내며 입가로 붉은 선혈을 흘리고 있었다.

"어떻게 된 일이냐?"

표영이 빠르게 그들의 몸을 살폈다. 어디에도 외상이 없음을 보니 암기나 표창 등에 맞아서 쓰러진 것은 아님이 확실했다. 어지간하면 말을 할 수도 있으련만 심히 고통스러운지 둘은 그저 가느다란 신음에 옅게 숨을 내쉬며 하얗게 질려갔다. 표영은 이들이 어지간한 고통에도 신음 한번 내지 않는 사람들임을 잘 알고 있었다. 그로 미루어보건대 지금 상황은 말로 형용하기 힘든 고통을 받고 있는 것이리라.

'독에 당한 것일까?'

제일 먼저 떠오른 것이 독이었다. 표영은 황급히 맥을 짚어 기혈을 살피고 눈과 피부를 세밀하게 살폈다. 독에 중독된 것은 아니었다. 하지만 몸 안에서 기혈이 이리저리 얽히고설킨 것이 그 정도가 심히 엄했다.

'기를 안정시키도록 해야겠다.'

표영은 두 사람을 나란히 눕히고 손을 바람처럼 날려 고통을 느끼지 못하도록 몸이 마비되는 혈을 찍었다. 더불어 입으로는 제갈호와 교청인에게 외쳤다.

"정신을 집중하고 호위하도록 하라!"

"네!"

 제갈호와 교청인이 약간 간격을 두고 반대쪽에서 경계에 들어갔다. 능파와 능혼은 혈을 제압당해 고통이 많이 줄어든 상태였지만 그렇다고 몸이 온전해진 것은 아니었다. 온몸이 배배 꼬이듯이 기혈이 요동치고 있었던지라 마혈이 찍히지 않았더라도 움직일 수 없는 상태라 할 수 있었다. 하지만 둘 다 정신만큼은 멀쩡한지라 지존이 어떻게 하려고 하는 것인지를 눈살을 찌푸리며 바라보았다. 눈살이 찌푸려진 것은 표영의 처사가 마음에 들지 않아서가 아니었다. 정작 그들은 지존을 보살피러 왔건만 지금 지존에게 폐를 끼치고 있다고 생각하자 마음이 편치 않았던 것이다.

 표영은 먼저 능파의 머리 부분에 좌정하고 그의 백회혈에 손을 가만히 놓았다. 백회혈은 사람의 제일 위쪽에 자리한 혈도로 그곳에서부터 기를 온전히 다스려야 온 기혈이 제자리를 찾게 되는 것이다. 표영은 한 모금의 호흡으로 진기를 다스리며 장심으로 내공을 주입했다. 표영의 내공은 비천신공으로 이루어진 것이라 정순하기가 이루 형용키 어려울 정도였다. 게다가 천년하수오를 복용한 터라 그 내공은 지극히 강렬하면서도 순수했다.

 비천진기는 표영의 손을 타고 능파의 몸으로 스며들었다. 그리고 능파의 몸 안에서 실 타래처럼 얽히고설킨 기혈을 부드럽게 감싸며 하나둘씩 풀어 나갔다. 이러한 치료는 사실 엄청난 내공의 소모가 불가피한 것이었으나 표영은 자신이 잘못될 수도 있다는 것에 대해서는 전혀 마음에 두지 않았다. 어느덧 표영의 이마에서 구슬땀이 비 오듯 흐르고 머리 위로 하얀 증기가 거침없이 뿜어져 나왔다. 그 모습은 능파의 눈에 고스란히 들어왔고 능파는 서서히 안정되는 가운데 표현하기 힘든 심리 상태가 되었다.

'이렇게 계속 내공을 무리해서 주입하시면 지존께서 위험해지실 텐데… 왜 지존께서는 이렇게…….'

능파는 스스로의 몸을 제어할 수 없었기에 몸 안으로 밀려들며 기를 조종해 가는 표영의 기운을 거부할 수 없었다. 하지만 그는 뭔지 모를 기이한 감정에 사로잡혔는데 그것은 이제까지 마교에 몸담고 있으면서 느낄 수 없었던 감정이었다.

'대체… 왜… 이런 희생까지…….'

지금 상황으로 보자면 오히려 자신은 나을지 모르지만 이로 인해 지존은 치명적인 상태에 빠질 것이었다. 능파, 그가 알고 있는 마교의 지존은 이러한 모습이 아니었다. 마교의 영광을 위해 상처를 치유해 줄 수 있을지는 몰라도 교주가 자신의 목숨을 등한시하고 치료하는 것은 있을 수 없는 일이었다. 그는 혼란에 사로잡혔다. 그것은 옆에 누운 능혼도 마찬가지였다.

'천마지체는 천하인들 중에 가장 잔악하고 포악한 자라 하지 않았던가. 뭐가 잘못된 것이란 말인가?'

마교 교주의 상징인 건곤패와 독을 마음대로 다루시는 것으로 볼 때 분명 교주님이 확실하다고 느꼈기에 더욱더 지금의 이 상황이 이해되지 않았다.

얼마나 지났을까. 일 식경(30분) 정도가 지났을쯤 능파의 기혈은 거의 정상으로 회복되었다. 그렇다고 곧바로 움직일 수 있는 상태에 이른 것은 아니었고 어느 정도는 능파 스스로도 자신의 기혈을 다시 조종할 필요가 있는 상태라 할 수 있었다.

표영은 약간 푸석푸석해진 몸 상태였으나 지체치 않고 능혼에게로 손을 뻗었다. 이번에는 진력이 급격히 소모된 후에 바로 휴식없이 손을 쓴 것이기에 능파 때보다 더욱 표영의 안색은 창백해졌다. 능혼은 수만 가지 의문이 떠올랐지만 오히려 지금은 정신을 집중해 지존의 기를 온전히 수용하는 것이 더 도움이 되는 것이라 여기고 기혈을 안정시키는 데 힘을 쏟았다.

'지존께선 부하들만의 희생을 강요하지 않고 있음이니 이건 대체 어떻게 된 일이란 말인가. 으음……'

역대 마교의 길을 보자면 힘들고 어려운 일은 모두 부하들에게 떠넘겨졌고 비록 희생이 있더라도 그리 중요시 여기지 않았었다. 그들의 희생은 당연한 것이었고 충성의 한 모습인 것이다. 하지만 지금 표영은 도리어 자신의 안위는 도외시한 채 전력을 기울이고 있었음이니 마교의 입장에서는 도무지 이해할 수 없는 처사가 아닐 수 없었다.

표영은 능파를 치유할 때보다 두 번째 능혼을 치유할 때 더 힘들어했다. 거의 마무리 단계에 이르렀을 때 온몸은 땀에 흥건히 젖어들었고 눈에는 거의 초점이 잡히지 않을 만큼 흐릿해져 있었다. 그렇게 일식경이 지나자 표영은 좌정한 상태에서 그대로 옆으로 허물어졌다. 만일 표영이 능파에게 힘을 쏟은 후 어느 정도 내기를 안정시키고 기를 보충한 다음 능혼을 치유했더라면 이렇게 허물어지지는 않았을 것이다. 하지만 만약 표영이 그렇게 했다면 능혼은 몸에 상당한 손상을 입었을 것이고 어찌 될지 장담하기 힘들었을 것이다.

표영이 쓰러지자 어느 정도 몸이 안정된 능파가 달려왔고 경계를 서며 틈틈이 상황을 파악하던 제갈호와 교청인도 표영에게 뛰어왔다.

"지존이시여~!"

"방주님!"

"방주님!"

능파가 급히 표영의 내식을 살폈다. 기의 흐름이 매우 옅은 것이 강물이 말라 아주 작은 물줄기만 흐르는 것 같았다. 너무나도 갑작스레 한꺼번에 기를 뽑아낸 것이 문제였다. 능파는 어느 순간엔가 눈물이 흘러내릴 것 같자 마음을 모질게 먹고 억지로 얼굴에 힘을 주었다. 혼자 있다면 모를까, 제갈호와 교청인이 바로 옆에 있는데 눈물을 흘릴 수는 없는 노릇이었다. 그러면서 능파는 이제까지 충성했던 마음과는 또 다른 충성심을 느꼈다. 그것은 어떤 사명감에 의한 것과는 다른 것으로 이제까지 한 번도 경험해 보지도, 생각해 보지도 못했던 종류의 것이었다.

"지존이시여~"

능파는 격정적으로 표영을 부른 후 장심에 손을 얹고 기를 불어넣었다. 또한 능파는 제갈호와 교청인에게 역할을 주었다.

"호, 너는 방주님의 명문혈에 손을 대고 단전으로 기가 모이도록 유도하고, 청인은 천중혈에 손을 대고 기를 위로 끌어올리도록 해라!"

능파는 급격히 기를 불어넣었다. 하지만 어떻게 된 일인지 마음먹은 대로 기가 주입되지 않았다.

'음… 왜 이렇지? 내 몸은 이제 어느 정도 안정을 찾지 않았던가?'

자신의 몸 상태가 어떠한지는 잘 알고 있었다. 그런데도 불구하고 마음대로 되지 않는 점이 이상하기만 했다. 하지만 사실 그건 그다지 심각한 문제가 아니었다. 표영의 몸은 일시적으로 내력이 소진되어 힘을 잃은 것뿐이었다. 표영이 익힌 비천신공은 조금의 진기라도 있다면 곧 회복되고 거기에 천년하수오까지 복용한 터라 조금만 기를 북돋워준다면 바로 정상으로 돌아올 수 있는 것이다. 비천신공은 외부에서 힘이 밀려들자 꼭 필요한 힘만큼만 받아들이고 나머지는 억제한 것이다.

그렇게 능파가 만족스럽지 못한 마음으로 진기를 유도하느라 일 다경(15분) 정도가 지났을 때 표영의 몸에서는 다시 봇물이 터져 나오듯 진기가 부풀고 있었다. 거기에 다시 일 다경이 지났을 때는 완전히 다시 본래의 내력을 회복할 수 있게 되었다. 엄청난 진기의 소모치고는 경이로울 정도로 놀라운 회복력이 아닐 수 없었다.

표영은 크게 한 모금 호흡하고 내기를 순환시킨 후 자리에서 일어났다. 그때 표영의 일어섬과 맞추어 능혼도 자리에서 일어섰다. 표영은 아무 일 없다는 듯 팔을 휘저어 보이며 능파와 능혼을 향해 물었다.

"지금 몸 상태는 어떻지?"

능파와 능혼이 표영이 머리를 조아리며 한 목소리로 답했다.

"다시 본래대로 돌아왔습니다. 심려를 끼쳐 드려 죄송합니다."

표영은 두 번 정도 고개를 끄덕이고 두 사람에게 손짓하며 따라오라고 했다.

제갈호와 교청인에게서 약간 떨어진 곳에 이르자 표영이 타구봉을 빼 들며 이죽거렸다.

"좋게 말해라."

능파와 능혼은 표영이 갑자기 험악하게 나오자 약간 당황스러웠다.

"네? 무슨 말씀이신지······."

표영이 가늘게 실눈을 뜨고 타구봉을 손에 탁탁 때리며 말했다.

"니들 미쳤지?"

"······?!"

"……?"

"미치지 않고서야 그런 짓이 가능하다고 생각한단 말이냐?"

그 말과 함께 표영의 타구봉이 허공을 가르며 능파와 능혼을 패버리기 시작했다.

파파팍— 팍팍—

"느닷없이 주화입마라니… 그게 정상인 사람이 할 짓이냐, 응? 진짜 나한테 죽어볼래?!"

"으으윽……"

바닥을 뒹굴며 머리를 감싸 쥔 능파와 능혼에게 표영은 타구봉과 발길질을 가리지 않고 질러댔다.

약간 떨어진 곳에서 이런 광경을 지켜보는 제갈호와 교청인은 그저 이 황당한 상황에 입을 쩍 벌리고 굳어버렸다. 아까까지 목숨을 내놓고 구하려 했던 아름다운(?) 모습은 어디로 가고 지금 남은 것은 오직 살벌함뿐이었다. 하지만 정작 몰매를 맞고 있는 능파와 능혼의 마음은 달랐다. 두 사람은 가끔 신음을 토해내긴 했지만 오히려 개운한 느낌이었다. 이제까지 짧은 세월을 살아온 것이 아닌 두 사람이기에 사람의 마음을 어느 정도 볼 수 있는 눈이 있다고 자부했다. 그런 관점에서 이 상황은 수하를 아끼는 마음에서 비롯된 것이라 생각한 것이다.

파파팍— 팍팍—

"무식한 놈의 자식들! 너희들이 그러고도 나의 심복이라 할 수 있단 말이냐! 차라리 죽어! 자식들아, 죽으라구!!"

표영의 이러한 외침과 행동은 두 가지 정도로 해석해 볼 수 있었다. 하나는 마교의 교주로서 너무 정성스럽게 치유하는 모습을 보인 것을 무마해 보려는 생각이 담겨 있었다. 그리고 그 속에는 쑥스러움까지 씻어내고자 함이었다. 또 하나는 가까운 사람을 잃고 싶지 않다는 마음에서였다. 이미 표영은 마음에 담아둔 사람이 떠나는 것이 얼마나 고통스러운지를 체험했기에 또다시 그런 지경에 처하고 싶지 않았다.

이러한 무자비한 폭행은 어느덧 능파와 능혼이 표영의 마음속에 깊이 자리하게 되었다는 반증이었다.

한동안 후려 패던 표영은 이 정도면 됐다 싶어 손을 거두고 바닥을 뒹구는 두 사람 곁에 쭈그리고 앉았다.

"자, 대체 무슨 일인지 자세히 이야기해 봐."

표영도 아무렇게나 그런 주화입마 현상이 나타나는 것이 아님은 잘 알고 있었다. 게다가 둘 다 선명한 핏물을 입으로 흘려내지 않았던가. 그 말에 능파와 능혼이 서로를 바라보며 어떻게 말해야 좋을지 머뭇거렸다. 이 문제에 있어서는 능파도 잘 알고 있었다. 그가 비록 여러 가지 과거의 화려했던 재능들을 기억하진 못했지만 무공에 대해서만큼은 잊지 않고 있었기 때문이다.

"어차피 또 한 번 이런 일이 벌어질 텐데 지존께 굳이 숨길 필요가 없지 않겠는가."

잠시 고민하던 중 능혼이 입을 열며 작은 목소리로 말했다. 이 말은 제갈호와 교청인이 아직은 들어서는 안 되는 말이었다.

"지존께 심려를 끼쳐 드린 점 죄송합니다. 사실 이 일은 저희가 이 시대에 깨어나게 된 천극간시공해체대법에 관한 내용입니다. 대법은 인세에 불가능을 가능케 하여 부족한 저희가 존귀하신 지존을 뵈올 수 있었으나 그에 따른 부작용이 있습니다."

표영의 눈썹이 작게 꿈틀거렸다. 표영은 사실 질문을 하면서도 대수롭지 않은 일이길 바랬는데 의외로 큰 문제인 것같이 느껴진 것이다.

능혼의 말은 계속 이어졌다.
"…부작용이란 대법에 적용된 자가 본래의 수명대로 남은 생애를 살 수 없다는 것입니다. 최고 7년을 버틸 수 있으나 대부분 그전에 목숨을 잃게 됩니다. 그리고 죽음의 신호는 그 가운데 두 번의 경고가 주어지는데 피를 토하며 기혈이 엉키게 됩니다. 거기에 세 번째 피를 토할 때 마지막을 맞게 됩니다."
"으음……."
표영이 침음성을 흘렸다. 설마 이런 말이 나오리라고는 표영으로서는 생각지도 못했었다. 영원한 이별에 대해 극도로 불안해하는 표영이 아니던가. 하지만 표영은 아주 잠깐 동안 어둠을 보였을 뿐 아무렇지도 않다는 듯, 그게 무슨 별문제냐는 듯 말했다.
"미련한 놈들 같으니."
그렇게 냉랭하게 말한 후 표영은 돌아섰고 몇 걸음을 옮기다가 다시 말했다.
"잠시 이곳에서 쉬었다가 가도록 한다."
표영은 말을 마치고 언덕 위로 걸어갔다. 아무렇지도 않게 걸어가는 것이었지만 능파와 능혼은 지존의 어깨가 처져 있다고 생각했다. 실제로도 돌아서 걷는 표영의 안색은 전혀 밝지 않았다. 오히려 안타까움만이 가득 묻어 있었다.
'또 보내야 하나?'
표영의 눈에 떠나간 사부님의 모습이 떠올랐다.

13장
동영 최고의 고수

동영 최고의 고수

그의 이름은 소시타 고로스케다. 하지만 정작 그는 이름보다는 다른 이름으로 더 많이 불려졌다.

동영(일본) 최고의 칼잡이.

수없이 많은 검객과 도객 사이를 뚫고 정상에 우뚝 선 그였다. 그에게 있어서 동영은 이제 우물과도 같이 여겨졌다. 그는 과연 자신의 솜씨가 천하에 누구와 비견해도 떨어지지 않을 것인지를 가늠해 보고 싶었다. 그가 생각해 낸 사람은 둘이었다.
한 명은 중원에 있었고, 또 한 명은 조선에 있었다. 중원 제일고수는 천선부주 오비원이라 했고 조선의 검객은 이현이라 했다. 소시타는 그중 먼저 중원으로 가기로 마음을 정했다. 그 까닭은 조선의 검객

이현의 종적을 찾기 힘들고 워낙에 신비에 가려져 있기에 과연 만날 수 있으리라는 보장이 없었기 때문이다.

그에 비해 오비원을 만난다는 것은 크게 어렵지 않을 것 같았다. 어찌 되었든 고정된 장소에 머물러 있음이니 중원의 여러 무사들에게 물어보면 찾을 수 있으리라 생각한 것이다.

그는 일성을 토해내며 동영을 떠나 중원에 도착했다.

"동영의 위대함과 전우류 도법의 위대함을 심어주리라."

이런 다짐으로 그가 동영을 떠나올 때 모두가 승리를 예상한 것만은 아니었다. 가장 절친한 친구인 다케시마는 염려스러운 눈으로 떠나기 전날 말했었다.

"자넨 정녕 중원으로 가겠다는 것인가?"

"그렇네."

소시타의 답은 단호했다. 다케시마가 다시 말했다.

"자네가 내게 해준 말을 나는 아직도 잊지 않고 있네. 그때는 자네가 지금처럼 최고에 이르기 전이었지."

소시타의 눈썹이 살짝 움직였다.

"…자네는 이렇게 말했네, 진정한 승부는 나 자신과의 결투라고 말일세. 거기에서 이기고 또 이기면서 결국은 천지만물에 나를 동화시켜 나가게 되어야 한다고 하지 않았나. 그런데 자네는 어찌하여……."

다케시마의 말은 이어지지 않았다. 소시타가 굳은 어조로 말을 끊은 것이다.

"내가 오비원을 만나러 가려 함은 그를 꺾고자 함이 아닐세. 나는 그를 통해 나 자신을 비추어보려고 할 뿐이네."

하지만 다케시마는 이 말이 소시타의 그럴싸한 변명에 불과하다는 것을 알고 있었다. 더 이상 이야기해 봤자 결국은 뜻을 굽히지 않을 것임을 알기에 다케시마는 입을 다물었다.

'내면의 거울을 잊어버린 겐가. 어찌하여 여인네들이 마음을 들여다보지 않고 외모를 비출 거울만 찾는 것처럼 자네 또한 헛되이 거울을 보고자 함이란 말인가.'

다케시마의 안타까움은 거기에서 그치지 않았다. 그는 친구인 소시타가 오비원의 금황신공을 당해낼 수 있을지 걱정스러웠다. 금황신공을 익힌 오비원의 몸은 도검으로도 벨 수 없다고 하지 않던가. 아무리 빠른 쾌검을 구사한다고 해도 아무 소용이 없을지도 몰랐다.

그때였다. 그러한 생각을 소시타가 읽기라도 한 듯 차갑게 말했다.

"비록 오비원의 금황신공이 뛰어나다 하나 결국은 그의 몸도 한낱 여인에게서 나온 몸, 나의 칼을 피하지 못할 것이네. 나는 이제 오비원을 꺾고 동영의 도가 얼마나 무서운지를 보여주고 말겠네."

그가 이처럼 자신감을 내세우는 것에는 그만한 이유가 있었다. 동영에서 내로라하는 검사들이 그의 칼 앞에 얼마나 많이 죽어갔는지 모른다. 그의 칼은 일단 뽑히면 보이지 않는다 하여 무영도라고 불리웠고, 철컥 하는 소리가 나며 칼이 제자리를 찾을 때는 어느새 상대는 심장에 구멍이 난 상태가 되고 말았다.

이제 그의 나이 40세. 아직은 야망에 불타고 승부욕에 생명을 거는 나이였다.

소시타 고로스케가 중원에 도착한 것은 표영의 행동 시점으로 바라본다면 불귀도에서 막 당가로 출발할 즈음이었다. 소시타는 동영에서 대충 익힌 중원 말을 어눌하게 해가며 천선부주 오비원에게 한 발 한 발 다가섰다.

말을 유창하게 할 수 없어 가끔 곤욕을 치르기도 했지만 인내를 가지고 나아가길 주저하지 않았다. 그가 할 줄 아는 말은 꼭 필요한 것들이 대부분이었지만 그래도 자신있게 할 수 있는 말들도 있었다. 그 문장은 딱 세 개였다.

"천선부주 오비원을 만나려면 어디로 가야 하는가?"
"오비원과 겨루러 왔소이다."
"나의 이름은 소시타 고로스케다."

그는 이 말을 중원을 유람하고 온 학사 마사로 히데오로부터 배웠다. 그 외에도 기본적인 내용을 익혔지만 아직 너무도 부족했다. 그는 중원을 지나며 자신의 특이한 모습이 드러나지 않게 삿갓을 쓰고 다녔다. 간혹 시비가 일 때면 재빨리 피해 버리거나 외면하고 혹은 가볍게 손을 봐주는 것으로 일단락 짓기도 했다.

"천선부주 오비원을 만나려면 어디로 가야 하는가?"
명춘관의 검사로 명춘무도장에서는 사범으로 일하고 있는 운형학은 느닷없이 던져진 질문에 얼떨떨했다. 그 목소리가 감정이라고는 전혀 섞여 있지 않은 것이라 더욱 그러했다. 게다가 삿갓을 깊게 눌러 쓴 상태라 상대가 어떤 얼굴을 하고 있는지 알 길이 없었다. 운형학은 기분이 썩 좋지 않아 퉁명스럽게 답했다.

"무슨 일로 찾아가려는 것인 줄 모르나 괜히 헛수고하지 말고 돌아가는 것이 좋을 것이오."

천선부주가 아무나 찾아간다고 만나줄 사람이 아니잖는가.

삿갓을 눌러쓴 이는 소시타 고로스케였다. 강서성을 지나면서 다시금 어디로 가야 할지 물어보고 갈 참이었던 것이다. 소시타는 상대의 말을 제대로 알아듣지 못해 어눌하게 다시 물었다.

"다시 말해 주는 것이 좋을 것일까?"

발음도 어눌하고 말투도 끝이 이상했다. 소시타에게는 한어가 외국어이므로 어쩔 수 없는 것이기도 했다.

"시.간.낭.비.일 뿐이니 돌.아.가.라.구."

한 자씩 끊어서 운형학이 설명하자 그때서야 소시타는 무슨 말인지 알아들었다.

'거만한 녀석이로군.'

그는 속으로 중얼거림과 동시에 번개같이 칼을 뽑아 그었다. 번개였다. 칼이 바람을 스치며 운형학의 앞 머리카락을 가지런히 잘라버렸다. 순간 운형학은 싸늘한 한기가 얼굴을 에이듯이 지나면서 머리카락이 잠시 떠올랐다가 서서히 떨어져 내리는 것을 보아야만 했다.

"헉!"

절로 경악성이 터졌고 침이 꼴까닥 삼켜졌다. 운형학이 짧은 경악성을 마쳤을 때는 어느덧 소시타의 칼은 칼집에 얌전히 들어가 있는 채였다. 운형학은 상대가 모질게 마음먹었다면 자신의 목이 달아났을 것임을 알고 그 자리에 무릎을 꿇고 빌었다.

"하늘 높은 줄 모르고 주접떤 소인을 용서하십시오!"

운형학은 머리를 연신 굽신거리며 힐끔힐끔 삿갓 안쪽을 바라보았다. 마주 볼 때는 몰랐으나 아래쪽에서 올려보자 한눈에 동영의 칼잡이임을 알아보았다.

'쪽발이로구나. 섬놈이 어디서 감히! 필시 천선부를 찾는 것도 호승심 때문이겠지? 싸우기만 좋아하는 미련한 놈들이 어디 가겠는가. 내 결코 편하게 찾을 수 있도록 돕지 않으리라.'

"저는 사실 보잘것없는 마을의 무사에 불과합니다. 천선부주가 어디에 있는지 알지 못합니다."

자세히 못 알아들을 것을 생각해 알지 못한다라는 부분은 천천히, 그리고 명확하게 발음해 주었다. 소시타는 그 말을 알아듣고 다시 질문을 던졌다.

"천선부는 천운산에… 천운산 어디……."

천운산은 어디에 있느냐는 말이었다.

"대인, 저는 알지 못합니다. 하지만 알고 있는 사람이 있습니다. 그들은… 거지들로 이들이 알지 못하는 것이 없을 정도입니다. 거지들이 잘 알고 있습니다. 거지들이 천운산을 알고 있습니다."

여러 번 거지들이 천운산을 알고 있다고 말한 운형학의 속셈은 엿먹어보라는 뜻이었다. 운형학은 현재의 개방이 거지들의 모습을 탈피했음을 잘 알고 있었다. 해서 일반 거지들에게 물어본다면 그 어떤 것도 얻지 못할 것이 분명했다. 하지만 소시타는 상대가 겁에 잔뜩 질려 뱉어낸 말이라 조금도 의심하지 않고 고개를 끄덕였다.

"남자답지 못하다. 어리석은 녀석일까?"

소시타는 그냥 말해야 하는 것을 의문형으로 말하고선 비웃음을 던지고 길을 떠났다.
"거지… 거지……."
그가 작게 중얼거렸다.
'일단은 거지를 찾도록 하자.'
소시타의 걸음은 다시 거지를 찾아 옮겨졌다.

소시타는 새벽같이 일어나 거지들을 찾아 나섰다. 거지라면 쉽게 어디서나 발견할 수 있을 것 같았는데 개똥도 약에 쓰려면 귀하다는 괴상한 법칙이 적용된 것인지 어디에도 찾을 수가 없었다.
아침 해가 솟아오르고 대지에 빛이 비출 때 소시타의 눈에 기쁨이 일렁였다.
"거지 떼들이다."
이제껏 살면서 거지가 이렇게 반가워본 적은 없었을 것이다. 그것도 한두 명이 아닌 다섯 명이나 되었다. 소시타는 저벅저벅 걸음을 옮겨 거지들에게 향했다. 그는 평상시에 무공의 흔적을 나타내려 하지 않기에 발걸음도 보통 사람과 다를 바가 없이 걸었다.
그가 거지 떼 위에 자신의 그림자를 드리우자 거지 떼들이 꿈틀대면서 눈을 떴다. 그중 젊은 거지 하나가 지껄였다.
"누가 아침부터 햇빛을 가리는 거야?"
그 목소리의 주인은 표영이었다. 그리고 그 옆에 드러누운 거지들은 당연 능파와 능혼, 그리고 제갈호와 교청인이었다. 능파와 능혼은 거지 생활을 하는 동안에는 일반인들에게 한 명의 거지로서의 모습으로 나아갔다. 하지만 상대가 무림인이라면 입장은 달라졌다. 철저히 무림인으로서 대처해 나가는 것이다. 능파와 능혼은 이미 누군가가 다가온다는 것은 눈치 채고 있었지만 상대의 그저 평범한 걸음을 보고 그리 크게 생각지 않고 있었다.
　소시타가 삿갓 안쪽에서 말했다.
　"너희는 거지일 것이냐?"
　표영이 아침부터 무슨 말인가 하고 반문했다.
　"거지일 거냐니? 이미 우린 거지인데 또 거지일 거냐는 뭐야?"
　후닥닥 뱉어낸 말에 소시타가 무슨 말인지 알아듣지 못하고 다시 물었다.
　"너희는 거지일 것이냐?"
　"어허… 우린 이미 거지라니까 그러네. 삿갓이나 벗고 이야기하시오."
　표영이 답답하다는 듯이 일어나 삿갓을 벗기려 했다. 말도 괴이하게 하고 뭔가 이상해서 혹시 정신 이상자가 아닌가라는 생각이 든 것이다. 하지만 표영의 손은 삿갓을 벗겨내지 못했다. 어느새 소시타가 칼을 뽑아 자신과 표영 사이를 칼로 그어갔기 때문이다. 느닷없는 칼질에 일행이 튕겨지듯 자리에서 일어섰다. 표영이 손을 옆으로 두고 자제시키지 않았다면 주먹이 날아갔을 터였다.
　소시타가 말했다.
　"너희들은 거지니 말해야 할 것임이다."
　그 말에 능파와 능혼이 별 이상한 놈 다 보겠다는 듯 노려보며 말했다.
　"그래, 이 자식아! 거지니까 어쩔래!"
　하지만 소시타는 전혀 꿀림이 없이 자기 말만 했다. 그는 자신의 실력을 믿었고 거지 따위는 크게 문제될 것이라 생각지도 않은 터였다.

"거지 두목이 누구냐니까?"

이 말은 '거지 두목이 누구냐?'라는 질문인데 약간 이상하게 꼬여 버린 채 뱉어졌다.

"나다."

표영이 말하자 소시타가 물었다.

"내 이름은 소시타 고로스케. 천운산에 오비원을 만나러 왔다. 인도해 줄 수 있어야 한다."

표영은 천운산이고 오비원이고 알지 못했다. 제갈호와 교청인이 알고 있었지만 둘은 입을 굳게 다물고 아무 말도 꺼내지 않았다. 결코 이 삿갓 쓴 놈이 선한 목적으로 물어본 것이 아니란 생각 때문이었다. 표영이 손을 내저으면서 귀찮다는 듯 말하고 다시 자리에 누웠다.

"이봐, 우린 바빠. 거지라고 늘 시간이 많은 줄 아는 모양인데 전혀 그렇지 않다구. 알겠어? 그러니 다른 데 가서 알아보라구. 야, 다들 누워서 눈 좀 더 붙이도록 하자."

표영이 자라고 하면 자는 것이었다. 능파와 능혼은 잠이 올 리 만무했지만 하라면 해야 하는 것이다.

소시타는 한낱 거지 떼가 세게 나오자 어이가 없었다.

"죽고 싶어서 그렇구나."

표영은 아까도 하마터면 손이 잘릴 뻔했던지라 이 말을 듣고 기가 막혔다.

"아니, 이게 어디서 시비를 거는 거야? 너, 누구냐!"

표영이 자리에서 누운 채로 돌멩이를 손가락에 끼워 날렸다.

피웅—

그러자 이번에는 소시타가 미처 피하지 못했고 삿갓이 돌멩이에 맞고 뒤로 벗겨졌다. 나타난 모습은 아주 괴이쩍은 모습이었다. 이마가 훤하게 드러난 모습에 위로 뾰족하게 머리를 말아 올리고 콧수염이 얍삽하게 난 것이 중원인이 아니었다. 일행 중 가장 견식이 높은 능혼이 누운 채로 말했다.

"섬 동네 동영의 칼잡이인 것 같습니다."

"동영이라……."

표영이 어디서 들은 듯한 기억을 더듬다가 무릎을 쳤다.

"그럼 간혹 나타나서 해적 짓을 한다던 그 쪽발이로군."

게으른 가운데서도 운학 노인이 들려준 이야기가 떠오른 것이었다. 운학 노인에게서 동영 섬사람들이 미개하고 야만적이며, 싸움을 좋아하고 약탈을 즐긴다는 것을 들은 터였다.

능혼 등이 맞장구쳤다.

"그렇습니다. 아주 개새끼들입니다."

"허허, 그런데 왜 왔지?"

소시타는 삿갓이 벗겨지고 거지들끼리 뭐라고 뭐라고 씨부려 대자 오른손이 어느새 칼자루에 이르러 있었다.

"거지들이 제법이로세."

그는 이제 마지막 기회를 줄 참이었다. 빌어먹는 거지들의 삶이 그리 정상이 아니고 힘드니 깨끗하게 한칼에 고통없이 죽여줄 참이었다.

'하지만 세상엔 거지들이 많은 법이지.'

다른 곳에서 또 찾으면 그만인 것이다. 그의 마지막 경고성이 터졌다.

"오비원이 있는 곳을 알려라."

표영은 대책없이 계속 오비원만 찾는 데다가 버르장머리없이 계속 억압적으로 나오자 자리에서 다시 몸을 일으켜 세웠다.

"이거 봐라? 내가 니 친구냐! 언제 봤다구 계속 반말이야, 반말이!"

표영이 느물거리며 일어서자 일행도 따라 일어나며 한소리씩 지껄였다.

"이 새끼 아주 웃긴 놈일세."

"쪽바리에게 무시당할 순 없어."

"섬 촌놈이 어디 와서 까부는 거냐."

"홍, 고생 좀 해야 정신 차리려나."

소시타는 그저 가소롭게만 여겨졌다. 그는 가만히 숨을 고르며 일격을 날릴 태세를 준비했다. 지껄이고 있던 입은 머리와 함께 땅바닥을 구르리라. 하지만 사태는 그가 예상치 못한 상황으로 변해가고 있었다. 표영이 코앞까지 다가오더니 갑작스레 주먹을 휘두른 것이다. 마침 그 순간은 소시타가 숨을 들이쉬는 중도라 매우 절묘한 시점에 닿아 칼보다 표영의 주먹이 빨랐다.

퍼억!

정확히 면상을 가격당한 소시타가 바닥으로 쓰러졌다. 소시타는 정신이 하나도 없었다. 그저 일반 거지가 날린 주먹이라고는 믿을 수 없었다. 기절하지 않은 것이 불행 중 다행이라면 다행이랄까. 하지만 정작 표영이 주먹을 날린 것은 매우 빠르고 정확하고 힘이 들어가 있었지만 강룡십팔장처럼 공력을 더해 공격한 것이 아니었기에 치명적이라고까진 할 수 없었다. 표영으로서는 아까 칼이 한번 휘둘러져 보통은 아니라고 생각했지만 크게 대단하다고는 생각지 않은 터였다.
'이 자식들!'
소시타가 분노를 촉발시키며 칼을 뽑으려 했지만 그것도 뜻한 대로 되지 않았다. 일제히 능파와 능혼, 그리고 제갈호와 교청인이 달려들어 짓밟아 버린 것이다.
"어디서 감히 깝죽대는 것이냐!"
"죽어라, 이 자식아!"
"다시 섬으로 돌아가라. 어디서 싸움을 하러 온 것이냐!"
"이런 쪽바리 같으니라구!"
집단 폭행이었다. 무지막지한 발길질에 동영 최고수인 소시타는 정신을 아득히 잃어갔다. 그렇게 얼마나 밟았을까. 대략 한 식경(30분) 정도 밟았을 쯤 소시타는 정신을 잃고 말았다. 흐물흐물 기절해 버린 상태에서도 몇 번 더 밟힌 소시타는 꿈조차도 꾸지 못하고 뻗어버렸다. 가느다란 신음 소리만 나는 것에 표영이 수하들을 긴박하게 둘러보았다. 그리고 한마디.
"튀어!"
그 말에 표영과 일행이 신형을 날려 소시타에게서 멀어져 갔다. 사실 그냥 천천히 가도 될 일이었지만 표영은 장난기가 일어 해본 행동이었다.

소시타가 깨어난 것은 늦은 밤이 되어서였다. 차가운 기운이 땅에서 스멀거리며 올라오자 몸이 움츠러들며 정신이 든 것이다.
'아… 여긴 어디지……?'
그는 힘겹게 몸을 일으켜 세웠다. 거지 떼들은 어디에도 찾아볼 수 없었지만 소시타는 분노에 이글거리며 칼을 뽑아 들려 했다.

"어……?"

그의 입에서 짧은 경악성이 터졌다. 손이 말을 듣지 않는 것이다.

'이게 어떻게 된 거지?'

그는 손이 축 처지고 뇌에서 명령을 보내도 아무런 반응도 보이지 않자 황당하기 그지없었다.

"어떻게 이런 일이… 어떻게… 으아악……!"

괴성이 터져 나왔다. 그가 처음에 중원에 발을 디뎠을 때에는 자신감으로 충만했고 생은 활력으로 넘쳐 났었다. 하지만 지금은 모든 것이 날아가 버리고 말았다. 그의 상태는 매우 심각했다. 외상으로는 허리에 금이 가고, 오른손의 신경이 끊어지고, 다리뼈도 부러져 버렸다. 거기에 내상도 만만치 않았다. 자신이 천하제일고수라는 오비원에게 패한 것이 아니라, 아무것도 아닌 보잘것없는 거지들에게 얻어 터져 반병신이 된 것이 아닌가. 다케시마가 떠나기 전에 했던 말이 떠올랐다.

"진정한 승부는 나 자신과의 결투. 거기에서 이기고 또 이기면서 결국은 천지만물에 나를 동화시켜 나가게 되는 것이 아닌가."

그가 처연한 표정으로 절룩거리며 길을 걸을 때 짐승의 부르짖음 소리가 점점 가까워져 왔다. 그것은 늑대 떼였다. 늑대 떼들이 느닷없이 소시타에게 몰려온 것은 그가 내지른 괴성 때문이었다. 원래 늑대 떼들은 달을 보며 울부짖으려고 했었는데 소시타가 하도 시끄럽게 소리 지르자 울화가 치밀어 몰려든 것이다.

"뭐, 뭐냐, 이건 또!"

소시타는 눈을 동그랗게 뜬 채 절뚝거리는 다리를 이끌고 도망치기 급급했다. 결국 늑대 떼에게까지 이리 뜯기고 저리 뜯긴 소시타는 아무것도 얻지 못하고 병신이 된 몸으로 동영(일본)으로 돌아갈 수밖에 없었다.

14장
죽음 체험

죽음 체험

 청의무복을 걸친 세 명의 사내가 매우 빠른 속도로 앞을 향해 신형을 날렸다. 그들의 신법은 매우 쾌활한 것이 군더더기라곤 전혀 없어 보였다. 그 신법은 무당파의 제운종처럼 부드럽고 유연한 것도 소림사처럼 힘이 느껴지는 것도 아니었다. 하지만 그들의 모습에선 매우 은밀함이 엿보였고 당장에라도 안개처럼 사라져 버릴 것만 같았다. 그러면서도 언뜻언뜻 칼날 같은 예리함이 솟아나 있는 듯했다. 이들은 누구이며 또 누구를 뒤쫓고 있는 것일까?
 세 명 중 중앙에서 달리던 청면수 해청이 중얼거렸다.
 "정말 대단한 사람들이군. 이들이 우리가 찾고 있는 사람들이 아니더라도 추격해서 누구인지 확인해 볼 만한 가치가 충분하겠는걸."
 오른쪽의 혼원수 막경이 말을 받았다.
 "그러게 말이네."

왼쪽에 달리던 흑월수 손동도 고개를 끄덕였다.

"강호에 등장한 거지 차림의 고수들이라… 하지만 이들과 시비가 붙어서는 안 될 것 같군."

청면수, 혼원수, 흑월수는 청막의 일급 살수들이었다. 이들이 지금 쫓고 있는 무리는 표영과 그 일행이었다. 이들은 흑조단참 상문표로부터 표영의 행방을 찾도록 요청받은 터였다. 여기까지 오는 동안 많은 시행착오를 거치면서 어렵사리 당가 부근까지 이르게 되었고, 다시 얼마 전 탐문하던 중 아주 심란한 거지 떼를 보았다는 말을 듣게 되었다.

표영을 찾는 데 동원된 인원은 상문표와 무요를 포함해서 여덟 명이었다. 그들 중 지금 세 명의 살수가 그 정보를 토대로 확인차 달려가는 중이었다. 그들은 맹렬히 달리다가도 급히 멈추어서 주변을 세심하게 살피고 또 급히 달려갔다. 그건 거지 떼가 이동한 흔적을 찾고 바른 방향을 알기 위함이었다.

하지만 그들은 점점 추격해 가면서 상대가 결코 만만한 인물들이 아님을 깨달았다.

'그들이 맞다면 우리의 목적을 바로 말할 수 있어 어려움을 당할 리 없겠지. 하지만 아니라면… 으음…….'

그들은 본능적으로 위험을 감지하고 있었다.

녹림채를 향해 달려가는 길에 능파와 능혼은 묘한 느낌이 들어 마음이 개운치 않았다. 그건 누군가로부터 왠지 쫓김을 받고 있다는 느낌이었다. 하지만 단순히 본능적인 육감으로 느껴지는 것이라 과연 가던 길을 멈추고 살펴봐야 할지, 아니면 그대로 가야 할지 판단이 서질 않았다. 그들의 망설임에는 지존에 대한 배려와 지존의 눈치를 살피는 마음도 담겨 있었다.

지존과 함께 움직이고 있는 이때에 지존께서 눈치 채지 못한 것을 아는 체한다는 것은 마교의 전례를 돌아볼 때 결코 지혜로운 일이 아니었다. 역대 교주들의 행동 형태를 볼 때 그 순간은 고개를 끄덕일지 모르지만 뒤에 무슨 보복이 있을지 모르는 것이다. 그렇기에 대개의 경우는 오히려 모른 체하고 있다가 교주가 인지할 때 비로소 명령에 따라 움직이게 된다.

"형님!"

능혼이 신형을 움직이는 중에 은밀히 능파에게 전음을 날렸다. 능파가 전음으로 답했다.

"어떻게 해야 하나?"

"말씀드리고 한번 살펴보는 것이 좋겠습니다."

"으음… 지존께서는 천마지체가 아니시더냐. 괜히 말을 꺼냈다가 화를 부르지 않을까?"

"제 생각엔 오히려 천마지체이시기에 조금 더 특별하지 않을까라는 생각입니다."

"그럴지도……."

능파는 답을 하면서 얼마 전 주화입마를 당했을 시 보였던 지존의 모습을 떠올렸다. 뭔가 달라도 달랐다.

'천마지체? 가장 잔혹한 성정을 지닌 자? 아직은 숨겨져 있는 것인가?'

많은 의문이 떠올랐다.

"형님!"

능혼의 전음에 능파가 살짝 고개를 돌려 능파를 보았다.
"제가 지존께 말씀드리겠습니다."
"그래."
능혼은 신형에 속력을 더해 앞쪽에서 달리는 표영 옆에 달라붙었다.
"방주님, 드릴 말씀이 있습니다."
그 말에 표영이 대답 대신 눈썹을 살짝 올리고 입을 조금 내밀며 '뭐냐?' 라는 뜻을 물었다.
"정확한 것은 아닙니다만 어떤 무리가 우리를 향해 오고 있는 듯한 느낌을 받았습니다. 육감이 맞다면 필시 이번 당가 일로 인해 복수를 하겠다고 쫓아오는 무리가 아닐지 싶습니다."
"그래?"
그 말과 함께 표영은 곧바로 신형을 멈췄다. 표영의 경공은 일취월장하여 그 몸의 가볍기가 깃털 같았다. 달리던 관성이 작용했지만 표영은 신공을 운용해 계속 뻗어가려던 힘을 상쇄시키고 본인이 생각한 대로 그 자리에 섰다. 하지만 옆에서 달리던 능혼은 워낙에 표영이 갑자기 선지라 그만 앞으로 쭉 뻗어 나가다 정지했다.
급히 멈추게 된 것은 다른 모두에게도 급작스러운 일이었다. 그나마 능파가 조금 안정적으로 신형을 세운 편이라 할 수 있었고 제갈호는 앞으로 쭉 나아갔던 능혼의 코앞에까지 이르러 멈출 수 있었다.
그중 교청인은 위치상으로 표영의 뒤쪽 선을 따라온 터였는데 그녀는 표영이 급히 멈춰 서자 마음으로는 신형을 세워야겠다고 생각했지만 뜻대로 이루어지지 않았다.
"어어어……."
교청인은 당황스런 소리를 내뱉으며 그만 표영의 등을 덮쳤다. 그때 표영은 소리를 듣고 급히 뒤돌아서며 착(捉)자결을 따라 부드럽게 교청인을 두 팔로 잡았다. 교청인은 부딪칠 것이라 생각했는데 도리어 푹신푹신한 솜털에 몸이 파고드는 듯한 느낌을 받았다. 표영이 내력을 이용해 뻗어오는 교청인의 기세를 부드럽게 완화시켰기 때문이다.

아주 짧은 시간이지만 교청인은 기분이 묘해졌다. 그녀는 차츰 표영을 좋아하는 마음을 가지게 된지라 품이 참 따뜻하다고 느꼈다. 그때 그녀의 귓가로 부드러운 목소리가 들렸다.

"어디 다친 곳은 없니?"

이제까지 이렇게 부드럽게 이야기 듣기는 처음이었다. 갑자기 주위엔 꽃들이 만발했고 온갖 새들이 날아와 노래했다. 그리고 능파와 능혼, 제갈호는 활짝 웃음꽃을 피운 채 박수를 보내고 있었다.

'모두들 축하해 주는 것인가?'

뿌듯한 마음으로 교청인은 수줍게 대답했다.

"네……."

교청인의 짧은 대답, 하지만 매우 수줍은 듯한 목소리에 표영이 의아한 표정을 지었고 능파, 능혼, 제갈호 등은 거의 경악스럽게 입을 쩍 벌렸다. 원래 저렇게 말하는 그녀가 아니었다.

표영과 그리고 수하들은 저마다 속으로 이 상황을 분석하느라 바빴다.

표영.

'음… 이제 확실히 적응해 가는가 보구나.'

능파.

'저거 혹시 미친 거 아냐?'

능혼.
'이젠 여자이길 포기했단 말인가. 허허, 참……'

제갈호.
'교매가 왜 저러지? 설마 방주님을 좋아하는 건가? 에이, 설마……'

이들이 이런 반응을 보인 것은 표영이 교청인에게 건넨 말 때문이었다. 사실 교청인이 들었던 '어디 다친 곳은 없니?'라는 말은 그저 그녀의 환청일 뿐이었다. 실제로 표영은 교청인이 품에 안기게 되자 그녀의 머리 냄새를 바로 맡게 되어 한마디를 한 것이었다.

"머리 냄새가 아주 구수하구나."

하지만 교청인은 너무나 뜻밖의 사태에 직면하여 당황스러운 상태였고 거기에 그동안 암암리에 품고 있던 마음 때문에 스스로 엉뚱한 말을 만들어 듣게 되었던 것이다. 더불어 주위에 있던 능파와 능혼, 제갈호마저 박수를 치고 있는 것으로 보고 순각적이나마 꽃들이 주위에 만발하는 광경을 보게 된 것이다.
그런 가운데 그녀가 너무도 수줍은 목소리로 '네~' 라고 대답하자 모두들 얼떨떨해진 것이다.
능혼이 상황을 인식시키려 헛기침을 발했다.
"험험험……"

교청인은 그제야 자신의 모습을 깨닫고 얼른 표영의 품에서 떨어졌다. 표영도 교청인의 수줍은 대답과 그녀의 포근한 느낌에 뭔지 모를 기분에서 벗어나 그녀를 향해 격려를 보냈다.
"앞으로 더욱 노력해 보도록 하자꾸나. 알겠지?"
표영의 말인즉 지금 머리 냄새도 대단하지만 앞으로는 더욱 거지답게 냄새를 만들어가자는 말이었다. 하지만 교청인에게는 다른 뜻으로 다가왔다.
'노력해 보자라면……'
교청인이 환상에 사로잡혀 헤매일 때 표영은 아까 능혼이 한 말을 다시 떠올리고 있었다.
'어떤 놈들일까?'
실제로 표영은 아직 감지하지 못하고 있었다. 그렇지만 능혼이 허튼소리를 하지 않는다는 것은 잘 알고 있었다.
"좋다. 능파, 능혼! 너희는 지금 즉시 살피고 오도록 하라. 혹시 누군가와 맞닥뜨리게 되면 생포해 오도록. 우리 진개방은 아무나 죽여서는 안 되니까 말이다."
"존명."
나지막한 소리로 답하고 능파와 능혼의 신형을 오던 길로 돌려 달렸다.
상대가 비위 거슬리게 나올 경우 숨통을 끊어놓을 수 없다는 것이 조금 서운하긴 했지만 둘은 누군지 모를 이들을 향해 바람처럼 내달렸다.
얼마쯤 갔을까.
능파와 능혼의 예리한 안광이 빛을 발했다. 아직은 멀지만 저만큼

세 개의 그림자를 발견한 것이다. 능파와 능혼의 신형은 나란히 달리다가 좌우로 갈라졌다. 이때부터는 신형의 속도보다는 은밀함이 더욱 중요했다.

추적하던 청막의 살수 중 제일 왼쪽에 있던 혼원수 막경의 눈이 찌푸려지며 다급히 말했다.

"누군가가 오고 있네. 흩어지세."

막경은 말을 마치고 신형을 근처 나무 쪽으로 날려 은신했다. 그 말에 청면수 해청과 흑월수 손동의 몸도 갑자기 종적을 감추었다.

혼원수 막경은 숨소리를 고르며 상대의 반응을 기다리며 은밀히 주변을 살폈다.

그때였다. 순간 그의 눈이 등잔처럼 커졌다.

'뭐, 뭐지?'

막경은 다른 건 몰라도 자신의 은신술만큼은 대단하다 자부하고 있었다. 그건 청막 내에서도 익히 알려진 것이었으며 직속 상관인 무요도 인정한 것이었다. 그런데… 그런데 믿을 수 없는 일이 일어난 것이다. 비록 숨소리를 채 고르지 못했다 해도 이렇게 빨리 자신의 위치를 파악할 수 있단 말인가. 하지만 이건 꿈이 아니었다. 그는 일단 시간이 필요했다.

손을 뿌리자 십여 개의 암기가 쏟아졌다. 오후의 햇살이 비추었지만 암기는 빛의 반사됨이 없이 음유한 기운을 품고 뻗어갔다. 상대가 고수이긴 하지만 적어도 동작을 지체시킬 순 있을 것이다.

허나 그건 막경만의 바램일 뿐이었다. 상대는 그가 생각하고 있는 범주를 넘어선 고수였고 그의 이름은 능파였기 때문이다. 능파가 쏟아지는 암기를 보며 살짝 입꼬리를 올릴 때 이미 암기는 그 의미를 다

한 것이나 다름없었다.

"귀한 암기를 이렇게 허비해서는 안 되지."

능파는 호신강기를 발하며 암기를 그대로 몸으로 받아 튕겨내고 정확히 막경에게로 달려들었다.

막경은 상대가 자신이 어찌해 볼 수 있는 인물이 아님을 알고 전의를 상실했다. 게다가 옷차림을 보아하니 거지가 아닌가. 그는 황급히 외쳤다.

"우린 적이 아닙니다!"

하지만 능파는 그 말을 듣지 못한 사람처럼 소매를 가볍게 떨쳐 단두사를 꺼냈다. 햇빛에 순간순간 번쩍거리는 단두사는 마치 살아 있기라도 한 듯 차르르 움직였고 능파의 움직임에 따라 어느덧 막경의 목을 휘감아버렸다.

만일 여기에서 가만히 움직이지 않고 있다면 아무 일도 없을 테지만 만약 조금이라도 움직인다면 목은 영영 몸과 분리될 것이다. 다행히 막경은 자신의 목을 휘감은 것의 위력이 대단하다는 것을 눈치채고 굳은 채 움직이지 않았다.

"그래도 눈치가 없진 않구나. 하하하!"

능파는 껄껄거리며 웃은 뒤 막경의 등을 툭 쳐 마혈을 짚은 후 신형을 날렸다. 다른 놈을 잡으러 가는 것이다. 능파가 막경을 제압하고 이동할 때 능혼도 청면수 해청을 제압한 상태였다. 이제 남은 이는 흑월수 손동뿐이었다. 손동은 이미 두 명의 동료가 제압당한 것을 지켜본 터라 마음을 비우고 가만히 서 있었다. 싸우려는 의지가 전혀 없음을 보이고자 함이었다.

능파와 능혼은 손동의 곁에 이르러 거센 발길과 주먹을 날렸다. 그 공격은 손동을 직접적으로 노린 것이 아니라 아슬아슬하게 한 치도 안 되는 간격으로 주먹과 발길이 스쳤다. 만약 손동이 조금만 몸을 움직인다면 엄중한 상처를 입을 것이다. 둘의 움직임이 번개같이 좌우 위아래에서 안개처럼 움직이며 공격할 때 손동은 식은땀을 흘렸다.

'제길, 언제까지 이렇게 있어야 하나.'

그때 좋은 생각이 떠올랐다.

"저는 표영이란 분께 긴히 전할 말이 있어 찾아왔습니다."

그 말은 매우 효과적이어서 위협을 가하며 짓궂게 몰아가던 두 사람의 동작이 멈추었다.

능파가 손동의 멱살을 쥐며 성난 얼굴로 말했다.

"어떤 이름인데 네깟 놈이 감히 함부로 입에 올리느냐!"

흑월수 손동이 캑캑거리면서 간신히 답했다.

"네네… 그분의 집안일입니다……. 전 그저……."

집안일이라는 말에 능파가 손을 내려놓았다. 지존의 집안일이라는데 무시할 수는 없는 노릇이었다. 나중에 거짓말로 드러나면 그때 작살을 내더라도 지금은 참아야 했다. 하지만 경고를 보내는 것은 잊지 않았다.

"만일 허튼수작을 부린 거라면 너의 혀를 뽑아버리고 대신 뱀의 혀를 달아주겠다."

험악하기 그지없는 말에 손동은 안색이 핼쑥해졌다.

'우리가 찾는 사람과 이름이 같긴 한데… 무공이 너무 강하잖는가. 이름만 같고 다른 사람이면 큰일 나겠는걸.'

손동은 불안하기 그지없었다. 표영이라는 이가 이 정도의 고수를 수족처럼 부린다면 필시 그도 대단한 고수일 것은 당연한 일이었고, 그것은 자신이 찾는 자가 아닐 수도 있음을 의미하는 것이었다.
 능파와 능혼은 다른 두 명의 살수들의 혈도도 풀어주고서 함께 표영에게로 갔다. 그들이 이르렀을 때 표영은 제갈호, 교청인과 함께 바닥에 누워 하늘을 쳐다보며 노닥거리고 있었다.
 능혼이 표영에게 다가가 공손히 입을 열었다.
 "저들이 쫓아온 무리들입니다. 사실인지 모르나 잡고 보니 방주님께 드릴 말씀이 있다고 해서 데리고 왔습니다."
 표영은 윗몸을 일으켜 앉은 후 세 사람을 보고 말했다.
 "어이, 거기… 이리들 오시오."
 세 명의 살수는 어정쩡한 자세로 표영에게 다가갔다. 그들은 별 볼일 없어 보이는 젊은 거지가 이 무리의 두목이란 점에 약간의 의아함과 함께 긴장했다.
 표영은 세 사람이 눈앞에 이르자 손으로 옆을 가리키며 말했다.
 "무슨 일인지는 몰라도 여기 앉으시구려. 하하."
 "네?"
 세 사람은 서 있기도 뭣하고 그렇다고 털썩 앉기도 뭣해서 엉거주춤한 상태로 어찌해야 좋을지 몰라 했다. 그때 능파가 나직이 으르렁거렸다.
 "네놈들 귀가 먹었느냐? 방주님의 말씀이 정녕 안 들린단 말이냐!"
 그 말에 세 명의 살수들은 얼른 표영 옆으로 앉았다.
 "그래, 어떤 일로 찾아오신 겁니까?"
 혼원수 막경이 대표로 입을 열었다.
 "저희들은 청막의 사람들입니다……."

청막에 소속되어 있다는 것을 서두로 말을 꺼내자 표영은 처음 들어보는 조직의 이름인지라 호기심 어린 음성으로 되물었다.

"청막이라면 어떤 곳입니까?"

막경과 동료들은 흠칫한 표정을 지었다. 이 정도 고수들을 데리고 다니는 사람이 청막을 모른다는 것이 이해할 수 없었던 것이다.

"흠흠… 청막은 청부 조직입니다."

특별히 숨길 만한 이야기도 아닌지라 막경이 편하게 말하자 표영이 고개를 갸우뚱거렸다.

"청부라… 대충 무슨 일을 의뢰받으시는 겁니까?"

"그야… 뭐 당연히 사람을 죽여주죠."

그 말을 듣고 표영은 갑자기 웃음을 터뜨렸다.

"하하하, 참 생긴 것과는 달리 농담을 잘하시는군요."

막경도 따라 웃었다.

"하하하, 제가 여기까지 와서 농담하겠습니까? 아주 재밌으시군요."

막경과 동료들이 웃음 지을 때 표영의 웃음은 뚝 그쳤다.

"농담이 아닙니까? 그럼 진짜 사람을 죽여준다는 말입니까?"

"그럼요. 대신 그냥 죽이지 않죠. 그만한 돈을 내면 확실히 죽여준답니다."

표영이 처음과는 달리 고개를 한쪽으로 기울이고 말투도 삐딱하게 물었다.

"정말입니까?"

막경은 왠지 심상치 않은 느낌을 받았지만 설마 청부 조직이라는 것으로 시비를 걸지는 않을 것이라 생각하고 어깨를 으쓱하며 답했다.

"네, 그럼요."
"음, 그럼 한 가지만 물어봅시다."
표영의 목소리가 조금 차가워졌다.
"네."
"그쪽 분들은 이제껏 몇 명이나 죽였소이까?"
각자는 대략 머리로 셈을 해보고 차례로 대답했다.
"저는 대략 41명 정도 되는 것 같습니다만."
"저는 부끄럽게도 아직 32명밖에 안 됩니다."
"저는 38명이 되는군요."
그들의 말이 끝나기 무섭게 표영이 갑자기 몸을 일으켜 세우고 소리쳤다.
"이런 개새끼들을 봤나!"
느닷없는 호통에 세 명의 살수들이 놀라 일어났고 능파 등도 우르르 몰려들었다.
"이 새끼들 붙잡아!"
세 명의 살수들은 갑자기 왜 이러는지 이해할 수가 없었다. 강호에는 수많은 문파가 있고 또는 직업이 있는 것처럼 살인 청부는 자신들의 천직이라 생각하고 있었다. 대체 무슨 말을 잘못했는지 그들로서는 알 수가 없었다.

능파 등이 우르르 달려들어 세 명의 몸을 붙들었다. 살수들은 이미 능파와 능혼에게 잡힐 때부터 전의를 상실한 상태였기에 반항할 생각조차 하지 않았다. 아니, 반항할 필요조차 느끼지 못했다. 잘못한 것이 있어야 도망을 치든 대적을 하든 할 것인데 아무것도 잘못한 게 없었다.

"대체… 무슨 일이십니까? 저희는 단지 집안일을 전하러 왔을 뿐입니다."

"흑조단참 상문표님의 부탁을 받은 겁니다. 저희는 아무런 죄가 없습니다."

"비록 저희가 살수들이지만 대인을 해하려 온 것이 아닙니다."

표영은 더 이상 이야기를 듣고 싶지 않다는 듯 세 명의 뺨을 차례로 갈겼다.

짜자작!

"네놈들에게 묻겠다. 너희의 목은 얼마 정도면 끊을 수 있느냐?"

살수들의 얼굴이 흙빛으로 변했다.

그들은 그러한 질문을 스스로에게는 전혀 던져 본 적이 없었기에 무어라 할 말이 없었다. 다른 사람의 목이 돈에 의해 좌우지되는 것은 자연스러운 것이라 생각했지만 자신들의 목숨만큼은 절대 그런 식으로 생각해 보지 않았었다.

"얼마냐니까?"

"……."

"값으로 매길 수 없다는 것이냐? 그럼 너는 얼마냐?"

그 옆에 있는 청면수와 흑월수에게 차례로 물었지만 어느 누구도 말을 하진 못했다.

표영이 얼굴에 가소롭다는 표정이 떠올랐다.

'비겁한 놈들! 돈으로 사람을 죽이다니… 이런 놈들이 있는 한 돈을 가진 자라면 마음에 들지 않는다는 이유만으로 누구든지 죽일 수 있지 않겠는가. 버러지 같은 놈들! 어지간한 사파 놈들보다 더 나쁜 놈들이야.'

"이놈들을 어떻게 해야 좋을까. 콱 그냥 죽여 버릴까? 아니, 아니야… 그러면 똑같은 놈이 되는 것이 아니겠느냐. 그래도 살려두기엔 너무 기분이 더럽잖아. 그냥 손만 잘라 버릴까? 아니지, 그건 너무 약해. 어떻게 하면 좋을까?"

표영은 그들 앞을 왔다 갔다 하면서 삶과 죽음의 경계를 넘나들었다. 살수들은 표영의 말에 따라 얼굴이 환해졌다가 어두워졌다가를 반복했다.

표영이 동작을 멈추고 세 사람을 향해 나지막하게 말했다.

"너희는 살고 싶으냐?"

"네!"

번개 같은 대답이었다.

"좋다. 그럼 너희들은 앞으로 이틀 동안 죽음을 체험토록 한다."

"네?!"

"너희가 이틀 간 묻힐 무덤을 직접 파도록! 실시!"

'죽음을 체험하다니……'

'땅에 묻힌다니……!'

'혹시 꺼내주지 않으면 어떡하지?'

살수들은 몸과 마음이 얼어붙었다. 얼빠진 표정을 짓던 그들은 일제히 광란의 몸부림을 쳐대기 시작했다.

"제발 살려주세요! 왜 그러시는 거예요!"

"이렇게 죽을 순 없어요. 어떻게 살아 있는 채로 사람을 묻을 수… 으아악~!"

"이건 말도 안 돼… 말도 안 된다구~!"

그들은 능파 등에게 붙들려 있는 가운데 처절하게 몸부림쳤다. 하지만 그것은 그저 매를 버는 것에 불과한 몸짓일 뿐이었다.

"이놈들이 사람은 여럿 죽여놓고 겁은 또 많네. 가만히 있지 못햇!"

표영이 달려들어 타구봉으로 난타하자 능파와 능혼, 그리고 제갈호와 교청인도 마구잡이로 주먹을 날렸다. 무자비한 폭력이 자행된 뒤 바닥에 뻗어버린 세 명의 살수들이 거친 숨을 내쉴 때 표영이 다시금 말했다.

"빨리 파는 게 좋을 거야. 언젠가는 파야 할 거니까 말이다."

결국 피할 수 없는 길임을 인지한 살수들은 힘겹게 일어나 자신들의 무덤을 팠다. 한 줌 한 줌 땅이 파질 때마다 드는 기분은 말로 형용하기 힘들 정도로 울적하더니 중간 정도 팠을 때는 눈물이 하염없이 흘러내렸다.

약 일 식경(30분)에 걸쳐 자신들의 무덤을 파낸 살수들은 표영의 말 없는 손짓에 따라 시체마냥 흐느적거리며 걸어가 구덩이 속에 얌전히 누웠다.

"자, 이틀 동안만 누워 있도록. 그동안 땅속에서 돈 때문에 죽였던 사람들을 생각해 보아라."

표영의 말이 끝나기가 무섭게 기다렸다는 듯 능파 등이 우르르 달려들어 흙을 덮었다. 다리가 덮이고 가슴이 덮이고 얼굴이 덮여오자 설움과 절망이 온몸을 휘감았다.

'이렇게 죽는구나.'

이틀 후에 꺼내준다고 했지만 그 후에 살아나리란 보장은 없었다. 이런 짓을 하는 사람들에게 무엇을 기대한다는 것 자체가 무리란 생각이 든 것이다.

땅속에서 호흡하는 데는 크게 지장은 없었다. 결코 무공이 낮은 것이 아닌지라 가늘게 공기를 들여마실 수 있었던 것이다.

묻힌 지 반 시진(1시간) 정도가 되었을 때 살수들은 서서히 적응하기 시작했다. 처음에는 너무도 황당했기에 그냥 울고만 싶었는데 지금은 오히려 마음이 차분해졌다.

지극히 고요함 속에서 한 시진이 지날 때 이들은 귀를 자극하는 괴이쩍은 소리를 들었다. 그것은 아주 작은 소리였는데 점점 시간이 지나면서 소리가 커졌다. 벌레가 움찔거리는 소리에서 파도가 밀려드는 소리 정도로 커졌다고나 할까.

지하의 소리는 음산하기 짝이 없어 두려운 공포로 심장을 짓눌렀다. 그것은 이제까지 느껴보지 못한 두려움이었다.

소리는 점점 심령을 파고들더니 이젠 급기야 눈을 감고 있는 살수들에게 연상 작용을 불러일으켰다.

'헉! 저건……!'

나타난 이들은 그동안 자신들이 죽였던 사람들이었다. 목이 찔리고 가슴이 파헤쳐진 이도 있었고, 등이 찔린 이들이며 아예 목이 없이 몸만 움직이는 사람도 있었다. 죽은 자들은 그렇게 하나둘 모여들며 끔찍한 소리로 토해냈다.

―막경! 너는 왜 날 죽이려 했던 것이냐!
―으아악! 손동, 네놈이 날 죽여……!
―가만두지 않겠다… 지옥 끝에서 너를 기다리마!
―돈을 받고 사람을 죽이는 나쁜 인간 같으니……!
―네놈들은 무슨 권리로 사람을 죽이는 것이냐!

세 명의 살수들은 끔찍한 광경에 도망치고 싶었지만 전혀 움직일 수가 없었다.

"으으윽… 살려줘……."

가까스로 소리를 내질렀지만 흙만 입으로 꾸역꾸역 밀려들 뿐이었다.

"제발… 데발(제발)……."

"무서워… 제발 구해주세요."

그렇게 시작된 죽은 자들의 엄습은 이틀 동안이나 계속되었다. 그들이 이러한 공포를 느끼게 된 것은 표영이 술법을 부리거나 능파와 능혼이 손을 쓴 것이 아니었다. 단지 자신들이 무덤에 들어가 있다는 것과 스스로가 죽임을 당할지도 모른다는 상념이 뒤섞여 후회와 번뇌로 인해 그러한 환상을 보게 된 것이었다. 그들에게는 제대로 된 죽음의 체험이 아닐 수 없었다.

청막의 삼영주 무요는 달을 바라보며 초조해했다. 이미 왔어도 서너 차례 왔다 갔을 시간임에도 세 명의 수하들은 아무런 소식도 없는 것이다.

"이럴 리가 없는데……."

옆에 있던 상문표도 손으로 턱을 문지르며 심각한 표정을 짓곤 말했다.

"아무래도 찾아보는 게 좋을 것 같네."

"그렇겠지?"

"응."

상문표가 고개를 끄덕이자 무요가 수하들에게 명했다.

"모두 함께 간다."

그들은 맹렬한 기세로 추적하기 시작했다.

하지만…

모두 함께 간다라고 말한 무요의 말은 모두 함께 땅에 묻히자라는 결과를 낳고 말았다. 지금 무요와 그의 수하들은 모두 어두컴컴한 땅 속에 묻혀 버린 것이다. 그들 중 유일하게 묻히지 않은 자는 상문표뿐이었다.

그들이 오는 것은 이미 능파와 능혼에게 중도에 감지당했고 매복하여 기다린 일행에게 걸려 제압당했다. 비록 약간의 저항이 있었지만 그리 오래 걸리진 않았다. 표영은 그들도 먼저 온 세 명의 살수들처럼 땅에 곱게곱게(?) 묻혔다.

하지만 상문표는 이미 살수계를 떠나 유유자적하고 있는 자신의 처지를 말했기에 무덤에 들어가는 것은 간신히 면할 수 있었다.

일행으로부터 약간 떨어진 곳에서 표영은 상문표가 잔잔히 전해주는 말을 듣고 있었다.

"으음……."

"흠흠, 부모님이나 형님도 걱정하고 계시니 조금 힘들더라도 집에 한번 들러보십시오."

상문표는 자신이 과거 흑조단참이라는 별호로 강호에서 살수였으나 그후 무당파의 운경 도장으로부터 바른 교훈을 받아 은퇴하게 되었다는 것과 이번에 운경 도장의 제자인 표숙으로부터 동생을 찾아달라는 부탁을 받고 여기까지 오게 되었음을 차근히 말한 터였다.

"너무 오랜 시간 떨어져 계신 데다가 도무지 그동안 연락이 안 돼

마음을 졸이고 계시는 것 같습니다."
 상문표의 말에 표영의 마음은 어느덧 집에 가 있었다. 어머니, 아버지 얼굴이 떠오르고 자신을 위해 애태우시는 모습이 떠올랐다.
 '아버지… 어머니…….'
 당장에라도 돌아가고 싶었지만 아직은 때가 아니라는 생각이 들었다.
 '조금만 더 확실하게 해두자.'
 아직은 마무리 지어야 할 일이 급했다.
 "음… 이렇게 먼 곳까지 고생하며 찾아주신 것에 감사드립니다. 하지만 지금은 나의 사부님과 약속한 것이 있어 당장 돌아갈 수 없습니다. 음… 그래서 말씀입니다만, 상 형께서 부모님과 형에게 저의 소식을 잘 전해주셨으면 합니다. 특별히 부모님께는 거지 생활을 훌륭하게 잘하고 있노라고 전해주십시오."
 "그, 그게… 그래도……."
 상문표로서는 이렇게 돌아서기가 난처했지만 표영이 거듭 당부하며 등을 떠미는 바람에 어떻게 할 수가 없었다.
 "잘 부탁합니다."

 상문표가 엉겁결에 등이 떠밀려 떠나가고 살수들은 드디어 무덤에서 나오게 되었다. 비록 뒤에 들어간 무요 등은 시간이 앞에 온 막경 등에 비해 짧았지만 그들이 받은 심적 충격 역시 그들 못지 않았으리라.
 무덤에서 나온 그들의 얼굴은 창백하게 질린 것이 새하얗다 못해 푸르스름하기까지 했다. 개중에는 아직까지 무덤에서의 환상에서 깨어나지 못한 듯 몸을 부들부들 떠는 이도 있었다.
표영이 그들을 보고 말했다.
"정신 차리고 잘 들어라. 앞으로도 돈 받고 사람 죽이는 따위의 일을 할 사람은 앞으로 한 걸음 나오도록."
이 일을 천직으로 생각하는 살수들이었지만 어느 누구도 선뜻 나서지 못했다. 하지만 그래도 청막의 영주답게 무요가 한 발자국 앞으로 나섰다.
"결코 따를 수 없소."
무요는 나름대로 생각이 있었다.
'강호에는 그래도 기개가 있는 자를 높이 사는 법이지.'
대체로 영웅은 영웅을 알아보는 법. 비록 나서고 싶은 마음은 조금도 없었지만 나는 보통 사람이 아니다라는 점은 보여줘야만 했다.
그가 앞으로 나서자 표영의 눈썹이 꿈틀했다. 그리고 한마디.
"묻어버려."
"커억~!"
무요는 달려드는 능파 등에게 붙잡혀 질질 끌려갔다. 설마 하니 이렇게 간단히 묻어버리라고 할 줄은 몰랐던 무요는 비명을 지르기 시작했다.
"농담이라구요! 그냥 해본 소리라니까요~ 아무 생각도 없었다구요~ 진짜예요~! 흑흑……."
어찌나 처절하게 울부짖는지 듣는 이의 폐부를 아리게 할 정도였다. 하지만 무요의 수하들은 모두들 퀭한 눈동자가 되어 핼쑥해지고 말았다.
'농담이라니…….'

무요가 가까스로 묻히는 것을 면하고 아직까지 흐르는 눈물을 훔치고 있을 때 표영이 장엄하게 말했다.

"앞으로 너희는 진개방의 일원이다. 그리고 청부 조직과는 전쟁이다."

무요를 비롯한 살수들은 모두들 회선환을 먹었고 일행은 이제 살수들 일곱 명이 더해져 총 열한 명이 되었다.

15장
천선부의 반응

천선부의 반응

 당운각은 온 힘을 다해 천선부로 향했고 지금 그는 그의 열성적인 발걸음의 대가를 눈앞에 두고 있었다.
 천선부주 오비원.
 바로 천하제일고수와 대면하게 된 것이다.
 당운각은 그동안 살아오면서 오비원에 대해 많은 이야기를 들었었다. 하지만 직접 얼굴을 본 것은, 그것도 이렇게 가까이에서 보게 되는 것은 생애 처음이었다. 사람과 사람이 만나는 것이야 인생에 있어 매양 벌어지는 일이겠으나 당운각은 상당히 긴장했었고 지금도 긴장하고 있었다. 거짓말없이 입이 바짝 타 들어가고 모든 신경이 날카롭게 반응하고 있는 상태였다.
 오비원을 본다는 것은 곧 무엇을 의미함인가. 천하제일고수를 눈앞에 두고 있음이 아닌가. 어쩌면 강호인에게는 그것만으로도 영광이라 할 만했다. 허나 정작 오비원을 본 당운각은 속으로 고개를 갸우뚱거렸다. 그가 생각해 왔던, 그리고 천하제일고수라면 이러한 모습일 것이라고 상상했던 것과 실상의 오비원은 너무도 큰 차이를 보였기 때문이다.

칼날 같은 기세.
상대를 꿰뚫어 버릴 것 같은 안광.
황금빛 장포를 두르고 주변을 압도하는 위엄.
거기에 화려한 보좌에 태산처럼 앉아 있는 모습.

대략 이 정도가 그가 상상했던 모습이었다. 하지만 어느 것 하나 일치하는 것이 없었다.
실지 오비원의 모습은 마치 옆집에 살고 있는 할아버지를 연상케 했다.
'만약 그의 얼굴을 모른 상태에서 시장 어귀에서 보았다면 아마도 전혀 눈치 채지 못하고 무심코 스쳐 지나갈 것이리라.'
마음의 창이라는 눈빛도 특별하지 않았다. 단 한 번 움찔거리는 것만으로 상대를 얼어붙게 만드는 강렬함 대신 따스함이 피어나고 있었다. 거기에 모든 모습과 조화를 이루는 평범한 백색 장포. 또한 오비원은 높은 상석에 앉아 내려다보는 것 대신 탁자에서 가만히 당운각을 응시하고 있었다.
'정녕 이 노인이 건곤진인 오비원이란 말인가. 믿기지 않는구나.'
아마도 당운각으로선 건곤진인 오비원 옆에 굳건히 선 두 호법의 장중한 기세가 아니었다면 엉겁결에 이렇게 물어봤을지도 몰랐다.

―정말 노인장이 건곤진인이시오?

 하지만 당운각이 눈 뜬 소경은 아니었다. 그래도 명색이 당가의 장로가 아니던가. 그는 짧은 시간 오비원의 모습을 훑어보면서 의아함도 느꼈지만 그와 동시에 경탄도 컸다.
 '이 사람이 천하제일고수 오비원이다. 이런 모습이야말로 그가 최고의 경지에 이르렀음을 의미하는 것이 아니겠는가. 그는 필시 내공 최고의 단계인 노화순청(爐火純靑), 반박귀진(反撲歸眞)에 이르렀으리라.'
 당운각이 속으로 중얼거린 노화순청은 화로의 붉은 불꽃이 절정에 이르러 다시 파란색으로 변한다는 것으로 내공이 점점 발전해 극에 이르면 가히 그 깊이를 짐작할 수 없게 되는 경지를 뜻했다. 반박귀진도 그런 비슷한 뜻이다. 눈빛과 표정이 평범 그 자체를 이루어 가히 보통 사람과 구별할 수 없을 정도가 되며 진기가 끊이지 않고 이어지는 경지를 가리키는 말이었다.
 당운각은 처음에 생각하길 천하제일고수는 달라도 뭔가 다르다는 생각을 하게 될 것이라 예상했었다. 그의 생각은 결과적으로 봤을 때는 맞은 셈이었다.
 평범으로 가리운 능력.
 그 경지까지는 전혀 생각지 못했기 때문이다. 이러한 경지는 표영이 익힌 비천신공과는 조금 다른 면이 있었다. 표영은 비천신공을 통해 아예 처음부터 평범으로 포장되어 가는 것이고 오비원의 경우엔 무공이 절정에 이르러 이런 변화를 갖게 된 것이었다.

그렇게 당운각이 완벽한 평범을 갖춘 오비원을 보고 감탄할 때 그의 귓가로 늙수그레하지만 푸근한 음성이 들려왔다. 오비원이었다.

"당 장로께서 말씀하신 가문에 생긴 변화라는 것이 무엇인지 말씀해 보시구려."

오비원의 말투엔 위압적인 분위기나 압도하는 기운 따윈 찾아볼 수 없었다. 그저 공손함만이 가득 담겨 있을 뿐이었다. 당운각이 당가의 장로이며 나이를 먹을 만큼 먹었다고 해도 이제 90세에 이른 오비원에 비하자면 아직 새파랗게 젊은 상태라 해도 과언이 아닐 터였다. 오비원이 마흔 살이었을 때 당운각은 십여 세에 불과했으니 말이다. 오비원은 충분히 거만스럽게 말해도 될 위치에 있었지만 스스로를 낮추었다.

이렇게 되자 더욱 조심스러운 것은 당운각이었다. 겸손이란 원래 높은 지위로 올라갈수록 행하기가 힘든 법이다. 낮은 지위에 있을 때는 겸손을 보이다가도 직책이 높아지면서 자신을 망치는 사람들이 태반인 것이다. 당운각은 자신 스스로 장로의 신분을 가지고 있기에 그런 점을 잘 알고 있었다.

당운각이 신중한 어조로 입을 열었다.

"먼저 제 이야기에 귀를 기울여 주시니 감사드립니다."

원래 당운각은 이렇듯 자신을 낮추어서 말하는 사람이 아니었다. 하지만 지금은 절로 깍듯한 말이 나왔다. 만일 오비원이 비틀어지게 나왔다면 비록 무림의 배분이나 연수가 높고 많아도 마찬가지로 자신을 높였을 것이다.

그가 말을 이었다.

"저는 오행문에 일을 보기 위해 잠시 본가를 떠나 있었습니다. 그런데 돌아와 당가의 사정을 들어보니 참담하기 그지없는 지경에 처한 것을 보게 되었답니다……."

말을 하며 당운각의 얼굴은 처참하게 일그러졌고 이 말들을 시작으로 모연에게 들었던 것을 자세히 설명했다.

"…부디 천선부에서 당가를 위해 중재해 주시길 머리 숙여 바랍니다."

당운각이 말을 맺을 때 어느덧 오비원의 얼굴엔 부드러운 미소가 걸려 있었다. 당운각의 입장에서는 결코 기대했던 표정은 아니었지만 그렇다고 냉담한 표정을 짓고 있는 것보다는 나은지라 애써 스스로를 위로하며 반응을 기다렸다.

'과연 건곤진인은 어떻게 나올까?'

덥석 손을 잡으며 '도와주겠소이다' 라고만 한다면 더 이상 바랄 것이 없으리라. 하지만 그의 기대와는 달리 오비원의 입에서는 너털웃음이 나왔다.

"껄껄껄껄… 하하하하……."

비웃는 것이나 무시하는 것이 아닌 마음에서 우러나온 것이 분명한 즐거운 웃음이었다.

'이건 승낙하겠다는 뜻인가?'

초조하게 답을 기다리던 당운각은 퀭한 표정으로 오비원을 바라보았다. 오비원도 그런 당운각을 보았음인지 애써 웃음을 참으려고 노력했다. 한 손을 젓고 또 한 손은 입을 가렸지만 그래도 웃음은 계속 새어 나왔다.

오비원의 뒤쪽 좌우에 선 두 호법은 겉으로는 표정 변화가 없었지만 속으로는 뜻밖이라 생각했다. 그들은 근 몇 년에 걸쳐 자신들의 주인이 이렇게 즐겁게 웃는 것을 본 적이 없었기 때문이다.

오비원은 한참을 웃다가 애써 웃음을 그치고 말했다.

"하하, 이거 너무 실례가 많았소이다. 원래 이렇게 웃어서는 안 되는 이야기입니다만 너무도 재미가 있어 웃지 않을 수가 없었구려. 아마도 지금 들은 이야기가 내 생애 중에서 가장 재미있었던 것 같습니다. 당 장로께선 아주 재밌는 분이시구려. 앞으로는 자주 찾아주시오. 자, 그럼 이제 마음껏 웃었으니 농담은 그만 하시고 당가에 생겼다는 문제를 말씀해 보시구려."

건곤진인 오비원은 당운각의 말을 농담으로 여긴 것이다. 처음부터 도무지 믿을 수가 없었다. 오독관문을 지났다는 것과 그 거지 떼들이 당가에서 행한 일련의 사건들은 그저 듣기 좋은 농담일 뿐 그 이상의 가치는 없다고 생각한 것이다.

하지만 그 말에 당운각의 얼굴은 검게 변해 버렸다.

퀭~

그로선 비참하기 이를 데 없었던 것이다. 사실 그도 모연을 만나 이야기를 들었을 때 오비원과 똑같은 말을 하지 않았던가. 그 당시 모연의 심정이 어떠했을지 조금은 이해할 수 있을 것 같았다.

당운각이 힘겹게 입을 열었다.

"단언하건대… 제가 말씀드린 것은 모두 사실입니다."

아직까지 웃음의 여운을 즐기던 오비원과 호법들의 얼굴이 그대로 멈췄다. 또다시 농담이라고 믿기엔 당운각의 표정이 너무도 진지했기 때문이다.

"허험… 험험……."

오비원은 어색함을 달래기 위해 헛기침을 연신 토해낸 후 말했다.

"그러니까 모든 것이 현재 당가에 일어난 일이라 이겁니까?"

"그렇습니다."

"으음……"

오비원은 웃을 수 없었다. 사람을 앞에 두고 웃는다는 것은 매우 실례되는 행동이 아니던가. 하지만 이번에는 꾹 참고 속으로 사정없이 웃음을 터뜨렸다. 역시 고수는 뭔가 달라도 달랐다. 겉으로는 신중에 신중을 기하는 모습이었지만 속에서는 웃느라고 난리가 아니었다. 그런 모습이 당운각에게는 매우 심사숙고하는 모습으로 보였다. 일말의 가능성이 보이고 있는 것이다. 허나 정작 오비원의 마음은 달랐다.

'강호에 비록 정파와 사파가 대립하고 있어도 지금껏 특별한 분쟁은 없었다. 이번엔 아주 뜻밖의 인물이 나타났구나. 누굴까? 천기를 살필 때 보았던 영웅인가?

"큰일이로군요."

오비원이 짐짓 심각한 표정을 짓자 당운각의 얼굴이 상기되었고 침을 꿀꺽 하고 삼켰다.

'부디 제발……'

오비원의 말이 이어졌다.

"으음… 그런데 이번 일은 천선부가 관여하는 것은 조금 문제가 있겠습니다."

"무엇이 문제입니까?"

사실 묻는 당운각 스스로도 무엇이 문제인지는 잘 알고 있었다. 하지만 이 질문에 대한 답변 이후에 던질 한마디를 위해 이와 같이 물었다.

"그건 당가에서 내세운 오독관문의 규칙 때문입니다. 그 규칙은 다섯 차례 독을 통과하면 당가를 소유할 수 있다고 한 것이지요. 그 규칙은 바로 당가에서 스스로 정한 것이 아닙니까? 거기엔 걸인이라고 해서 부적합하다는 말은 없지 않습니까. 실제 당가에서도 진개방에 독으로 시험을 했고 말입니다. 강호는 신의를 생명처럼 여기고 있음은 당 장로께서도 잘 알고 계시리라 믿습니다. 특하나 문파에서 선포한 것은 더욱 소중하겠지요. 그것은 비록 천선부가 힘이 있다 해도 바꿀 수 없고 바꾸려고 해서도 안 되는 것입니다."

당운각은 당연히 이 정도의 말은 나오리라 짐작했었다.

'이제부터 본격적으로 들어가 보자.'

"진인의 말씀이 맞습니다. 저 또한 그와 같은 문제는 특별히 이의를 제기할 마음이 없습니다. 하지만 중요한 건 그들이 무엇을 목적으로 당가에 잠입, 아니, 찾아왔느냐 하는 겁니다. 그들은 스스로를 가리켜 '진개방'이라고 하며 진정한 개방이라 말하고 있습니다. 이것은 개방에 대한 명백한 도전 행위입니다. 개방은 과거로부터 정파의 한 축을 담당하며 그 힘이 결코 적지 않았습니다. 그런데 지금 몇몇 되지도 않는 이들이……"

당운각은 잠시 말을 멈추었다. 몇몇 되지도 않은 이들이라는 말을 꺼내고 보니 그들 몇몇에게 당가가 농락당했다고 생각하자 부끄러워진 것이다.

"…자신들이 정통 개방이라고 하는 것은 단지 개방 문제로 국한되는 문제가 아니라 모든 정파에 대한 도전이며 곧 천선부에 대한 도전이 아니겠습니까? 그러니 천선부에서는 이번 기회에 개방의 이름을 도용하는 무리들을 징계할 필요가 있지 않겠습니까?'

당운각의 말은 논리가 확실했다. 누가 들어도 고개를 끄덕이리라. 그가 혈곡이나 다른 사파에 찾아가지 않고 천선부에 온 것도 바로 이런 논리를 펼쳐 천선부를 움직여 보려 했기 때문이다. 천선부의 정파에 대한 자긍심과 자존심을 자극해 진개방의 무리들을 강호에서 축출시킨다는 생각이었다.

"음… 듣고 보니……."

당운각은 자신의 말이 효과가 나타나고 있다고 생각했다. 오비원이 기대에 찬 당운각의 눈을 보며 말했다.

"…본인의 생각과 많이 다르군요."

당운각은 기대가 산산조각나고 맥이 풀렸다.

"……!"

하지만 무슨 생각을 하고 있는지는 들어봐야 했다.

"당 장로님의 말씀은 충분히 이해가 가외다. 하지만 개방과 진개방이라는 곳의 문제는 정파 전체로 적용할 문제는 아닌 듯싶습니다."

당운각의 눈빛이 흔들렸다. 더 이상 들어보나마나 천선부를 통해 당가를 복구하는 것은 물 건너 간 것이다. 오비원의 말이 이어졌다.

"그건 단지 개방 내에서 해결해야 할 문제겠지요. 다른 문파에서 개방을 삼키려 한다면 모를까 단지 자신들이 진정한 개방이라고 나선다면 집안 문제라고 봐야 합니다. 그런 경우엔 오히려 끼어드는 것이 큰 실례가 되는 법이지 않겠습니까? 그러니 이번 개방과 진개방의 일에 있어서는 강호의 어느 문파라도 관여해서는 안 됩니다."

당운각은 어느 정도 체념하고 있는 상태여서 그러려니 했는데 오비원의 마지막 말은 그의 심장을 벌렁거리게 만들기에 충분했다.

'어느 문파라고 관여해서는 안 된다니!'

천선부에 도움을 얻지 못할 것 같자 다른 곳을 찾아보려고 했건만 이젠 어느 누구에게도 도움을 청할 수 없는 지경에까지 이르게 된 것이다.

'제길, 이게 뭐란 말이냐!'

이제 거의 당운각의 얼굴은 울음을 터뜨리기 일보 직전이었다. 사실 당운각은 오비원이 왜 이런 식의 말을 했는지에 대해 그를 너무 모르고 있었다. 아마 그 사실을 알았다면 천선부에 오지도 않았을 것이다.

실제 오비원은 현재의 개방을 그리 좋게 보지 않고 있었다. 좀 더 자세히 표현하자면 개방 전대 방주인 천상신개 엽지혼을 그리워하고 있었다. 오비원은 엽지혼이 어떻게 실종되었으며 죽었는지를 알지 못했다. 그에게 엽지혼은 중원 오대고수 중 한 명이라기보다는 절친한 친구이자 때론 삶의 스승이 되기도 했다. 그가 어디론가 사라지고 난 뒤 오비원의 상실감은 매우 컸다.

그 후 개방은 엽지혼이 걸어가던 길과는 반대로 나아가게 되었다. 그런 모습을 지켜보며 오비원은 탐탁지 않았으나 크게 내색할 수는 없었다. 그렇기에 당운각이 비록 정파를 바로 세운다는 명분을 내세웠지만 마음에 들지 않았던 것이다.

당운각이 여전히 절망에 잠겨 있을 때 오비원이 편안한 얼굴로 물었다.

"그런데 참으로 신기하구려. 당가의 오독관문은 심히 어려워 본인도 감히 시험해 볼 용기가 나지 않았건만 진개방의 방주라는 분이 거뜬히 통과했다니… 대체 어떤 사람인지 기회가 닿으면 얼굴이라도 한번 보고 싶구려."

당운각이 무슨 할 말이 있겠는가. 오직 유구무언.

그는 망연자실해져 넋이 빠진 사람처럼 멍해졌다. 거기에 오비원이 정겨운 미소와 함께 차를 권했다.
"자, 차가 많이 식었겠구려. 어서 드십시오."
손을 내밀며 권하는 오비원의 말이 당운각의 귀에는 들어오지 않았다. 단지 지금 그의 머리는 환상과 환청이 요란하게 난무했다.

─저기 거지다. 거지라구!

한 손에 사탕을 쥔 아이들이 손가락질하며 자신을 놀려댔고 빨래하고 돌아가는 아낙네들은 위아래로 훑어보며 지나갔다.

─쯧쯧쯧, 늙어가지고 거지 노릇이라니… 자식도 없나 봐… 불쌍한 사람 같으니라구.

이윽고 당운각은 수많은 사람들에게 둘러싸였고 그중엔 오비원도 섞여 있었다. 오비원은 가까이 다가와 동전을 발 밑에 떨어뜨리며 손을 흔들고 떠나갔다.
그렇게 정신이 나간 채로 당운각은 천선부를 나섰다. 어떻게 배웅을 받았는지 어떻게 인사를 했는지도 몰랐다. 어제와 똑같은 세상이었지만 당운각에게만큼은 이제 거지 같은 세상일 뿐이었다.
그리고 그의 발걸음은 쓸쓸히 당가로 향했다.

당운각이 천선부를 떠난 후 오비원은 좌호법 동추에게 명했다.
"너는 지금 즉시 혈곡으로 떠나 이 서신을 혈곡의 곡주 단천우에게 전하거라."

오비원으로서는 사파 계열인 당가가 진개방의 수중으로 떨어졌기에 혈곡이 모종의 행동을 취해 진개방이라는 곳에 압력을 가할 것에 대해 경고를 주고자 함이었다.

"존명."

동추가 절도있게 답한 후 그 앞에서 모습을 감추었다. 오비원은 혼자 남아 아까 당운각이 했던 말을 떠올리며 미소 지었다.

'진개방이라… 왠지 엽지혼의 그림자가 보이는 듯하지 않는가.'

그의 직감은 표영의 행적에서 어렴풋이 엽지혼의 흔적을 느끼고 있었다.

16장

이인자의 한숨

이인자의 한숨

혈곡의 비밀 회의 장소인 흑저.
그곳 제일 상석에서 곡주 단천우는 두 손을 부들부들 떨고 있었다. 그의 양손에는 서신이 하나 놓여져 있었는데 눈길이 서신을 뚫어져라 바라보며 분노하는 것으로 보아 필시 서신의 내용이 단천우의 심기를 상하게 한 모양이었다.
"오비원~ 네놈이 내게 이럴 수 있단 말이냐! 이 나쁜 자식 같으니~!"
이곳 흑저는 사방이 꽉 막힌 밀실이었다. 조금만 소리를 내어도 소리가 크게 울리는데 거의 악에 받쳐 소리를 질러대자 웅웅거리며 끊임없이 소리가 울렸다.
탁자 좌우에 앉은 오대장로들은 이 분노의 불똥이 혹시나 자신들에게 튀지는 않을지 전전긍긍하며 겉으로 온갖 분노에 찬 표정을 지어

보였다. 이럴 때 재수없이 말을 꺼냈다간 여지없이 어디가 부러져도 부러지고 만다는 것을 익히 경험을 통해 잘 알고 있는 그들이었다.

"개자식 같으니라구! 지가 천하제일이면 다야! 으아악~ 왜 귀신들은 오비원 같은 놈은 안 잡아가고 놀고만 있단 말이냐! 제발 죽으란 말이다! 죽어~!!"

단천우는 끝내 분에 못 이겨 손에 쥐고 있던 서신을 입 안에 털어 넣고 씹기 시작했다.

우그적 우그적.

"오… 비… 언… 주기 테아……!"

입 안 가득 종이가 들어차 '오비원 죽일 테다' 라는 말이 괴이하게 터져 나왔다. 단천우가 씹어 먹은 서신에 오비원이 무엇이라고 적어 보냈기에 이렇게 광분하게 되었을까?

서신의 내용은 그의 심사를 건드리기 충분했는데 내용은 이러했다.

천선부주 오비원이외다. 곡주의 도움으로 강호는 태평을 유지하고 있는 것에 늘 감사하고 있다오. 혹시 알고 있을지 모르지만 소식을 듣자 하니 개방 내에 내분이 일어 새롭게 진개방이라는 무리가 등장한 것 같소이다. 진개방의 방주는 당가의 오독관문을 뚫고 당가를 손에 넣었는 바 그 최종 목적은 개방에 있는 듯하오. 나는 처음에 이 일이 강호에 해(害)가 되지 않을까 생각했다오. 하지만 다시 생각해 보니 이 일은 개방 내에서 해결해야 할 내분이라 단정 지었소. 그리하여 혹시나 혈곡에서 잘못 오인하여 진개방의 일에 관여하게 되지나 않을지 염려되어 이렇듯 글을 보내게 된 것이오. 혈곡과 당가는 그리 큰 연이 없는 줄로 알기에 굳이 신경 쓰지 않을 것으로 아오. 허나 만에 하나 다른 마음을 품어 경거망동한다면 멸문의 화를 초래하지 않을까 싶소이다. 부디 좌중하시어 혈곡에 번영이 있길 바라는 바외다. 언제 기회가 된다면 산천을 벗삼아 술 한잔 기울일 수 있었으면 좋겠구려.

천선부주 오비원.

 단천우의 입장에서는 진정 발광할 만한 서신의 내용이었다.
 이미 단천우는 이 서신을 받기 전에 옥기로부터 당가의 소식을 들었던 터였다. 당운각은 천선부로 가고 옥기는 혈곡으로 온 것이 아니던가. 혈살대주 송도악의 죽음과 당가가 엉뚱한 거지들에게 넘어갔다는 사실에 이를 갈고 있었는데 거기에 천선부에서 서신을 보내온 것이다.
 원래 오비원의 경고가 있기 전 단천우의 계획은 진개방을 쓸어버릴 심산이었다. 진개방이라는 존재는 갑자기 등장한 눈엣가시였다. 거의 손아귀에 들어올 것으로 생각했던 당가가 넘어갔고, 거기에 마음대로 움직일 수 있는 개방이건만 진짜 개방이라고 들고 나왔으니 환장하지 않을 수 없었던 것이다.
 만에 하나 진개방이 죽은 엽지흔의 또 다른 후계자라면 상황이 어떻게 돌아갈지 모르는 일이었다.
 "으으으윽……."
 서신을 씹어 먹고도 분을 이기지 못한 단천우는 금강석으로 만들어진 탁자를 마구 내려쳤다. 그의 열화수에 의해 금강석이 사방으로 튀었다.
 이것은 어쩔 수 없는 이인자의 설움이었다. 비록 오비원이 천하제일고수이고 그 아래 단천우가 있다 하지만 그 간격은 현격한 차이를 보였다. 만일 그렇지 않았다면 오비원이 그런 식으로 서신을 보내지 않았을 것이고 단천우도 냉정을 잃지 않았으리라.

흑저에 모인 장로들은 회의를 한답시고 모이긴 했지만 아무 할 일도 없이 씩씩대는 곡주만을 보고 있었다.

단천우가 흉포하게 으르렁거리던 것을 멈춘 것은 약 일 식경(30분)이 지나서였다. 단천우는 비로소 분노를 삭이고 말했다.

"일단 우리는 일의 추후를 살펴보도록 한다. 대신 곡함에게는 바로 개방으로 떠나라고 일러라. 진개방인지 뭔지 하는 것들을 싹 쓸어버리라고 말이야. 방주라는 놈은 대체 무엇을 하고 있더란 말이냐? 엽지혼을 죽여주고 우사신공을 건네줬으면 집안 단속은 알아서 해야 할 것이 아니냔 말이다."

단천우의 말에 다섯 장로들이 일제히 입을 모아 답했다.

"옳으신 말씀이십니다."

"만일 노위군이 어설프게 굴면 죽여 없애 버리고 말겠다."

[제5권 끝]

단편

위대한 청부(請負)

위대한 청부(請負)

　월성(月成)은 세상에서 가장 아끼는 친구의 주검 앞에 정신을 차릴 수 없었다.
　'하응이 죽다니……'
　친구 하응은 머리와 몸이 분리된 채 싸늘히 식어 있었다.
　"복수다, 복수! 내 이 자식을 반드시 죽이고야 말 테다!"
　그의 두 눈엔 핏발이 섰고 온몸은 부들부들 떨려왔다. 그의 분노를 누군가가 지켜보았다면 어떤 반응을 보였을까? 그 반응은 월성이 어떤 사람인지를 아는 자와 모르는 자로 나누어질 것이 분명했다.

　월성을 모르는 사람들의 반응.
　"절친한 친구가 죽다니, 정말 안타깝구려. 반드시 복수가 성공하길 비오이다."

월성을 잘 알고 있는 강호인들.

"야, 새끼야. 복수는 무슨 얼어죽을 놈의 복수냐. 속 시원하게 잘 죽었어. 하웅 같은 놈들은 지금 죽은 것도 상당히 늦은 감이 있어. 그리고 월성, 이 자식… 너도 얼른얼른 죽어, 자식아. 강도에 강간범들이 무슨 복수한다고 설치고 난리야."

그렇다. 월성… 그는 일명 도둑놈이자 강도인 것이다. 강호에서는 탐욕이 극에 이르렀다 하여 극탐(極貪)이라는 별호로 통용되었다. 그리고 죽은 하웅은 예쁜 여자라면 사족을 못쓰는 색마(色魔)였다. 그래서 얻은 별호는 색탐(色貪). 둘을 합쳐 강호에서는 신탐쌍절(神貪雙絶)이라고 불렸다.

별호는 그런대로 운치가 있어 보이지만 두 놈 모두 인간성은 최악이랄 수 있었다. 월성은 비록 말도 안 되는 일이라 할지라도 한번 한다면 한다는 얼토당토않은 생각을 가진 특이한 성격의 소유자였다. 그 부분에 대해서만큼은 어느 누구도 그를 말릴 수 있는 사람은 없다고 봐야 옳았다.

"난 복수하고 만다. 천하제일검(天下第一劍) 천선장주 오씨 늙은이를 반드시 죽이고야 말겠다."

월성이 말한 늙은이는 오비원을 말하는 것이었다. 그 오비원의 이름 앞에는 몇 가지 수식어가 항상 먼저 붙는다.

천하제일검(天下第一劍) 천하제일고수.
천선부주.
덕망과 지혜를 겸비한 자.

지금 이 위대한 무인을 향해 패역무도한 강도 월성이 택도 없는 복수의 칼을 뽑아 든 것이다. 지나가던 개가 성질을 내며 가슴을 치고 거품을 물 일이 아닐 수 없었다. 그것도 오비원의 딸을 강간하려다가 모가지가 떨어져 나간 색마 친구 하웅을 위해서 말이다.

"월성, 내가 친구라서 자네에게 해주는 말이니 새겨들어. 건곤진인 오비원을 죽이기 이전에 말일세. 먼저 해야 할 일이 있다네."
사기꾼 친구 모이겸의 말에 월성의 귀가 쫑긋 세워졌다.
"그, 그게 뭔가?"
"먼저 장터에서 계란을 하나 사. 많이 살수록 좋아."
"응."
"눈을 들어 적당한 바위를 하나 찾아."
듣는 월성의 눈썹이 꿈틀했다.
"그 다음엔?"
"그리고 산에 올라가는 거야 정성껏. 알겠나?"
"그리고는."
"그리고 준비한 계란으로 바위를 내려쳐. 알았나? 내려치는 거야. 안 깨지면 계속 내려쳐. 그러다 계란이 바위를 깨뜨리게 되면 그땐 오비원도 죽일 수 있을 것이니."
태연한 모이겸에 반해 월성의 얼굴이 시뻘겋게 달아올랐다. 복수를 도와주기는커녕 조롱하고 있다니.

"이 나쁜 놈! 니가 그래도 친구냐! 죽어라, 이 자식아!"

월성의 주먹질에서 시작된 싸움은 반나절이나 계속됐고 모이겸의 머리통이 피 범벅이 되고 월성의 어깨가 탈골될 때서야 둘의 싸움은 비로소 멈춰졌다.

대개가 이런 식이었다. 모든 친구들은 월성의 복수 계획에 콧방귀도 뀌지 않았다. 오히려 혹시나 건곤진인 오비원에게 잘못 보일까 봐 죽은 하웅과 알고 지냈다는 것조차 잊으려 하는 녀석들이 많았다.

그래도 나름대로 친하다고 생각했던 세 친구의 말을 들어보자.

전문 소매치기 도복만.

"가능하지. 암 가능하고말고. 하지만 모든 일에는 정한 때가 있는 법. 자넨 아침에 일찍 일어나 늘 서쪽을 바라보게나. 그리고 아침 해가 서쪽에서 떠오른다면 서슴없이 내게 달려와. 망설이면 안 되네. 복수는 중요하니까 말이야. 해가 서쪽에서 뜨는 날 우리의 복수는 성공할 수 있을 것이네. 그땐 내 모든 일을 제쳐 두고 달려가겠네."

고리대금업자 고합.

"하웅, 그 자식 내 돈 빌려가서 갚지도 않고 죽어버렸어. 월성, 자넨 하웅과 제일 친하지 않았나? 그래서 말인데 아무래도 자네가 하웅 대신 돈을 갚아주는 것이 가장 이치에 합당할 것 같은데 어떻게 생각하나?"

사기꾼 천보.

"으응? 넌 누구길래 나를 아는 척하는 거냐? 그리고 하웅은 또 누구야. 허허, 요즘은 별 희한한 놈들이 다 찾아오네. 애들아, 당장 이 미친놈을 쫓아내라!"

그 외에도 대여섯 명이 더 있었지만 위에 세 친구와 오십보백보였다. 어느 누가 있어 천하제일고수 오비원에게 복수를 하겠다고 나서겠는가.

월성은 자신의 힘만으로는 결코 복수할 수 없음을 잘 알고 있었다. 아무리 무모한 성격의 소유자라지만 대놓고 '나를 죽여주시오'라고 할 정도는 아니었다. 천하제일검이 뉘 집 개 이름은 아니잖는가? 이 복수를 위해 다음으로 알아본 곳은 청부 살수 조직이었다. 그는 그동안 도둑질과 강도 짓을 통해 모아둔 총재산을 털어 청부 조직을 찾았다. 중원제일의 살수 조직 흑월단(黑月團)을 찾아가 월성이 진중하게 말했다.

"건곤진인 오비원을 죽여주시오."

이 몇 마디 되지도 않은 말, 이 말 때문에 월성은 흑월단에서 뼈를 묻을 뻔했다. 살아났다는 것이 거의 기적에 가까웠다. 흑월단의 단주를 비롯한 장로들이 불을 뿜듯 소리쳤다.

"이 자식아! 차라리 우리보고 함께 자결을 하라고 그러지 그러냐!"

"너, 대체 누가 보낸 거냐! 우리 조직을 무너뜨리려는 음모가 분명해. 너, 어디서 왔어! 우리의 맞수인 청살단에서 보냈지?"

"안 되겠어. 이 자식 고문해!"

분위기가 장난이 아니었다. 흑월단에게는 조직의 생사가 달린 문제였던 것이다. 아무리 청부 조직이지만 청부를 받지 말아야 할 존재가 있는 것이다. 그가 바로 건곤진인 오비원이다.

"으아아아아악~!"

월성의 비명 소리가 흑월단의 고문실을 울린 지 한 달이 지났을 때 흑월단주 노둔아가 수하들에게 명령했다.

"고문은 계속되어야 한다. 쭈~욱~"

고문은 참으로 다양했다. 손톱 뽑기, 칠 일 간 잠 안 재우기, 물 고문, 머리털을 비롯한 몸에 난 모든 털을 모조리 뽑아버리기, 인두로 가슴 지지기, 눈동자를 바늘로 찌르겠다고 위협하기, 밥 굶기기, 거꾸로 매달아놓고 고춧가루 물 붓기, 분근착골수로 모든 뼈들을 탈골시키기… 그 외에도 이루 말로 형용할 수조차 없는 고문을 약 삼 개월여 동안 당한 후에야 월성은 간신히 무죄로 풀려날 수 있었다. 고문의 막중함에 비해 흑월단주의 마지막 말은 맥 빠지는 말이 아닐 수 없었다.

"미안해. 그래도 자식아, 건곤진인을 죽여달라는 것은 너무한 거야. 다음부터 그런 말 하지 마. 알았지? 험험… 험험… 다시 한 번 말하는데… 정말 미안해."

토닥토닥.

씨익 웃으며 어깨를 두들겨 주는 흑월단주의 위로를 받으며 월성은 만신창이가 된 몸으로 돌아섰다. 눈물을 머금은 월성의 모습은 참혹하다고밖에는 달리 표현할 길이 없었다. 머리털은 다 뽑혀 대머리로 변신했고 분근착골수로 인해 뼈가 다 한번씩 탈골되었다가 붙여졌기 때문에 지팡이를 짚고서야 간신히 걸음을 옮길 수 있었다. 이 상태로는 고문의 후유증으로 오래 못 살 것이 분명했다.

하지만… 하지만… 이것으로 끝난 것이 아니었다.

"너에겐 분명 무엇인가가 있어!"

흑월단을 제외한 살수 조직 여섯 곳에서 던진 동일한 질문이었다. 그들은 돌아가면서 월성을 갈구며 고문했다.

"말해. 말하란 말이야. 너의 진정한 목적은 뭐야?"

"저는 단지 오비원에게 복수를 하고 싶었을… 으아악~"

"그게 말이 되는 소리라고 생각해. 이 자식! 죽어라, 죽어!"

한곳에 두 달씩, 고문의 기간은 일 년 동안이나 계속됐다.

월성이 일이관지 소하천을 만난 것은 일생일대의 행운이랄 수 있었다. 그는 강호에서 최고의 기인으로 통하는 이가 아니던가. 고생 끝에 낙이 온다는 말은 이때를 위해 만들어진 말인 듯했다.

"복수를 하고 싶습니다."

"도와주마."

"정말입니까?"

"자식, 너는 이제껏 속고만 살았느냐."

"죄, 죄송합니다."

"청부를 해라."

"누구에게 말입니까?"

"전설의 살수에게지."

"네? 전설의 살수라구요?"

"그래, 바로 전설이다. 너는 먼저 청부의 조건을 갖추어라."

"뭐든지 하겠습니다."

"우선 비급을 익혀라. 그리하면 모든 것이 뒤이어 이루어질 것이다."

"어디에 있습니까?"
"만학서원의 귀퉁이에 모아두었다."

단 하루도 게으름을 피우지 않았다. 비급에 기록된 모든 것을 실천하고 또 실천했다. 그의 몸은 날로 건강해졌고 마음도 풍요로워졌다. 만나는 사람에게 항상 먼저 인사했고, 모든 사람이 그를 좋아하게 되었다. 그는 가끔 복수의 마음이 약해지려 할 때면 쓰디쓴 돼지 쓸개를 입에 물었다. 그 자극은 마음을 더욱 강하게 해주었고 의지를 굳건하게 만들어주었다.

그로부터 십 년 후.
월성의 나이 43세가 되었을 때 그는 비급을 연마해 오성 정도의 성취를 이루어냈다. 그의 몸은 몰라볼 정도로 좋아져 예전과 비교할 바가 아니었다. 조금만 더 조금만 더… 그는 스스로에게 채찍을 가했다.

이십 년 후.
월성의 나이 53세가 되었다. 그의 명성은 전 중원을 위진시킬 정도가 되었다. 별호도 참으로 다양하게 불려졌는데 몇 가지를 살펴보자면 '철의 사나이', '덕성(德聖)', '개과천선(改過遷善)의 화신', '중원 제일의 인상 좋은 사람 서열 5위' 등이었다. 노력은 끝내 그의 인상마저 변화시킨 것이다.

삼십 년 후.
영락제 10년, 그는 드디어 모든 비급을 온전히 터득하고 완성했다.

이제 곧 청부를 이루게 될 날이, 복수의 날이 이제 눈앞에 이른 것이다.

천선부 앞에는 많은 사람들과 화환들이 즐비했다. 화환도 중요했지만 더 중요한 것은 화환 앞에 기록된 글귀였다.

삼가 고인의 명복을 빕니다(소림사).
고 오비원 대협의 영전에 애도하는 마음으로 명복을 빕니다(무당파).
평소 고인의 은덕을 되새기며 삼가 고인의 명복을 빕니다(화산파).

모든 사람의 얼굴이 천하제일고수 오비원의 죽음을 애석해할 때 월성의 가슴은 환희로 물들었고 두 눈에선 눈물이 주르륵 흘러내렸다.
'드, 드디어… 복수를 했다. 나의 소원이 이루어졌어. 흑흑… 내가 그동안 말씀대로 행한 일이 결코 헛되지 않았구나.'
오비원이 죽을 때 월성의 나이 72세였다.

세월은 유수와 같아 월성은 105세가 되어 죽었다. 그가 죽은 후 그가 걸어온 삶에 대해 궁금해하는 사람들은 그를 추앙하고자 했다. 그는 과연 어디에 기반을 두고 살았기에 훌륭한 인격체로서 마지막까지 살다 갈 수 있었나에 대한 궁금증이었다.
어떤 이는 월성이 무공의 달인이었을 것이다라고 말하는 이가 있는가 하면 타의 추종을 불허할 학문적 성취가 있었을 것이라고 말하기도 했다. 하지만 정작 그의 집에 있는 서적을 발견한 모든 사람들은 비로소 모든 것을 이해하고 고개를 끄덕일 수밖에 없었다.

발견된 책들은 이러했다.

'장수만세(長壽萬歲)', '진시황(秦始皇) 무작정 따라하기', '공동장수구역(共同長壽區域) 신비촌(神秘村)', '내 몸 내가 고치련다', '장수문(長壽門)의 후예(後裔)', '마왕(魔王)의 장수일기(長壽日記)', '할 수 있다. 특별판 장수비결(부록있음)', '장수의 시대', '장수의 계곡 나우식가', '나도 장수할 수 있으면 좋겠다', '황제의 검집에 숨겨진 비법'.

이 외에 음식 조절에 대한 서적도 만만치 않았다.

'표류후식(漂流後食)', '천사지식(天使之食)', '삼우인식단(三友人食單)', '타락식단(墮落食單) 멀리하기', '천상비뢰식', '만선문(萬善門)의 후식(後食)', '무당괴협특별식(武當怪俠特別食)'.

하나같이 쟁쟁한 초절정 식이요법 장수 비결 서적들이었다.

그의 집안 구석구석 벽과 천장마다에는 아래와 같은 글귀가 붙어 있었다.

1. 낙천적으로 생각하라.
2. 화를 승화시켜라.
3. 적당한 시간 수면을 취하라.
4. 물은 꼭 생수를 마셔라.
5. 몸을 청결히 유지하라.
6. 밥은 천천히 꼭꼭 씹어 먹어라.
7. 술을 마시지 말라.

8. 적절한 운동을 하라.
9. 아침 식사는 반드시 해라.
10. 아름다운 것만 보고 들어라.

모두의 고개가 끄덕거려지는 순간이었다.
그럼 일이관지 소하천은 월성을 만났을 때 무슨 말을 한 것일까?

"오비원을 죽일 수 있는 전설의 살수가 딱 한 분 계시지. 그리고 충분히 들어줄 수도 있는 분이시라네. 아니, 반드시 들어주실 거야. 그분은 이제껏 어느 누구의 청부도 거절해 보신 적이 없거든. 그러나 복수를 하기 위해서는 반드시 하나의 조건이 있는데 그건 자네가 복수를 하고자 하는 사람보다 더 오래 살아야 한다는 것이야. 그 청부를 수락할 살수는 바로 하늘이기 때문이지. 그 누가 천명의 부름을 거절할 수 있겠는가 말이야."

어떤가, 자네는 하늘에 청부를 해보겠나?

마천루(摩天樓) 스토리 4(마감의 공포)

작가에게 있어서 가장 즐거운 시간이라고 한다면 언제일까? 아마도 백이면 백 마감을 이룬 때가 아닐까 싶다. 그건 내게도 마찬가지여서 각 권을 끝내기만 해도 세상을 훨훨 날아갈 것 같은 해방감에 취하기도 한다. 글을 마쳤다는 것이 그만큼 큰 기쁨인 것은 그만큼 그동안이 힘들었음을 의미하는 것이리라.

마천루의 작가들도 거의 폐인처럼 마감의 나날을 보내다가 글을 마친 후에는 생기가 넘친 모습을 볼 수 있다. 하지만 글을 마쳤다고 해서 모두 기쁨만 찾아오는 것만은 아니다. 글을 마쳤다는 환호성도 잠시 각 작가들은 마감 이후에 반드시 행해야만 할 의무를 깜박하고서 다 하지 않았을 시엔 놀랍도록 두려운 살기와 맞닥뜨리게 된다. 그것은 온몸을 저릿하게 만드는 살기인지라 그 공포를 직접 느껴보지 못한 사람이라면 실감하기 어려운 것이다.

그 공포에 대해서 자세히 알기 위해서는 『무당괴협전』의 작가 한성수님의 지난날 체험을 돌아보아야만 한다. 물론 다른 사람들도 마찬가지이지만 한성수님의 경우가 왠지 더 실감난다고나 할까.

얼마 전이다. 한성수님이 마감을 마치고 컴퓨터 앞에 앉아 있을 때였다. 그는 글을 끝냈다는 기쁨에 여유롭게 룰루랄라 휘파람이 저절로 나오고 있는 상황이었다. 그런데 어느 순간인가 그는 등골이 바짝 당겨지며 오싹한 한기를 느끼게 되었다. 그것은 마치 갑작스럽게 차가운 물이 등에 끼얹져진 듯한 느낌과 비슷했다(나중에 이야기를 들어보니 그땐 남극의 추위가 어떤 것인지 짐작이 간다라는 말도 했었다). 그는 휘파람을 멈추었다. 하지만 뒤를 돌아볼 엄두가 나지 않았다. 귀신일 가능성도 배제할 수 없는 데다가 그는 어릴 적 귀신이 부를 때 뒤를 돌아보면 그 자리에서 영혼이 빠져나간다는 황당한 말을 믿고 있었기 때문이다.

또 한 가지는 혹시 강호에서 살인 청부업자들이 목을 노리듯 현대판 킬러라도 등 뒤에 서 있는 것은 아닌가 하는 생각에 잠시 식은땀을 흘렸다. 하지만 언제까지 이대로 있을 수는 없는 일. 그는 크게 심호흡을 한 후에 눈을 질끈 감았다 뜨면서 뒤를 돌아보았다.

"헉……!"

그의 눈이 등잔만하게 커졌고 그의 눈동자에는 뒤에서 노려보던 존재들이 투영되어 있었다. 그들은 놀랍게도 마천루 작가들이었다. 늘 보면서 호형호제하던 이들의 모습에 한성수님이 놀란 것은 두 가지 이유에서였다. 첫째는 작가들 모두의 입가에 냉소가 머물러 있었고 몸에서는 풀풀 싸늘한 한기를 품어내고 있었기 때문이다. 또한 둘째는 그들의 손에 각기 독문병기를 지니고 있었는데 어떤 이는 검을, 어떤 이는 주걱을, 또 어떤 이는 나무젓가락 등을 쥐고 있었던 것이다.

짧은 순간 한성수님은 지금 순간 피하지 못한다면 어쩜 영영 세상에 머물지 못할 것 같은 느낌을 받았다.

'살아야 한다… 살아야 해…….'

마음속의 울림이 강하게 전해졌다. 그는 덩치가 삼국지에 등장하는 장비와 비길 만했고 사자후의 공력에 있어서는 사손에 버금가는 인물이었다. 하지만 적으로 둔갑한 작가들의 숫자는 감당키 어려웠다.

'일단 이 자리를 벗어나야 한다!'

대개 문제가 생기면 대화로 풀어야 하지 않느냐라고 생각하는 사람들도 있을 것이다. 하지만 당시 상황은 매우 어려웠던 것이 사실이다(나중에 본인이 한성수님께 따로 물어보니 그때는 아무런 생각도 나지 않았다고 고백했다).

위기를 느낀 그는 의자에 앉은 채로 발에 힘을 주고 공중으로 신형을 날렸다. 거대한 체구에 걸맞지 않는 놀라운 신법이었다. 그것은 능공허보까지는 아니었지만 그에 거의 필적할 만한 경공술이었다. 몸을 띄운 한성수님은 책상 칸막이 위를 솟구쳐 올라 맞은편으로 내려섰다. 그의 의도는 건너편 쪽의 유리 창문을 열고 밖으로 탈출하는 것이었다. 하지만 다른 작가들이 두 눈 시퍼렇게 뜨고 도망가는 것을 쳐다만 볼 리 만무했다.

일검에 산을 쪼개고도 아무런 생각도 없다는 무상검의 주인 일묘님의 검이 날았다. 역시 이름답게 검로는 아무 생각이 없는 듯 쭉 뻗어갔다. 만일 한성수님이 창문으로 빠져나가려고 했다면 무상검에 찔린 꼬치구이가 될 것은 불을 보듯 뻔한 일이었다. 하지만 한성수님은 그렇게 어리석지 않았다. 아무리 무상검이 생각이 없고 무상검을 시전하는 일묘님이 혼돈자라는 별호를 가지고 있어도 검의 날카로움이 장난이 아니라는 것은 잘 알고 있었다. 창문으로 빠져나가려던 몸을 뒤로 빼고 피해낼 수밖에 없었다.

챙!

무상검이 벽에 박히며 온몸으로 울었다. 한성수님은 검을 바라보며 다시 한 번 섬뜩함을 느꼈다. 만일 조금만 늦었더라도 검은 자신의 몸에서 울었을 것이 아닌가.

그는 자신의 목숨을 위협하는 공격에 그대로 있을 순 없었다. 독문병기인 금룡혈편이라는 회초리를 꺼내 들고 혼돈자 일묘님의 목을 감아갔다. 의도인즉 금룡혈편으로 목을 감은 후 내력을 주입해 머리를 날려 버릴 생각인 듯했다. 하지만 한성수님이 상대하는 인물은 안타깝게도 일묘님만이 아니었다. 아직도 그 주위로는 여러 사람이 노려보고 있지 않던가. 회초리가 뻗어가는 동시에 공기를 가르는 파공음과 함께 두 가닥의 경기가 한성수님의 가슴을 향해 나아갔다.

'뭐지?'

한성수님은 의문을 품음과 동시에 해답을 알았다.

나무젓가락!

'타락고교의 홍성화님이로군!'

그는 나무젓가락으로 강호를 울려대는 홍성화님의 솜씨가 매우 훌륭하다는 것을 잘 알고 있었다. 나무젓가락이 있는 곳에는 홍성화님이 있다는 말까지 강호에는 생겨나지 않았던가. 그는 뻗던 금룡혈편을 신속히 거두면서 나무젓가락을 쳐내야만 했다. 회초리의 중간 부분이 출렁이며 나무젓가락과 부딪쳤다. 나무젓가락은 내력이 잔뜩 실려 있었는데 회초리의 경력과 부딪치면서 아슬아슬하게 한성수님의 어깨를 빗나가 벽에 꽂혔고 한성수님은 그 충격에 잠시 몸을 떨어야만 했다.

'대체 왜……?'

그는 이 살인적인 공격에 치를 떨었다. 왜 이렇듯 매서운 살수를 전개한단 말인가. 도무지 생각해 봐도 알 수가 없었다. 그는 눈을 들어 홍성화님을 바라보았다. 나무젓가락이 빗나가긴 했지만 홍성화님은 아직 살인적인 미소를 띠고 있었다. 한성수님은 도무지 탈출이 불가능함을 느껴야만 했다. 여전히 다른 이들의 눈빛이 심상치 않았기 때문이다. 어느새 홍성화님은 다시 나무젓가락의 종이를 벗겨내고 있었고 그 옆에 목정균님은 비뢰도를 날릴 준비 태세를 갖추고 있었다. 그리고 다른 이들도.

한성수님은 힘으론 빠져나간다는 것이 불가하다 인정하고 한소리 크게 사자후를 터뜨렸다.

"왜… 나를 못살게 구는 것이오?"

어찌나 강력한 내공이 실린 것인지 천장에 매달린 형광등 네 개 중 두 개가 산산이 부서져 내렸다. 더불어 가까이에 있던 창의 유리가 그대로 주저앉았다. 역시 사자후 신공은 명불허전이었다. 한동안 사무실 내에는 여러 기물들이 달그락거렸고 공기가 안정을 찾지 못하며 윙윙거렸다. 하지만 그런 소란 속에서도 모든 작가들은 어느 누구 하나 비틀대거나 쓰러지는 이는 없었다. 이들은 모두 다 생활 중에 사자후에 대한 면역이 되어 있었고, 또한 내공의 조예가 깊었기에 피해를 입지는 않았다.

사자후의 호통이 나갔음에도 여전히 모두의 얼굴엔 은은한 분노와 싸늘한 냉기가 흘렀다. 다시 한성수님의 분노가 활화산처럼 터졌다.

"새로운 마음으로 글을 쓰기 위해 부단히 열심을 내고 있는 본인에게 이 무슨 해괴한 짓이란 말이오!"

그의 말은 지극히 타당했다. 어디에도 흠잡을 데 없었지만 다른 사람들의 얼굴엔 어이없다는 듯한 표정이 떠올랐다. 그리고 이어지는 한마디씩들……

"허허… 거참, 적반하장도 유분수지……."

"이거 너무하는군."

"염치가 있어야 하는 것 아니냐구."

"흥! 다시 피가 튀어야 하겠군."

"말로 해선 안 되겠는걸."

"클클클."

사파의 거두들을 모아놓은 것처럼 분위기는 자못 살벌해졌다. 하지만 그때까지도 한성수님은 무슨 영문인지 전혀 알지 못했다. 그저 자신만을 너무 갈구는 것이 아닌가라는 생각뿐이었다.

'제길, 대체 무엇 때문이란 말인가. 무엇이 문제일까?'

그때 바람과 벼락의 검을 소유한 최후식님의 입에서 한성수님이 알고 싶어하는 답이 나왔다.

"아직도 모르겠나? 살아날 수 있는 방법은 오직 한 가지."

한성수님이 침을 삼키는 지 목젖이 크게 울렁거렸다.

"……?"

예리한 눈빛으로 노려보며 최후식님이 말을 이었다.

"그건 바로 한턱을 내야 한다는 것."

쿠궁!

그렇다. 결국 책을 끝낸 후에 한턱을 내는 것을 잊었던 것이다. 모든 작가들은 하루이틀 지나도 아무런 반응이 없자 급기야 가슴속에서 시퍼런 칼날을 빼 든 것이었다. 한성수님은 뒤통수를 한 대 얻어맞은 듯한 충격에 휩싸였다.

'이런! 그 중요한 것을 내가 깜빡하다니… 아차했으면 명대로 살지도 못하고 하늘로 갈 뻔했구나. 하지만 여하튼 무서운 인간들이다.'

한성수님이 안도의 한숨과 더불어 놀란 마음을 달래고 있을 때 모두의 눈은 어떤 답이 나올지 탐욕스럽게 변해 있었다. 만일 바라던 답이 나오지 않는다면 당장에라도 달려들 것만 같았다. 한성수님이라고 그런 분위기를 눈치 채지 못할 리 없었다. 그는 나름대로 열심히 통박을 굴렸다.

'이번엔 대체 얼마나 뜯길까? 어떻게 하는 것이 좋을까? 그래! 바로 그렇게 하는 거야!'

그는 마음속으로 대충 생각을 정리하고 너털웃음을 터뜨렸다.

"으하하하! 좋습니다. 당연히 한턱을 내야죠. 오늘은 가지고 온 돈이 없으니 수일 내로 연락을 드리겠습니다."

그의 이러한 말속에는 깊은 심계가 담겨 있었다. 그가 말한 수일 내로 날

짜를 잡겠다는 말에는 생략된 문장이 있었다.

'사람이 가장 적을 때 한턱 내도록… 해야지.'

하지만 다른 작가들은 전혀 그런 낌새를 눈치 채지 못하고 그저 약속을 받았다는 것만으로 기뻐했다. 그들은 들고 있던 무기들을 사방팔방으로 던져 버리고 싸늘한 냉기를 거두었다. 아까까지 사파의 거두들로 보였던 작가들은 모두 순식간에 정파로 돌아섰다. 한마디로 말해서 아주 단순한 인간들인 것이다. 아마도 조삼모사(朝三暮四)에 등장하는 원숭이들과 막상막하의 인간 군이 아닐는지 생각해 본다.

위에 기록된 이야기는 약간의 과장이 있었지만 태반이 진실로 가득 차 있다. 어떤 누구라도 결코 피해갈 수 없는 것이다. 만약에 어영부영 벗어나려고 한다면 그는 위에 한성수님과 같은 위험한 지경에 처하게 되는 것이다. 그렇기에 마천루에서는 마감을 극복한 위대한 승리 이후에는 다시 한턱을 쏴야 하는 인고의 시간을 거쳐야 한다.

그럼 왜 이렇듯 작가들이 한턱에 목말라 하는가. 눈치 빠른 독자들 중에는 어느 정도 알아차린 분들도 있을 것이다. 그건 바로 그동안 먹지 못해 허기진 배를 위로해 줄 수 있는 유일한 시간이기 때문이다. 평소의 삶이 얼마나 비참한지 독자들은 짐작할 수 있을런지(이런 비참함의 원인은 순전히 게으름이 원인이라는 설이 가장 강력하다).

일례로 짜장면을 먹으면 처음에는 화기애애하게 먹다가 끝에 가서는 문제가 생긴다. 그것은 바로 마지막 단무지 때문이다. 잠시 눈알이 핑그르르 돌며 서로를 살핀 후 누가 먼저랄 것도 없이 나무젓가락을 날린다. 그러면 놀랍게도 나무임에도 불구하고 불꽃이 사방으로 튀기며 접전이 벌어진다. 그것은 한마디로 장관이 아닐 수 없다. 하지만 실제로 당해보면 진짜 처절함이 넘쳐흐른다. 과연 우리는 언제쯤 단무지의 전쟁에서 벗어날 수 있을까. 산동장 아저씨한테 부탁해서 특대로 단무지를 주라고 부탁을 드려야 할까.

하지만 이 모든 티격태격이 충격이긴 하지만 또 한편으로는 삶의 활기가 아닐지 싶다. 그런 일이 없다면 얼마나 밋밋하고 재미없을까. 그렇게 함께 뜻을 같이하고 편하게 대할 수 있는 사람이 가까이에 있다는 것은 참으로 다행스런 일이 아닐 수 없다. 이 자리를 빌어 다시 한 번 마천루 작가 분들께 감사를 드린다.

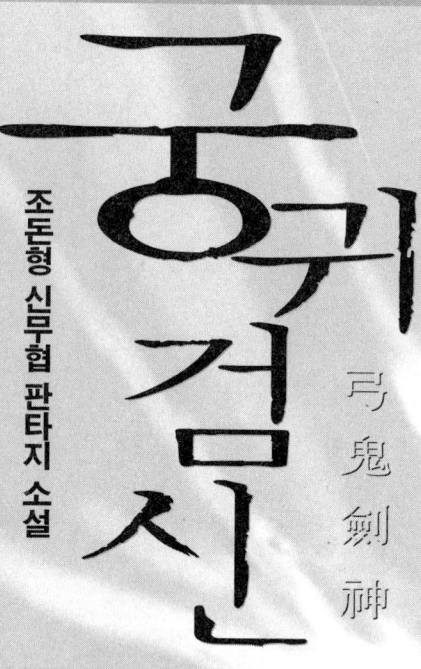

조돈형 신무협 판타지 소설

궁귀검신
弓鬼劍神

막강(莫强) 강호초출(江湖初出)!

모험과 재미의 보고(寶庫) 궁/귀/검/신!

이기어검(以氣馭劍)과 이기어도(以氣馭刀)를 능가하는 이기어시(以氣馭矢)의 신선한 등장!

참신함과 재미로 잔뜩 무장한 신예 조돈형의 신나는 신무협 세계로의 출사표!

악덕 조부와의 고난에 찬 수련행.
정혼녀를 찾아 떠난 즐거운 중원행.
어지러운 무림을 바로잡는 영웅행.

모두가 고대하던 모험이 바로 여기에!

● 궁귀검신 / 조돈형 著 / ①~⑤권 발매 / 7,500원

류진 新무협 판타지 소설

무한투
無限鬪

신무협의 무한 자유(無限自由) 선언!

기괴한 사건, 끝모를 긴장감,
예측불가능한 진행과 파격적인 시도,
연이은 결전! 결전! 결전!
본격 스릴러 무협에의 과감한 도전이 빛난다!

신무협의 새 장을 열어줄 기대주! 무/한/투!
이제 어둠의 안개를 걷고 여러분을 기다립니다.

● 무한투 / 류진 著 / ①~⑥권 발매 / 7,500원

도서출판 청어람 www.chungeoram.net 우 420-011 부천시 원미구 심곡1동 350-1 남성빌딩 3F TEL : 032-656-4452/54 ● FAX : 032-656-4453 ● E-mail : eoram99@chol.com

時代超越
시대초월

세대와 세대를 넘은 기다림 끝에 드디어 태어나다!

대가(大家) 금강金剛 무협 20주년 기념 특선작!!

이 시대 정통대하무협의 금자탑(金字塔)!
장쾌함과 호쾌함이 아우러진 강렬한
대륙적 대서사시!
필생(筆生)의 기념비적 역작(力作)!

시대를 선도해 온 대가 금강金剛이 펼쳐 보이는
정통 무(武)와 협(俠)의 도도한 흐름 속으로
흠뻑 빠져든다!

대풍운연의 大風雲演義 · 금강金剛 신무협 판타지 소설
①~⑦권 / 값 7,500원

일간스포츠에 장기 연재되어
선풍적인 인기를 끌었던
화제의 바로 그 작품, 드디어 출간!

이제 청어람을 통해 금강金剛 무협의 정수를 접하실 수 있습니다.

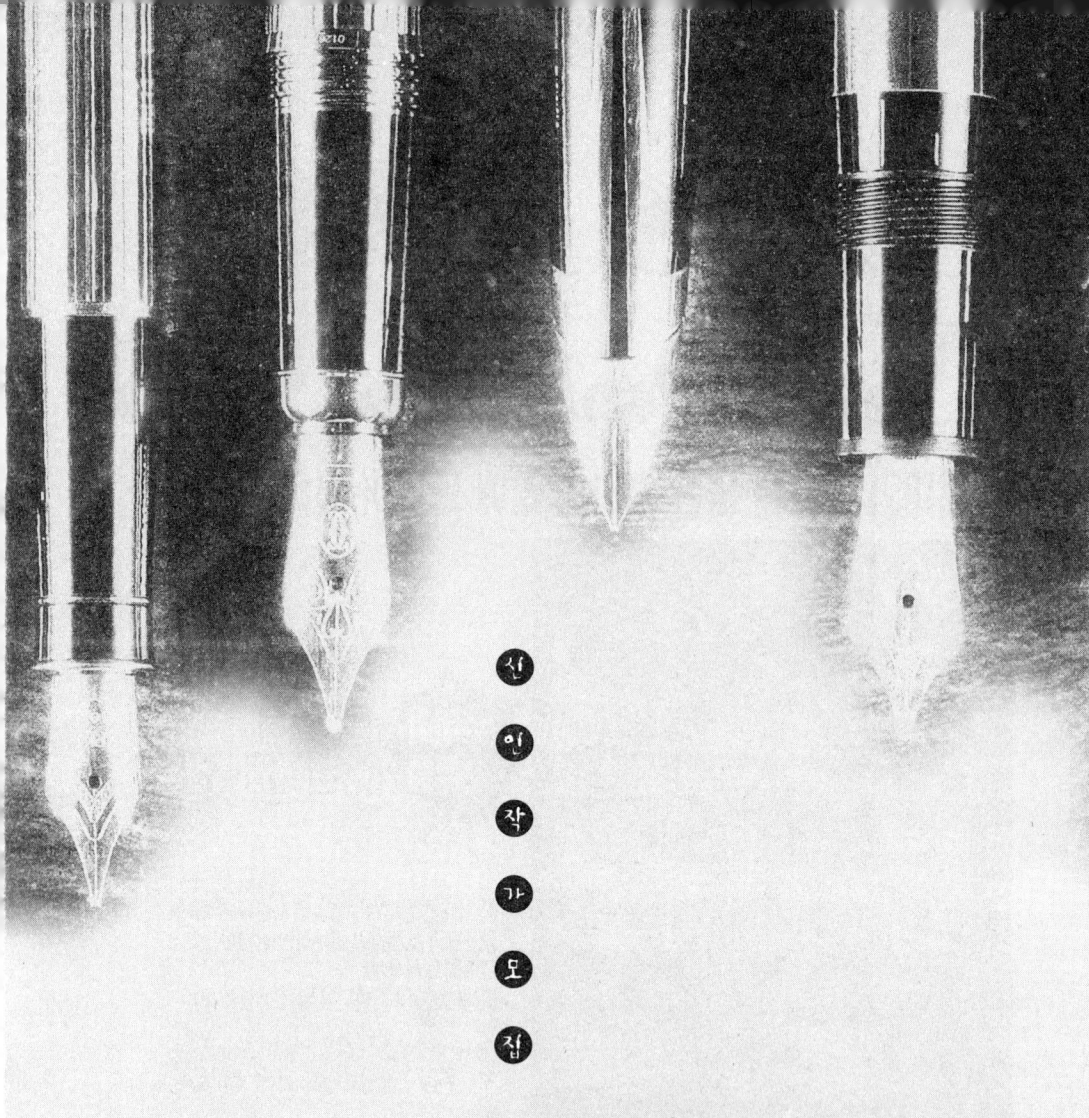